We must not let these harsh times destroy the warmth in our hearts...

La dureza de estos tiempos no nos debe hacer perder la ternura de nuestros corazones...

Ernesto "Che" Guevara

CUBANO

Photographs by / Fotografías de
Gianfranco Gorgoni

Foreword by / Prólogo de
Gabriel García Márquez

Text by / Texto de
Reynaldo González

100%

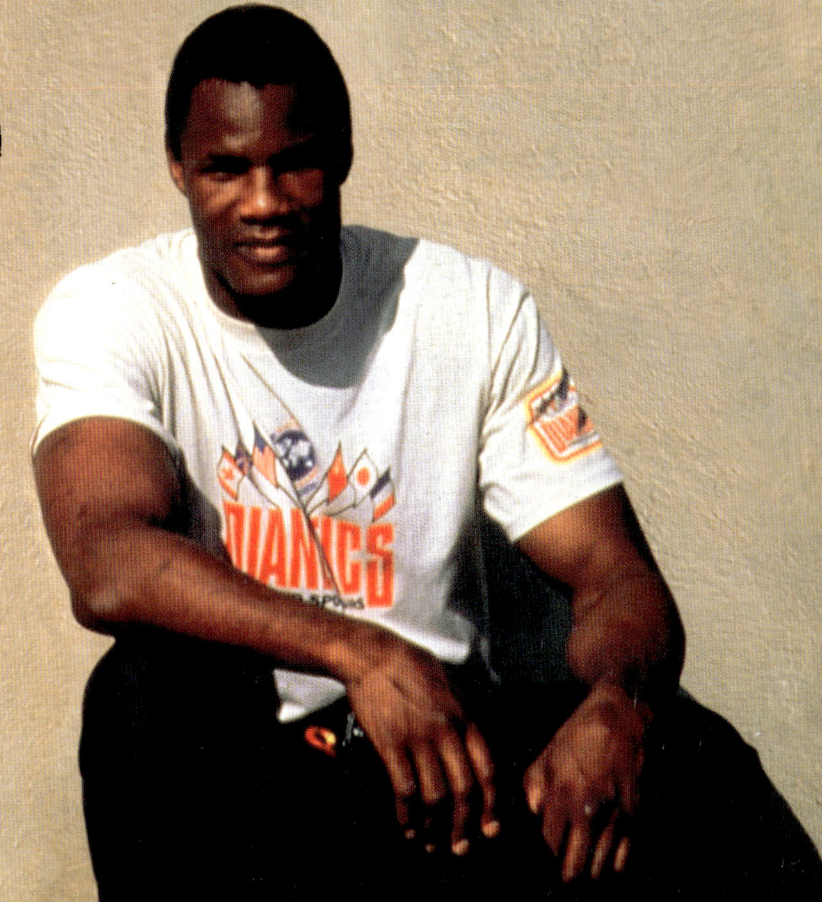

CHARTA

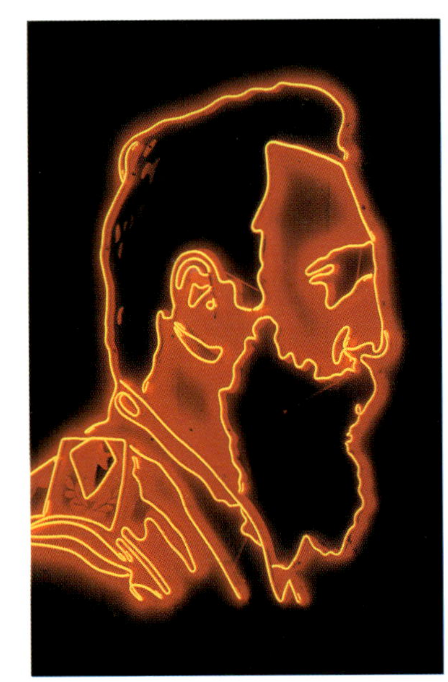

Contents / Sumario

7 *Gorgoni, the Good Spy*
11 *Gorgoni, el espía bueno*
Gabriel García Márquez

15 *One Hundred Percent Cuban*
21 *Cubano 100%*
Reynaldo González

164 *Biographies / Biografías*

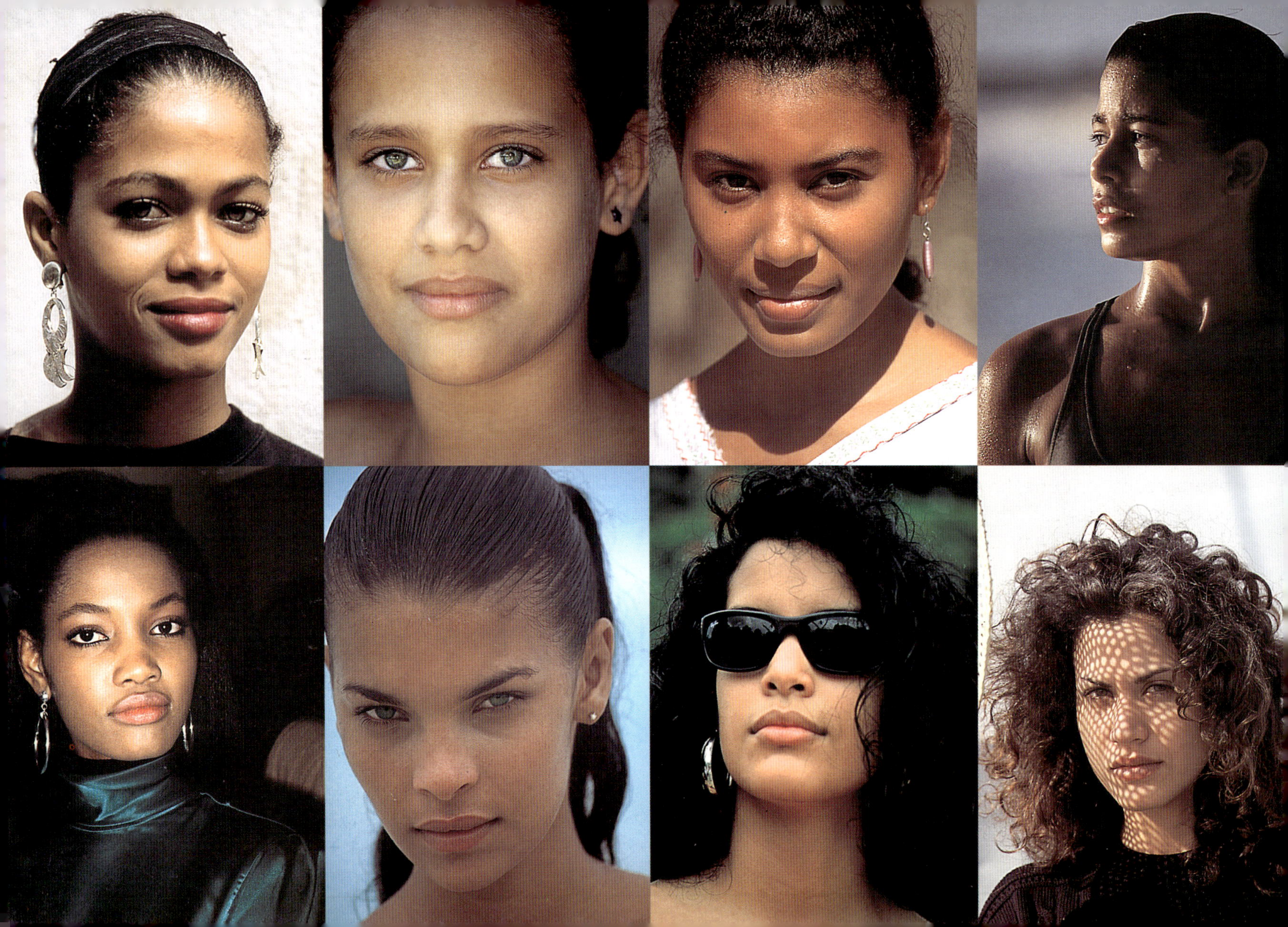

Gorgoni, the Good Spy

Gabriel García Márquez

A little more than a century after its invention, the art of photography has acquired a power of evocation and synthesis that in the end will transform it into our best witness to history.

This has already proved to be the case for some of the great events of our time. Among the many and valuable books written so far, few can convey the drama of the Spanish Civil War in a flash as does the photograph of the militiaman at the very instant that he's caught by a bullet that's hit its mark. Its author, the American photographer Robert Capa, was also the right man in the right place as photoreporter during World War II, and in that role he took countless photographs. Just one, however, would be enough to sum up the drama of Nazi occupied France: that famous photo of the inhabitants of Chartres on liberation day watching a woman pass, her head shaved and holding in her arms the child she had borne to a German soldier during the occupation. Capa was certainly the only photographer to take part in the allied landings in Normandy, but all his pictures of that epic event except one were irretrievably lost through a darkroom mistake. That, without any doubt, is one of the great catastrophes in the history of photography. Yet, though chosen by fate – the most arbitrary selector imaginable – the single picture that survived will probably encapsulate that crucial moment in history for all time. It shows a soldier, in full combat gear, swimming amid the flotsam of the landing on his way to defeat the Nazis on their own ground.

The Frenchman Henri Cartier-Bresson has seen countless historic moments all over the world through his old Leica. Only one, however, sums up that whole dramatic and ridiculous time when capitalism was defeated in China: a man on his way to market with the basket on his bicycle piled high with the banknotes that are barely enough for the day's purchases. There are many such moments in his magnificent albums, and the more they are seen and admired, the more they bear out the rule: a single photograph can stand for all the rest. Since in the art of photography, which is the art of opportunity par excellence, one swallow can make a whole summer. Nevertheless, as with swallows, that single, succinct photograph would not have been possible without all the others.

The cases in point are endless. For example, the explosion of the first atom bomb over Hiroshima, which cost the lives of 60,000 people and left more than 100,000 wounded in one second, is summed up in the famous photograph of the silhouette of a guard on a staircase, imprinted on the wall of a bank by the nuclear explosion. All of the brutality of the South Vietnamese authorities during the war against the Vietcong is captured in the photograph of the Saigon chief of police, Lt. Col. Nguyen Loan, in the act of killing a suspected enemy agent right there, on the street, by shooting him in the temple. A kind of *coup de grâce* before execution. This example of contemporary barbarity would now be in some archive of tears were it not for the photograph by Eddie Adams reminding us of that other horror, the fact that Lt. Col. Nguyen Loan is now a prosperous businessman selling hamburgers and milkshakes in the United States. Similarly, it would have been easier to forget the atrocities of American troops against the civilian population of North Vietnam had it not been for Nguyen Kong Ut's photograph of a naked twelve-year-old girl, her flesh seared by napalm.

The Cuban Revolution was no exception; it, too, has its exemplary photographs of every stage in its thirty-one years. The one of the victory over the Batista dictatorship was taken by Agraz on January 8, 1959. Here Camilo Cienfuegos and Fidel Castro stand together as the latter gives his first speech in Havana after the triumph of the revolution. A dove, one of the many that the crowd had turned loose to greet peace, had alighted on his shoulder: a poetic accident that transformed the picture into the symbol of an entire era.

The next period saw the U.S. government's first attempts to prevent consolidation and the battle to isolate Cuba. Around that time, Foreign Minister Raúl Roa stuck his tongue out at press photographers during an international conference, where an attempt was being made to quell the Cuban Revolution. That mocking tongue has now become the vivid image of those days.

All of this is topical because Cuba is now living through what might be termed years of consolidation. Journalists and photographers from all over the world are landing on the island every day, covering it from end to end, nosing about everywhere. There is, furthermore, a very special photographer: the CIA's SR-71, a plane known as the *Black Bird*, which combs the whole island from east to west every 45 days at the fantastic speed of 1,500 miles an hour at an altitude of 65,000 feet, taking full-length pictures with such sensitive equipment that an expert would be able to make out the head of a pin lost in the canefields of Oriente Province. With a touch of cynicism, one might think that doubtless this total photography best reveals the geographic reality of present-day Cuba. But it doesn't reveal the most important things: the small concerns of everyday life, the joys and sorrows of ordinary Cubans, their national holidays, their funerals, the private reality of a country that has undergone such rapid and profound changes over these thirty years that not even the *Black Bird* itself can capture the real situation.

This is what Italian photographer Gianfranco Gorgoni has been seeking to do for about seven years now. He has covered the island many more times than the *Black Bird* and with just as inquisitive an eye, but he has the advantage of being at ground level and living among Cubans, something the *Black Bird* dreams of doing and will never be able to achieve.

It all began when Gorgoni got bored with the idea of spending May Day 1974 in New York, and a friend suggested him to go to Cuba. In his capacity as a reporter, Gorgoni had already been to many parts of the world where current events took him and would continue to take him. He had spent a night in a cell in Iran, where the instruments of

torture belonging to the Shah's police were still in place, while the Ayatollah Khomeini's police checked him out. He had witnessed the surprise visit by President Sadat of Egypt to the State of Israel. When the Falklands War broke out, he had managed to get to Ushuaia, a place in the remote south of Argentina where there wasn't the remotest sign of the war. Nevertheless, one morning he opened the window of the hotel where he was staying and out of sheer professional habit photographed a huge warship docked there. That was the last photograph of the *Belgrano*, the Argentinian battleship that the English sank a few days later.
That May Day of his first visit, Cuba was already beginning to recover from the hard times when girls painted a stripe down their calves to simulate the seam of the stockings they didn't own, when you had to line up even to get a place in line, and when it wasn't unusual to see cars without doors and the driver sitting on an ordinary chair. The Cubans had learnt to cope with the embargo imposed by the United States twelve years earlier, and Cuba was beginning to present a new face to the world. But people were still shy. It was very difficult to photograph Cuba, because the proud Cubans were very reluctant to allow people to see the shortages caused by the many years of trade embargo. But Gorgoni took his first photograph as soon as he arrived at the airport and ten years later he had taken over 12,000. The 200 photos in this book have been drastically selected from those.
Few foreigners have had the chance to observe these years of consolidation at such close quarters. Once Fidel Castro invited him to go to Santiago de Cuba in his private plane. At eleven o'clock on a bright morning in January Gorgoni took off without thinking twice and was so eager to take photographs on board that when he looked at his light metre he didn't notice the position of the sun, nor that his watch was an hour ahead. He didn't realize this until they landed at Managua airport to attend the president's inauguration ceremony. It was one of Fidel Castro's little jokes, but the episode reveals how far this Italian with the face of a Caribbean rumba dancer has been able to penetrate the real life of present-day Cuba.
This book is documentary evidence of those ten years of aesthetic and human espionage during a period of the Cuban Revolution that does not yet possess the single photograph that expresses its totality. I suspect that it will be one of these. They can be looked at forwards or backwards, at any time, and in any place, because they don't follow any preconceived order. They are just the way they were taken, as they happened, and it wasn't the photographer who went out looking for them, they came to him, the perplexed, solitary hunter. Trying to discover which is the photograph that epitomizes them all will not only be a riddle about swallows, but a pleasant way of discovering the most surprising and least-known aspect of present-day Cuba: its life.

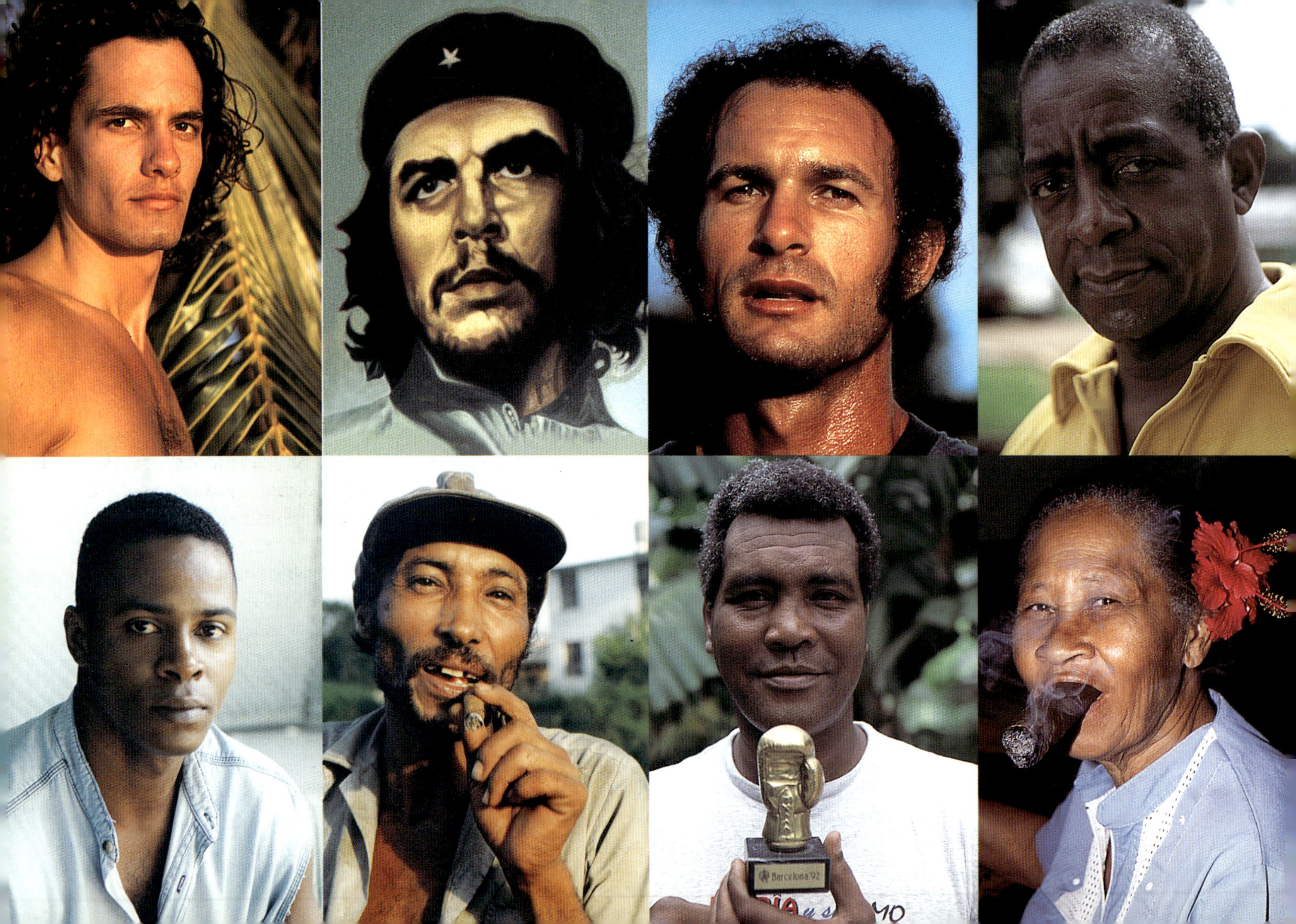
Barcelona '92

Gorgoni, el espía bueno

Gabriel García Márquez

A poco más de un siglo de su invención, el arte de la fotografía ha adquirido un poder de evocación y de síntesis que terminará por convertirlo en el mejor testigo de la historia. De hecho ya lo ha sido en algunos de los grandes acontecimientos de esta época: Hay pocos libros, de los muchos y valiosos escritos hasta hoy, que nos transmitan el drama de la Guerra Civil española al primer golpe de vista, como la foto de un miliciano en el instante de ser alcanzado por un disparo certero. Su autor, el norteamericano Robert Capa, fue también el hombre adecuado en el lugar adecuado como corresponsal gráfico durante la Segunda Guerra Mundial, y en esa condición tomó una cantidad incontable de fotografías. Sin embargo, una sola habría bastado para resumir el drama de la Francia ocupada por los nazis: la muy conocida de los habitantes de Chartres el dia de la liberación, viendo pasar a una mujer con la cabeza rapada y llevando en brazos al niño que tuvo con un militar alemán durante la ocupación. Por cierto que Capa fue el único fotógrafo de prensa que participó en el desembarco de los aliados en Normandía, y todas sus fotos de esa epopeya, salvo una, se perdieron sin remedio por un error de laboratorio. Esta es sin duda una de las grandes catástrofes en la historia de la fotografía. Sin embargo, a pesar de haber sido seleccionada por el azar – que es el seleccionador más arbitrario que se pueda concebir – la foto única que se salvó resumirá para siempre aquel instante crucial de la humanidad: un soldado con todo su equipo de guerra encima, nadando en medio de los escombros del desembarco, para derrotar a los nazis en su propio terreno. El francés Henri Cartier-Bresson ha visto a través de su vieja Leica incontables instantes de la historia del mundo entero. Pero una sola resume todo el instante, a la vez dramático y ridículo, de la derrota del capitalismo en China: un hombre que va al mercado con la parrilla de la bicicleta con un montón de billetes que apenas sí le alcanzarán para las compras del día. Numerosos acontecimientos como ese están en sus álbumes magníficos, y cuanto más se ven y se admiran se confirma la regla: Una sola foto vale por todas. Pues en el arte de la fotografía, que es por excelencia el arte de la oportunidad, una sola golondrina suele hacer todo el verano. Sin embargo, también como las golondrinas, esa sola fotografía sumaria no hubiera sido posible sin todas las otras. Los casos para demostrarlo serían interminables. Por ejemplo: La explosión de la primera bomba atómica en Hiroshima, que costó la vida a 60.000 personas y dejó más de 100.000 heridos en un segundo, está resumida en la célebre foto de la silueta de una vigía en una escalera, que quedó impresa por la deflagración nuclear en el muro de un banco. Toda la bestialidad de las autoridades de Vietnam del Sur durante la guerra contra el Vietcong, quedó plasmada en la foto del jefe de la policía de Saigón, el teniente coronel Nguyen Loan, en el instante de asesinar en plena calle a un supuesto agente enemigo, con una baia de revólver en la sien. Algo así cómo el tiro de gracia antes de la ejecución. Este acto ejemplar de la barbarie contemporánea estaría hoy en algún museo de lágrimas del pasado, si esa foto de Eddie Adams no estuviera ahí para recordarnos el otro horror de que el teniente coronel Nguyen Loan es ahora un próspero empresario de hamburguesas y leche malteada en los Estados Unidos. Así como serían más fáciles de olvidar las atrocidades de las tropas norteamericanas contra la población civil de Vietnam del Norte, si no fuera por la foto que Nguyen Kong Ut tomó a una niña de doce años desnudada en carne viva por el napalm.

La revolución cubana no podía ser una excepción: también ella tiene sus fotos ejemplares en cada una de las etapas de sus treinta-y-un años. La de la victoria sobre la dictatura de Batista la hizo el fotógrafo Agraz el 8 de enero de 1959, y en ella están juntos Camilo Cienfuegos y Fidel Castro, cuando éste pronunciaba su primer discurso en La Habana después del triunfo de la revolución. En su hombro se había posado una paloma de las muchas que acababa de soltar la muchedumbre para saludar la paz: una casualidad poética que convirtió la foto en el símbolo de toda una época.

El período siguiente fue el de los primeros intentos del gobierno de los Estados Unidos por impedir la consolidación y la batalla por aislar a Cuba. Por esos días, el canciller Raúl Roa les sacó la lengua a los fotógrafos de prensa en una conferencia internacional donde se intentaba estrangular a la revolución cubana. El tiempo ha demostrado que esa lengua de mofa es la imagen viva de aquellos tiempos.

Todo esto viene a cuento, porque Cuba está viviendo los que podrían llamarse los años de la consolidación. Periodistas y fotógrafos de todo el mundo desembarcan a diario en la isla, la recorren de un extremo al otro, husmean por todos lados. Hay además un fotógrafo muy especial: el avión SR-71 de la Agencia Central de Inteligencia de los Estados Unidos, conocido como el *Black Bird*, que peina la isla completa de este a oeste cada 45 días a la velocidad fantástica de 2.400 kilómetros por hora y a una altura de 20.000 metros, y la fotografia de cuerpo entero con un equipo tan sensible, que los expertos podrían identificar una cabeza de alfiler perdido en los cañaverales de Oriente. Con un poco de cinismo, podría pensarse que esa fotografía total es sin duda la que mejor revela la realidad geográfica de la Cuba de hoy. Pero no revela lo más importante, que son los pequeños asuntos de la vida cotidiana, las alegrías y las penas de los cubanos comunes y corrientes, sus fiestas patrias, sus entierros, la realidad íntima de un país cuyos cambios de los últimos treinta años han sido tan rápidos y profundos que ni el propio *Black Bird* hubiera podido captarlos al pie de la letra.

Esto es lo que está intentando desde hace unos siete años el fotógrafo italiano Gianfranco Gorgoni, que ha recorrido la isla muchas más veces que el *Black Bird* con un ojo tan inquisitivo como el suyo, pero con una ventaja: a ras de tierra. Y haciendo además con los cubanos lo que el *Black Bird* sueña con hacer y no podrá hacer nunca: vivir con ellos.

Todo esto empezó porque a Gorgoni le aburría la idea de pasar el Primero de Mayo de 1974 en Nueva York, y un amigo le aconsejó pasarlo en Cuba. En su condición de reportero de prensa, Gorgoni había estado y había de estar

en muchos lugares del mundo donde lo llevara la actualidad. Pasó una noche en una celda en donde estaban todavía los instrumentos de tortura de la policía del Shah, en Irán, mientras la policía del Ayatolah Komehini esclarecía su situación. Fue testigo de la insólita visita del presidente Sadat, de Egipto, al Estado de Israel. Cuando estalló el conflicto de las Malvinas, logró llegar hasta el Ushuaia, una localidad del remoto sur de la Argentina, donde no llegaban ni los ecos de la guerra.
Sin embargo, una mañana abrió la ventana de su hotel de espera, y por puro vicio profesional tomó la foto de un enorme barco de guerra que estaba en los muelles. Esa fue la última foto del *Belgrano*, el acorazado argentino que los ingleses hundieron días después.
Aquel Primero de Mayo de su primera visita, Cuba empezaba ya a superar la mala época en que las muchachas se pintaban una raya en las pantorrillas, para que pareciera la costura de unas medias que no tenían, había que hacer cola hasta para conseguir un sitio en las colas, y no era extraño encontrar por la calle un automóvil sin puertas cuyo conductor iba sentado en una silla de comedor. Los cubanos habían aprendido a sobrevivir al bloqueo impuesto por los Estados Unidos doce años antes, y la Cuba nueva empezaba a mostrar una cara distinta. Pero el pudor continuaba. Es muy difícil fotografiar a Cuba, porque los orgullosos cubanos son muy reticentes mostrar las carencias que tantos años de bloqueo les han causado. Gorgoni, sin embargo, tomó su primera foto desde que llegó al aeropuerto, y diez años después había tomado más de 12.000. Una selección drástica de ellas, son las 200 de este libro.
Pocos extranjeros han tenido ocasión de ver tan de cerca estos años de consolidación. Una vez Fidel Castro lo invitó a Santiago de Cuba en el avión en que iba él. Gorgoni se embarcó sin pensarlo ni siquiera una vez, a las once de una espléndida mañana de enero, y estaba tan entusiasmado tomando fotos a bordo, que cuando medía la intensidad de la luz no se fijaba siquiera de qué lado del avión estaba el sol, ni que su reloj estaba una hora adelante de la realidad. No lo supo hasta que aterrizaron en el aeropuerto del Managua, para asistir a la toma de posesión del presidente de la república. Había sido una broma de Fidel Castro, pero el episodio revela hasta que punto este italiano con cara de rumbero caribe ha podido penetrar en la realidad más profunda de la Cuba de hoy.
Este libro es una muestra certera de esos diez años de espionaje estético y humano, en un período de la revolución cubana que no tiene todavía la foto única que lo exprese en su totalidad. Sospecho que es una de estas: una sola. Se pueden ver al derecho y al revés, de atrás hacia adelante, a cualquier hora y en cualquier parte, pues no obedecen a ningún orden preconcebido. Están como fueron tomadas, a medida que ocurrían, y no fue el fotógrafo el que salió a buscarlas, sino que eran ellas las que se lo encontraban perdido en sus perplejidades de cazador solitario. Tratar de descubrir cuál es la foto que las resume a todas no será sólo un ecertijo de golondrinas, sino una manera jubilosa de penetrar en el aspecto más sorprendente y menos conocido de la Cuba de hoy: la vida.

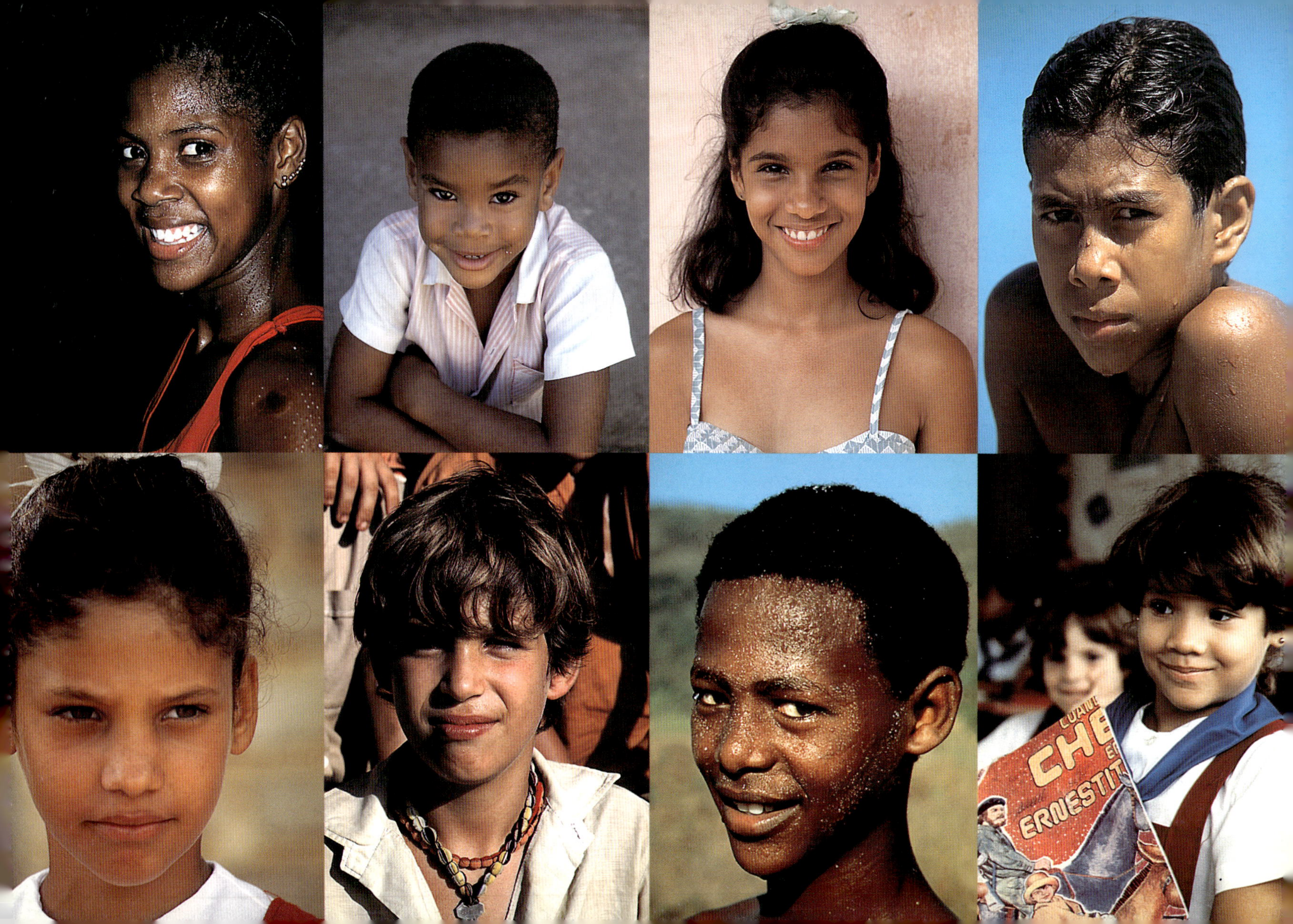
CHE
ERNESTIT

One Hundred Percent Cuban

Reynaldo González

The Cuban people build their cathedrals in the future
José Lezama Lima

On turning the pages of this book you are inevitably struck by Cuba's subtropical beauty and its charming people. A crowd of my fellow-Cubans greet me from its pages, since Gianfranco Gorgoni is not merely interested in the scenery and the architecture, but has sought to portray the country's protagonists, both famous and anonymous. These slices of life captured by the camera show the smiles, gestures and sunburnt skins so typical of the Cuban people. They come and go depending on their interests, and so every photo tells a story. Something is always happening in these photographs. When the "characters" get together at a *fiesta*, a religious rite or work, they stand out as individuals within the group. Symbols that accompany people's actions, the typical places, the scenery and the island's natural setting emerge and evoke other things. Mixed like the typical creole dish *congrí* – red beans, white rice and colourful spices – and cooked in the same pots in which sugar is crystallized and where the distinctive features of our culture have been shaped, the Cubans as seen by Gorgoni appear without make-up, just as they really are. They look spontaneous and natural in their environment, seeking action and change, in the streets and ports where they have grown up breathing the salty island air. There is so much pride and dignity in those faces that don't look away, in those people who accept their situation "for better and for worse", not as fate but as a destiny that depends on them. They make up a vast and varied mosaic, full of hope for the future.

I'd like to make a consideration, when I think of how a reader who is not well-informed may interpret these pictures. I'd like to thank the photographer for not having attempted to beautify or touch up the reality that he has captured and I can see the multicoloured mosaic of Cuba's history mirrored in its people and its scenery. The influential legacy of Africa and Europe is reflected in the colour of their skin and there are also signs of hard times. What stands out above all is a true impression of these people, who possess the humour to laugh at adversity and have no so-called "tragic sense of life". It is true that this fortunate island has experienced dramas but not tragedy. Though I'm still capriciously subjective, I'm making an effort to be detached with regard to these pictures and to imagine possible interpretations.

Aristotle claims that drama exists when every character is partly in the right. It was his way of stating the creative need for contradictions. And "contradictions" is precisely the word that describes Cuba today, a country that some consider to be on the fringe of history, though according to others it is still a protagonist. Cuba and its people never cease to surprise us, to disconcert us, to puzzle us and to seduce us. Perhaps this is why the country attracts so many tourists, though it should be said that Cuba is a place that encourages reflection rather than frivolity. The Cubans

vicissitudes after the fall of Communism in Eastern Europe and the crippling American trade embargo do not make Cuba the ideal destination for those looking for the comfort and tourist amenities found in other countries. The tourist industry, long opposed by the Cuban government, is a recent development. In some spots on the island, with their newly-built hotel complexes, the main attractions are still the unspoilt natural surroundings, the beautiful scenery and the pleasant climate. In the cities the visitor's gaze rests on the old crumbling houses with their peeling paint or on buildings that have been left unfinished. Due to the crisis, new construction work has come to a halt and lack of upkeep has accelerated the deterioration of the old buildings. At night the streets are dark because of power cuts. The scarcity of goods means that people are forced to line up in long queues to buy basic necessities. Public transport seems to have been swept away by a giant hand. But people don't despair, they still smile and seek every opportunity to brighten up their tough life. This is their real asset. Tourists come back from Cuba magnetized by the spontaneity and charm of the men and women with their ready smiles and by the beauty of this mixed race. The island's greatest tourist asset, apart from its scenery, is its people. We must ask ourselves what these Cubans are really like and why they attract and interest visitors despite the difficult situation in which they live and the strain of their daily lives.

If it's true that "a picture is worth more than a thousand words", then it is a good idea to approach Cuba with a camera, provided it is used with Gorgoni's talent and ability to synthesize, which helps us to discover the secret of a cheerfulness and temperament that never give in. Thanks to his artistic sensitivity we can observe close-ups of those many colourful Cuban faces. They are seen at work and at play, capable of overcoming adversity, by obstinately facing problems with a dignity that is not undermined by life's obstacles. Alongside the waves lapping against the Malecón in Havana there is a sea of mulattos swaying to the rhythm of the bolero and this explains why the requiem of every ideology is played in Cuba. It isn't because Cubans are not serious people and are not concerned about important things, quite the opposite. It's simply that they're not capable of self-pity or giving into despair, which are predictable attitudes in other places that are going through similar crises. Rather than complain they prefer boxing and living by their wits. The white, black and mulatto Cubans pedalling up and down in the streets always exude a natural sensuality, they never lose patience or indulge in theories. For many years, while they were experiencing an exceptional political process, they experimented with (or rather underwent?) the practical result of different theories and conflicting analytical processes. A stream of foreigners visited the country to seek answers or confirmation that explained the eternal postponement of that "world revolution" that had never happened in their countries. The achievements or difficulties of a country that had chosen to go its own way, unlike the apathetic American continent dominated by economic dependence and political subjugation, had become a field of experiments and power games. But at the same time they nurtured a pride in what had been achieved, and especially in the way the people had responded. The process underway had not been triggered to meet the expectations of foreigners but to meet the inevitable needs of the Cubans themselves. The checkered path of the Cuban revolution, whose repercussions spread far beyond the island itself, can be seen today to be more inevitable than ever before. It has its own destiny, symbolized in the line by the poet Nicolás Guillén where he speaks of a "lone palm", the one that "has grown without me seeing it", that "stands alone". That's what Cuba is like, alone and dignified. As I write these words, the Cubans are facing another turning point, they have come to another crossroads. They are being asked to draw strength from weakness, to fight the adverse circumstances and begin over again, like the waves that beat against their coasts. When faced with these choices the more intelligent and friendly visitor will be the one who looks on respectfully and waits for the protagonists of this Aristotelian drama to get back into step.

Cuba, despite the fact that it has been one of the major ports of entry to the Americas, a link between Europe and the New World, was the last colony to shake off the Spanish yoke, though it didn't have the strength to escape subsequent dependence on the United States. A kind of love-hate relationship that was difficult to explain developed between these two countries. This love-hate relationship with the United States is the consequence of centuries of history. The waters surrounding the island have rarely been calm. Ever since the era of swashbuckling pirates they have often been troubled by international events and have formed the backdrop for conflicts of every description. The domestic political scene has been equally turbulent, with a republic that declared its independence but was in fact controlled from abroad, and a succession of leaders that sometimes said they were liberal and sometimes conservative, but who turned out in the end to be more or less the same thing. The cumbersome presence of its "good neighbour" to the north made a normal social and political life impossible, since the United States exploited every conflict to intervene with the combined authority of power and money. The country's political life became a masked ball, with the masks changing according to foreign gains and dictates. These events left their mark on the Cubans' consciousness and encouraged an industrious and willing attitude, which spurred people to action and stirred the masses, and stay in the heart of every Cuban. These many frustrated expectations remained alive, but hidden behind the ready sensual gestures and comic show. The failure of the political movements, which involved several generations, caused an avant-garde that was no longer content with the safety valve of humour and the farce to reach a decision. These men were the driving force behind a revolution which immediately won majority support. The time had come, this was the big chance for those who wanted to follow the ideals of José Martí, symbolic figure, national hero and Cuba's greatest poet.

After a history marked by fruitless events and upheavals, the Cuban people had become one of the most sceptical in Latin America, in spite of that they backed a project to establish justice that radically changed their lives. The symbols of that revolution can still be seen in squares throughout the world. In Cuba they represent the re-establishment of a national identity, in a society where every family has been involved in the revolution.
For over thirty years Cubans have tried to live in a way different from that to which a centuries-old fate seemed to have condemned them, and for over thirty years they've had to struggle to survive the trade embargo. The loss of its sources of supply and the ban on the exportation of its products forced Cuba to seek help. Help came from the other side of the world accompanied by a political theory and practice which, beyond domestic aims and projects, strongly conditioned ways out and solutions. In Cuba, East bloc Communism and its parameters clashed with a very different mentality. The result was a conflict between the solemn gravity of countries where certain rigid formulae were elevated to the status of dogmas and the openness of a new, free, Western culture. The evidence of this diversity strikes all those who come to Cuba seeking to find those outworn parameters. This diversity has not survived thanks to rational decision-making, but thanks to the persistent authenticity of a disobedient and wise people. The situation today is particularly difficult for those who realize the need for change, yet want to salvage the achievements of a process that was in many ways exemplary and, despite current adverse circumstances, to preserve their independence. In this struggle, the poet's "lone palm" attracts those who don't allow themselves to be taken in by political fashions and who recognize the efforts being made by a small country trapped, yet again, in the mesh of international interests.
You might think that what I have written can't be expressed in a book of photographs, most of which were taken in streets or squares, during festive occasions and celebrations. However, I'd say that the spirit of my words has been captured very faithfully. The Cubans and their distinctive personality come to life on the pages of this book together with all the aspects of a difficult situation, the myths that animate social and religious life, the rhythmic sensuality of the mulattos and the austerity of a moment in history marked by economic hardship, devoid of the glitter of extravagance and the colours of consumerism. In his portraits of Cubans Gorgoni has captured their environment, the times they live in, their mood and attitude to life. I love my fellow-countrymen who look straight at the camera or move casually, with just a hint of complicity. This is the openness of those who have nothing to hide. In the workplace and at the cabaret, from the peasant on horseback etched against the mountains to the man enjoying a swim in the clear sea, from someone smoking a cigar to someone sipping rhum, from the priest officiating at a *santería* ceremony, the popular religion that is also mulatto, to the woman training for defence. Together these people give us a picture of social customs and defend their

right to be individual and different. Like the old cars that burst into the camera's field of vision, that have survived thanks to their owners' tremendous efforts, and are a kind of museum on wheels, these individuals have preserved their distinctive personality by refusing to be influenced or moulded. In a moment of crisis this spirit is their greatest asset, both their compass and their guideline. They know where they come from and where they are going, and they know it has been like that ever since the foundation of their country, when everything, except the scenery, was imported. From here there emerged a new race, or rather a melting-pot of races. Without confessing it, jealously guarding it within them, with the wisdom of experience refined over time, without allowing themselves to be corrupted by circumstances, each and every one of them has preserved the pure pearl of his own identity. A deep-rooted attachment to the land, an insular feeling that has become their anchor. That is the secret of this people who have survived, at a time when fleeting illusions are failing and improvisations are wearing thin.

Here are the Cubans, a gallery of types who don't run away from reality, they sweat as they get off the uncomfortable means of transport, they are irritated by the problems of everyday living or are happy to take part in the events of a time which they know can only improve with their help. The scenery encourages and consoles them, it is a part of them, but they refuse to become a picture postcard. The Cubans could certainly not be said to stand still. The scents of the island, like the sound of its drums and the rhum that warms the people's blood, seem to bring these pictures to life. In the future these photographs will be seen as documentary evidence of this period. We will thank today's protagonists for their main quality, their sacred determination to remain one hundred percent Cuban.

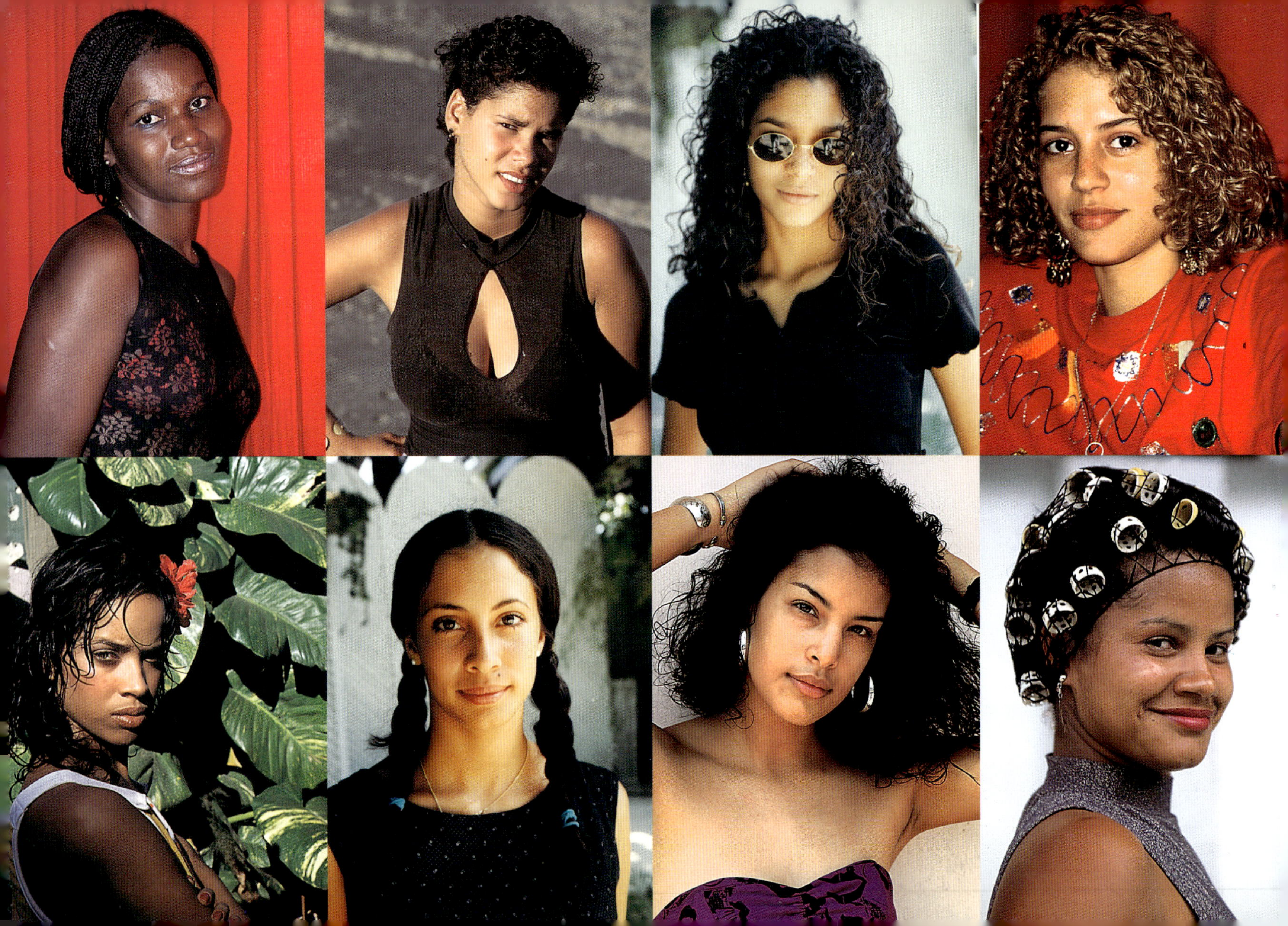

Cubano 100%

Reynaldo González

El cubano es un pueblo que tiene sus catedrales construidas en el futuro
José Lezama Lima

Al recorrer las páginas de este libro resultan insoslayables la belleza subtropical de Cuba y la seducción de sus habitantes. Una multitud de mis compatriotas me saludan desde sus páginas, pues si el fotógrafo se interesó por el paisaje y la arquitectura, también le preocupó captar a protagonistas destacados o anónimos en las circunstancias que vive el país. En estos fragmentos de realidad recortados por la cámara, las sonrisas, la gestualidad peculiar y las pieles curtidas por el sol, todo define a la gente de Cuba. Van o vienen, según sus propios intereses, de manera que cada foto supone una historia. En ellas siempre está pasando algo. Cuando los “personajes” se reúnen convocados por la fiesta, el rito o el trabajo, en el grupo reafirman sus individualidades. Otras definiciones brotan de los símbolos que acompañan la acción, los sitios característicos, el paisaje y la naturaleza insulares. Entremezclados como en el típico “congrí” de la mesa criolla – plato que junta frijoles rojos, arroz blanco y los colores de las especias – y cocinados en las mismas calderas donde cristaliza el azúcar y se moldearon los rasgos distintivos de nuestra cultura, los cubanos vistos por Gianfranco Gorgoni aparecen sin maquillaje, como realmente son. Se les ve espontáneos y auténticos, con los elementos de su entorno, cuanto han podido hacer o desean cambiar, en las calles y en los puertos donde crecieron respirando el aire cargado de salitre de la Isla. Hay mucho orgullo y dignidad en esos rostros que no esquivan la mirada y asumen su realidad “en las verdes y en las maduras”, no como *fatum* sino como destino que de ellos depende. Componen un enorme mosaico, tan variado como esperanzado y porvenirista.
Todo eso me lleva a una reflexión para las posibles interpretaciones que pueda tener el espectador poco avisado frente a este conjunto de imágenes. Al agradecer que el fotógrafo no pretendiera embellecer ni adulterar la realidad que retrató, observo el mosaico multicolor de la historia de Cuba, reflejado en su gente y en su paisaje. La herencia definitoria de África y de Europa asoma en esas pieles, y también la huella de tiempos ingratos. Se impone la verdad de un pueblo que posee una picardía natural para burlar las adversidades y carece de lo que suelen denominar “sentimiento trágico de la vida”. Si en el entorno privilegiado de la Isla han existido dramas, se desconoce la tragedia. Sin renunciar a mi caprichosa subjetividad hago el esfuerzo de distanciarme para complementar el necesario acercamiento a estas imágenes y sus interpretaciones posibles.
Aristóteles dijo que el drama existe cuando cada personaje tiene un poco de razón. Fue su manera de afirmar la enriquecedora necesidad de las contradicciones. Y eso, contradicciones, es algo que a cada momento se observa en la Cuba de hoy, junto a la persistencia de un pueblo que

según unos ha quedado al margen de la historia y según otros todavía la protagoniza. Cuba y su gente no dejan de ofrecer sorpresas, desconciertos, interrogantes y seducciones. Quizás por eso arriban a la mayor de las Antillas tantos turistas, pese a que no resulta un sitio propicio a las frivolidades, sino a la reflexión. Por las vicisitudes que los cubanos atraviesan luego del derrumbe del "socialismo real" en el Este europeo y el estrechamiento del bloqueo económico estadounidense, su entorno no es bueno para quienes prefieren el confort y las provocaciones que caracterizan el turismo en otras partes del mundo. La industria turística, a la que por muchos años se negó el gobierno cubano, es reciente. En algunos puntos de su geografía, con instalaciones hoteleras recién construidas, siguen existiendo los mismos atractivos de los inicios: naturaleza virgen, paisaje de vegetación edénica, clima privilegiado. La mirada del visitante capta en las ciudades un conjunto de edificios despintados, a medio derruir unos, a medio construir otros. La crisis obligó a posponer la terminación de los que comenzaron, y el deterioro aceleró la decadencia de los antiguos. Drásticos cortes de electricidad ensombrecen las calles. La escasez somete a los habitantes a largas colas para adquirir las cosas de la sobrevivencia. El transporte parece barrido por una mano gigante. Pero la gente no se desespera, es capaz de sonreír y busca tiempo para alegrar la difícil existencia. Y eso constituye su verdadero tesoro. Los turistas que repiten el viaje tienen el imán del regreso en esa espontánea comunicación, la seducción de hombres y mujeres de sonrisa fácil, generosa conformación y pieles de diversas tonalidades. El capital turístico de la Isla, además de su naturaleza, radica en su gente. Cabe preguntarse cómo son en verdad esos cubanos, por qué atraen e interesan pese al asolado ambiente en que se mueven y el cotidiano desgaste a que se ven forzados.

Si como afirman criterios enraizados, "una imagen vale por mil palabras", es bueno acercarse con una cámara y resultan eficaces la destreza y la capacidad de síntesis de Gorgoni. Él nos ayuda a desvelar el misterio de una alegría y un carácter que no desfallecen. Gracias a la sensibilidad de este artista podemos mirar de cerca el múltiple y colorido rostro de los cubanos. Se nos muestran en sus diversiones y esfuerzos, capaces de vencer adversidades, obstinados en resistir dificultades internas y externas, con una dignidad que no cede ante las zancadillas que les coloca la vida.

Junto a las olas que lamen el Malecón habanero, otro mar, el de una mulatería a ritmo de boleros, explica que Cuba sea el último sitio para entonar el réquiem de cualquier ideología. Y no es que les falte seriedad a los cubanos, o que no sean capaces de tomarse a pecho las cosas significativas. Es todo lo contrario: que no saben condolerse de si mismos, ni se entregan a una desesperación previsible en otras partes del mundo si atravesaran sus circunstancias. Descartan el lamento y optan por el pugilato diario, incluidas las tradicionales habilidades de la picaresca. Los cubanos de la calle, esos blancos, negros y mulatos que pedalean en bicicleta cuesta arriba o cuesta abajo, siguen respondiendo a una sensualidad intrínseca, no pierden la

paciencia ni se entregan a teorizaciones.
Durante años, mientras vivían un proceso político de perfiles peculiares, recibieron —¿padecieron?— diversos análisis, desde puntos de vista contrapuestos. No faltó la oleada de extranjeros que deseaban hallar respuestas o confirmaciones a sucesivos aplazamientos de una "revolución mundial" no lograda en sus países de origen. Las realizaciones o tropiezos de quienes se propusieron un camino propio frente a la inercia de un continente dominado por la dependencia económica y la aquiescencia política, devinieron campo de experimentación y despertaron el conductivismo interesado, pero también un orgullo por la propia gestión y, lo más importante, la respuesta que daba la vida misma: una praxis que no ocurría para complacer a los ajenos sino para buscar soluciones que resultaban impostergables a los de adentro. El accidentado camino de la revolución cubana, cuyas repercusiones sobrepasaron las estrechas lindes insulares, ahora se muestra más ineluctable que nunca, con su destino propio, como en el símil hallado por el poeta Nicolás Guillén en la "palma sola", aquella que "creció sin que yo la viera", que "está sola". Y eso, una palma sola y digna sigue siendo Cuba. En los días en que escribo estas líneas se plantea otro punto de giro, otra encrucijada, interrogante que exige de los cubanos, y no de otros, sacar fuerzas de flaquezas, imponerse a circunstancias adversas y volver a empezar, como lo hacen las incesantes olas que lamen sus litorales. Frente a esas disyuntivas, el visitante más inteligente y el mejor amigo serán los que observen con respeto y esperen a que los protagonistas de este drama aristotélico hallen la sucesión de sus propios pasos.
Siendo una de las puertas principales del encuentro de Europa con el Nuevo Mundo, Cuba fue la última colonia en liberarse del yugo español, tras una distendida y agotadora guerra patriótica, pero cayó bajo la dependencia de Estados Unidos. Entre ambos países se estableció una interrelación difícil de explicar desde parámetros simplificadores, algo así como atracción y rechazo. Y esa relación de amor-odio con Estados Unidos también fue resultado de una historia de siglos. Las aguas que rodean la Isla raras veces estuvieron quietas. Las conmovieron acontecimientos transnacionales desde los románticos días de la piratería y el corso, y siempre fueron el escenario privilegiado para dirimir pugnas e intereses torcidos. Igual de agitada e instrumentalizada fue su vida política interna, durante una república de supuesta independencia pero férreo control extranjero, bajo la sucesión de gobernantes que unas veces se decían liberales y otras conservadores, para resultar idénticos. La presencia del "buen vecino" complicaba cualquier gestión social, aprovechaba las pugnas, entraba a decidir con la doble autoridad de la fuerza y el dinero. La vida política del país semejaba un baile de máscaras, según conveniencias y dictámenes foráneos. Gracias a los reflujos de aquellos acontecimientos quedó sembrada en la conciencia de los cubanos una actitud levantisca y voluntariosa que alienta las acciones, compulsa a las multitudes y se refugia en el corazón de cada individuo. Un caudal de iniciativas pospuestas se mantuvo como palpitación larvada, tras las

fáciles maneras de la sensualidad y el retablo bufo. El fracaso de movimientos políticos que implicaron la gestión de varias generaciones, abonó la decisión de una vanguardia que no se conformaba con la válvula de escape del humor y la farsa. Fue el motor de una revolución que de inmediato contó con el apoyo de las mayorías. Era el turno de los ofendidos, la ocasión de quienes deseaban seguir el ideario de José Martí, figura emblemática, héroe nacional y el más grande poeta que ha dado Cuba. Luego de una historia signada por entrecruzamientos estériles, el pueblo cubano había llegado a ser uno de los más escépticos de América Latina, pero se enroló en un proyecto justiciero y en medidas que dieron un vuelco radical a su existencia. Los símbolos de esa convulsión todavía se mueven por las plazas del mundo. En lo interno encarnan la reafirmación nacional, donde lo general fue individualizado y no quedó una familia sin que la tocara la ola revolucionaria.

Por más de tres décadas en que los cubanos se trazaron un diseño de vida diferente al que parecían fatalmente condenados, han tratado de sobrevivir a la tenaza que significa el bloqueo económico. El cierre de las fuentes de abastecimiento y mercado para los productos nativos, hizo que la Isla requiriera ayuda. Le vino del otro extremo del mundo, con una praxis de rebote que, aparte de los deseos y proyecciones internas, condicionó los caminos y las soluciones. El "socialismo real" y sus esquemas chocaron en Cuba con una idiosincrasia diferente a la que les diera origen. Ocurrió el desencuentro entre la solemne gravidez de países donde formas rígidas se elevaban a dogma y el aperturismo de una cultura nueva, en extremo libre y occidental. La evidencia de la diferenciación asombra a quienes llegan a Cuba en busca de una réplica de fatigados cartabones. Esas diferencias no fueron salvadas por declaraciones oratorias, sino por la persistencia de los de abajo, insumisos, sabios. La actualidad es extremadamente difícil para quienes hoy respiran aires de obligados cambios, con el explícito objetivo de salvar lo conquistado en un proceso que en muchos aspectos resultó ejemplarizante, y, dentro de las adversas líneas que se cruzan en el panorama político actual, preservar su independencia. Desde ese ámbito, la "palma sola" del poeta también atrae a quienes soslayan modas políticas y reconocen el esfuerzo de un pequeño país entrampado, una vez más, en argucias transnacionales.

Aunque parezca que todo lo anterior no puede captarse en fotos, la mayor parte de ellas tomadas en calles y plazas, en sitios de reuniones festivas o ceremoniales, les digo que lo veo retratado con fidelidad encomiable. En las páginas de este libro están los cubanos y su peculiar proyección humana, los elementos de una realidad que no disimula sus dificultades, los mitos que mueven la vida social y la religiosa, la sensualidad rítmica del trópico mestizo y la austeridad de un momento histórico marcado por la escasez, sin el brillo del derroche ni los tintes del consumismo. Al retratar a los cubanos, Gorgoni ha fijado su contexto, el tiempo que les toca vivir, su estado de ánimo y la forma en que abordan la existencia. Amo a estos conciudadanos que miran a la cámara, o que, sin tomarla en cuenta, se mueven a su aire, con un guiño de complicidad. Es la franqueza de quien no tiene nada que ocultar. Desde el mundo del trabajo al del cabaret, desde el campesino que cabalga frente al perfil de su montaña al que disfruta las transparentes aguas de su mar, del que se deleita con bocanadas de humo tabaquero al que bebe sorbos de su ron, del que cumple los oficios de una religión que también es mestiza, mulata, la *santería* popular, al que se prepara para el combate. Ellos componen estampas de costumbres, una defensa de la propia identidad y del derecho a la diferencia. Así como los viejos automóviles que irrumpen en el campo de visión de la cámara sobrevivieron gracias a inauditos esfuerzos hasta constituir un verdadero museo rodante, los individuos, cuidándose de sucesivas erosiones, mantuvieron su perfil y no se dejaron moldear. En momentos de crisis, esto constituye su verdadero caudal, a un tiempo brújula y derrotero. Saben que vienen de sí mismos y hacia sí mismos van, desde los tiempos de fundación en que todo menos el paisaje resultó importado y surgió una nueva raza, mezcla de razas. Sin confesarlo, para sus adentros, con la sabiduría que da la experiencia decantada, capaz de burlar las contingencias, cada uno ha preservado la almendra pura de su identidad. Lo inveterado de un sentimiento telúrico, insular, deviene tabla de salvación. Es el misterio de este pueblo sobreviviente, cuando pasajeras ilusiones fracasan y las improvisaciones se fatigan.

Y ahí están los cubanos, galería de tipos que no esquivan la realidad, sudorosos si descienden del incómodo transporte, contrariados por las dificultades de la cotidianidad, o regocijados de participar en las ceremonias de un tiempo que, lo saben, sólo de ellos podrá recibir la mejoría. El paisaje los anima y reconforta, va con ellos, pero no quieren que se les convierta en postal estática. Nada más opuesto al inmovilismo que la naturaleza cubana. Los aromas de la Isla, como el sonido de sus tambores, como el ron que calienta las venas de sus habitantes, parece que se corporeizan en estas imágenes. Cuando pase el tiempo volveremos a ellas como testimonio verídico.

Agradeceremos a estos protagonistas de hoy su mayor virtud, su sagrada obstinación, mantenerse siendo *cubanos 100%.*

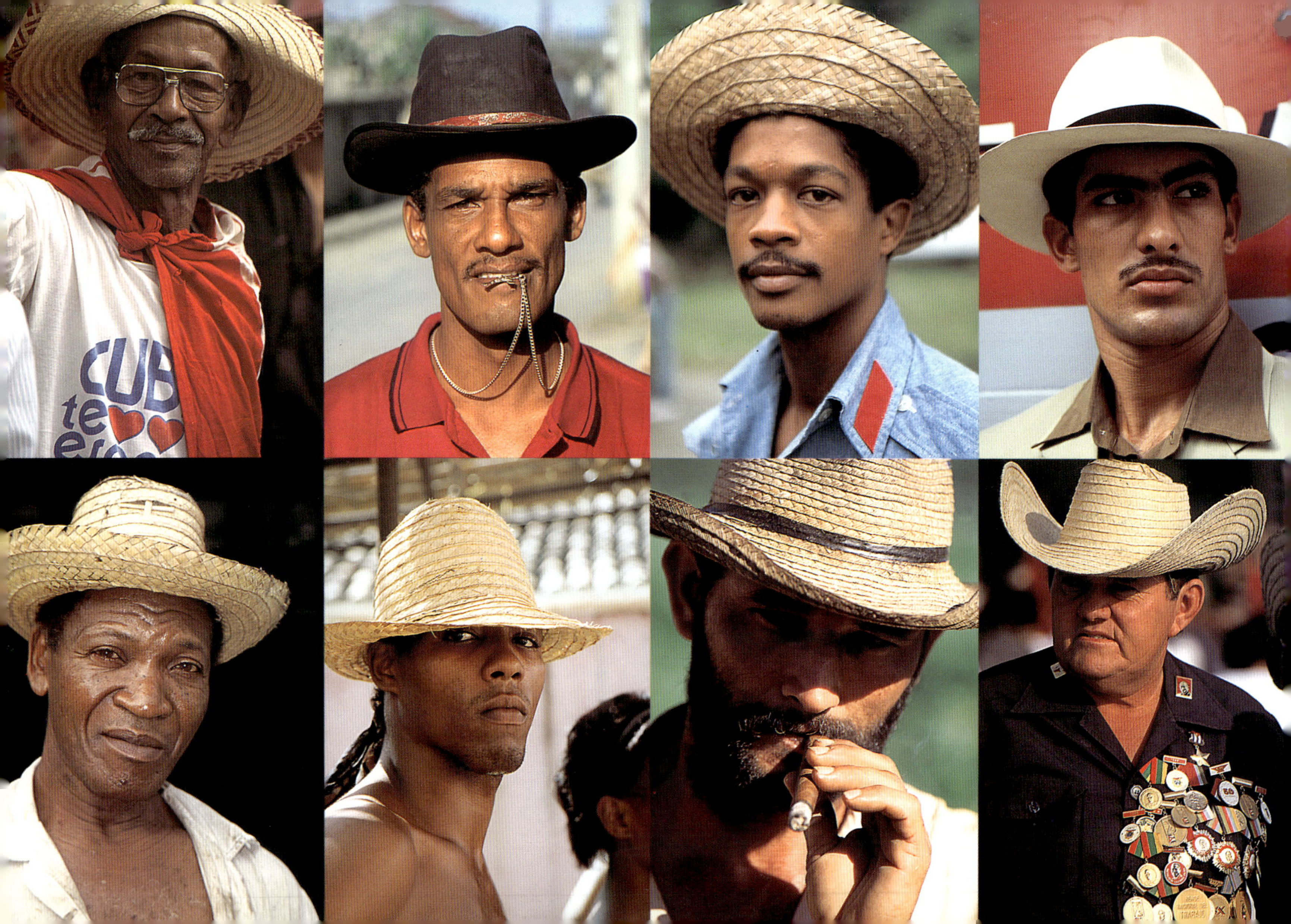
CUB
te

Cubano 100%

The notes on the photographs are by Reynaldo González

Los comentarios de las fotografías son de Reynaldo González

A different faith emerged in Cuba from a blend of European and African beliefs, this is the popular santería *religion. The Catholic saints have become fused with the* yorubas. *The religious rites are accompanied by drums and dances, and include offerings and specific mysteries for every ceremony. The faithful wear the colours that distinguish their deities (*orishas*) and follow rules and customs that constitute a philosophy, which coexists with that of the Catholic Church and of Marxism.*

De la fusión de creencias europeas y africanas nació una fe diferente en Cuba, la santería, que es una religión popular. Los santos católicos hallaron un peculiar sincretismo con los yorubas. Sus ritos van acompañados de tambores y bailes, con ofrendas y misterios que los identifican. Los fieles se visten con los colores que caracterizan a sus deidades (orishas) y se rigen por reglas y costumbres que constituyen una filosofía que convive con la de la iglesia católica y con el marxismo.

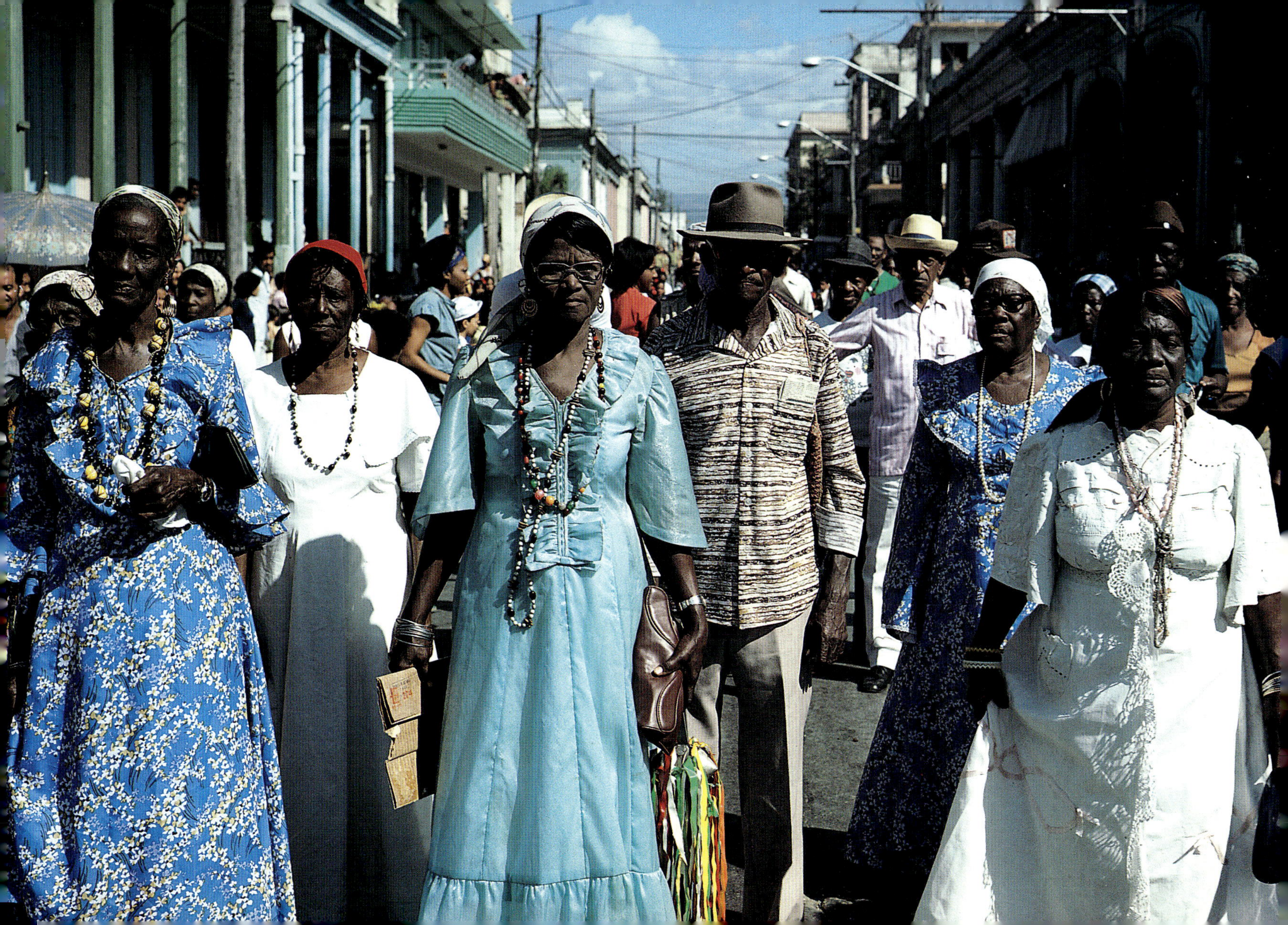

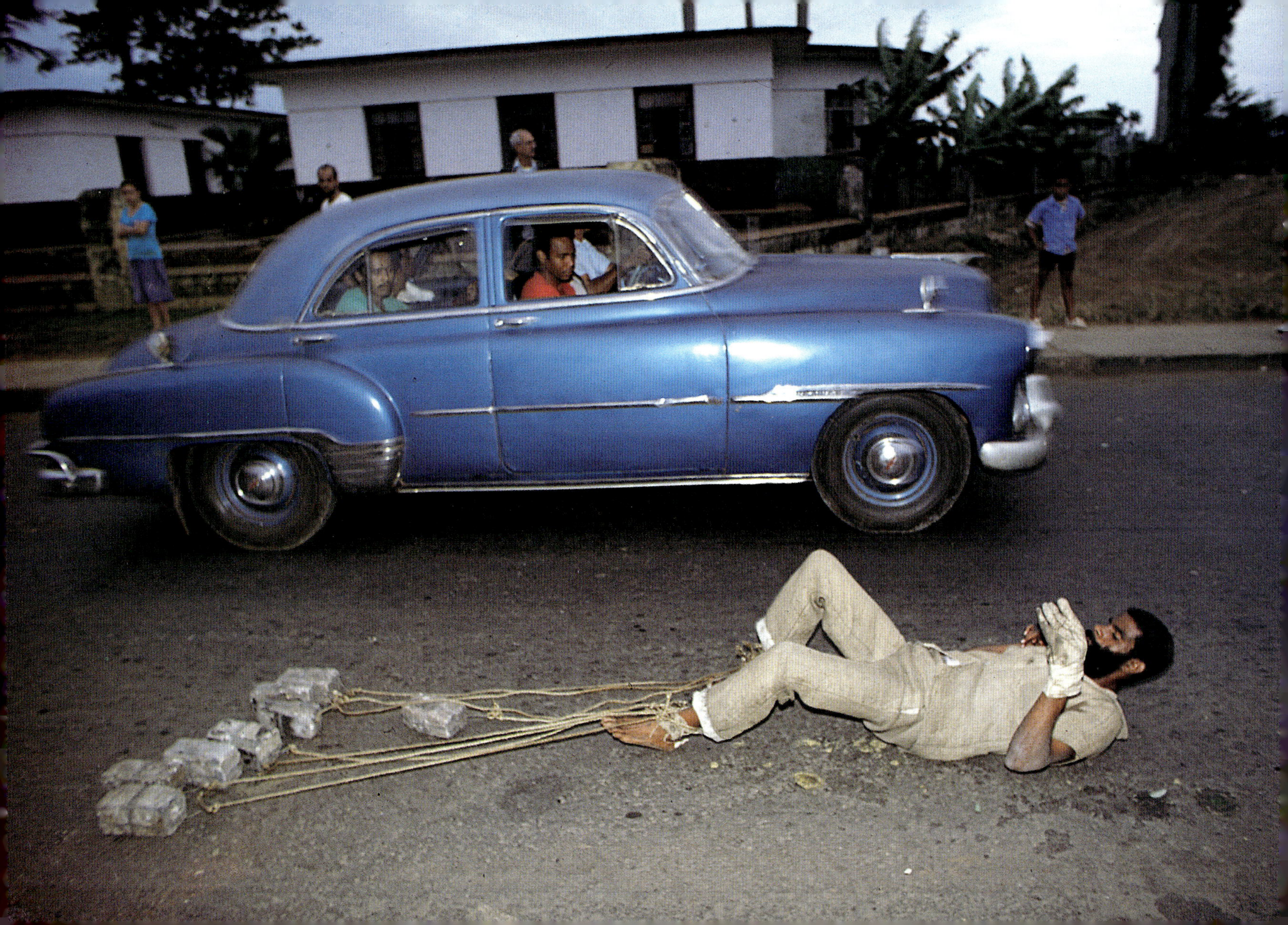

A believer fulfilling his vow by crawling to the altar of Saint Lazarus (Babalú Ayé in the Afro-Cuban religion) on his back

Un creyente cumple la promesa de arrastrarse hasta el altar de San Lázaro (Babalú Ayé en la religión afrocubana)

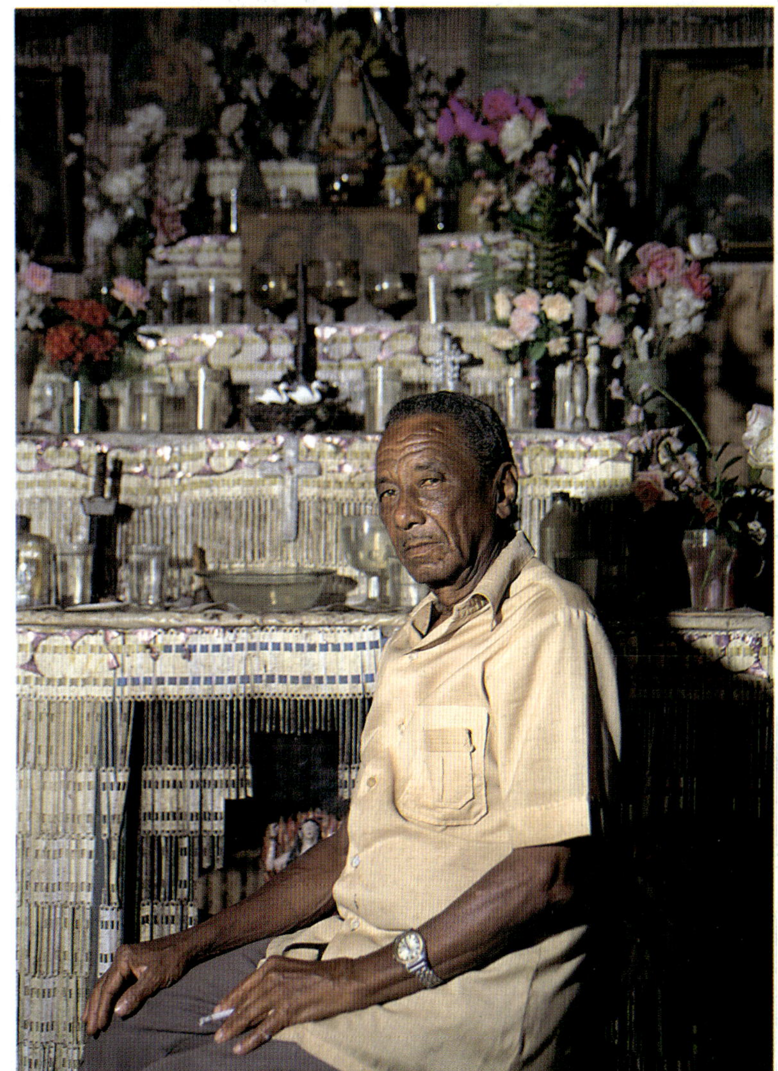

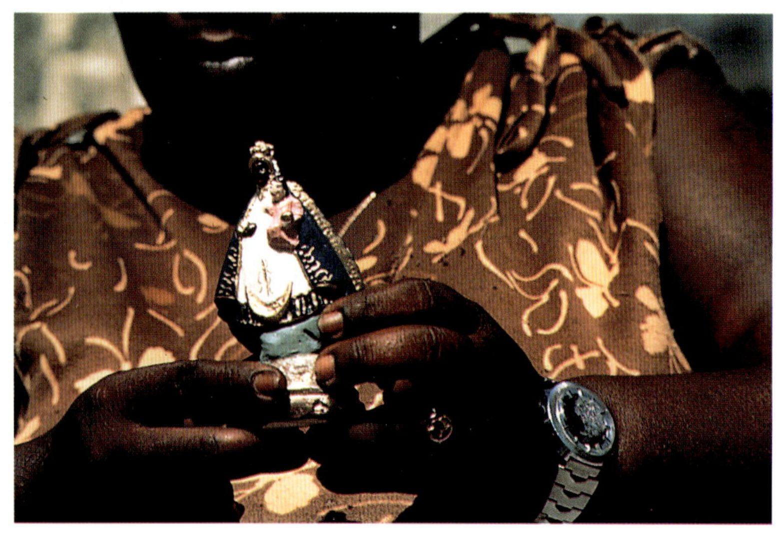

The Madonna of Regla. Her equivalent in the Afro-Cuban *santería* is Yemayá. She has her own church and temple-house at Regla, on the coast near Havana

Imagen de la Virgen de Regla. Su encarnación en la santería popular, afrocubana, es Yemayá. Tiene su iglesia y su casa templo en Regla, pueblo marítimo de La Habana

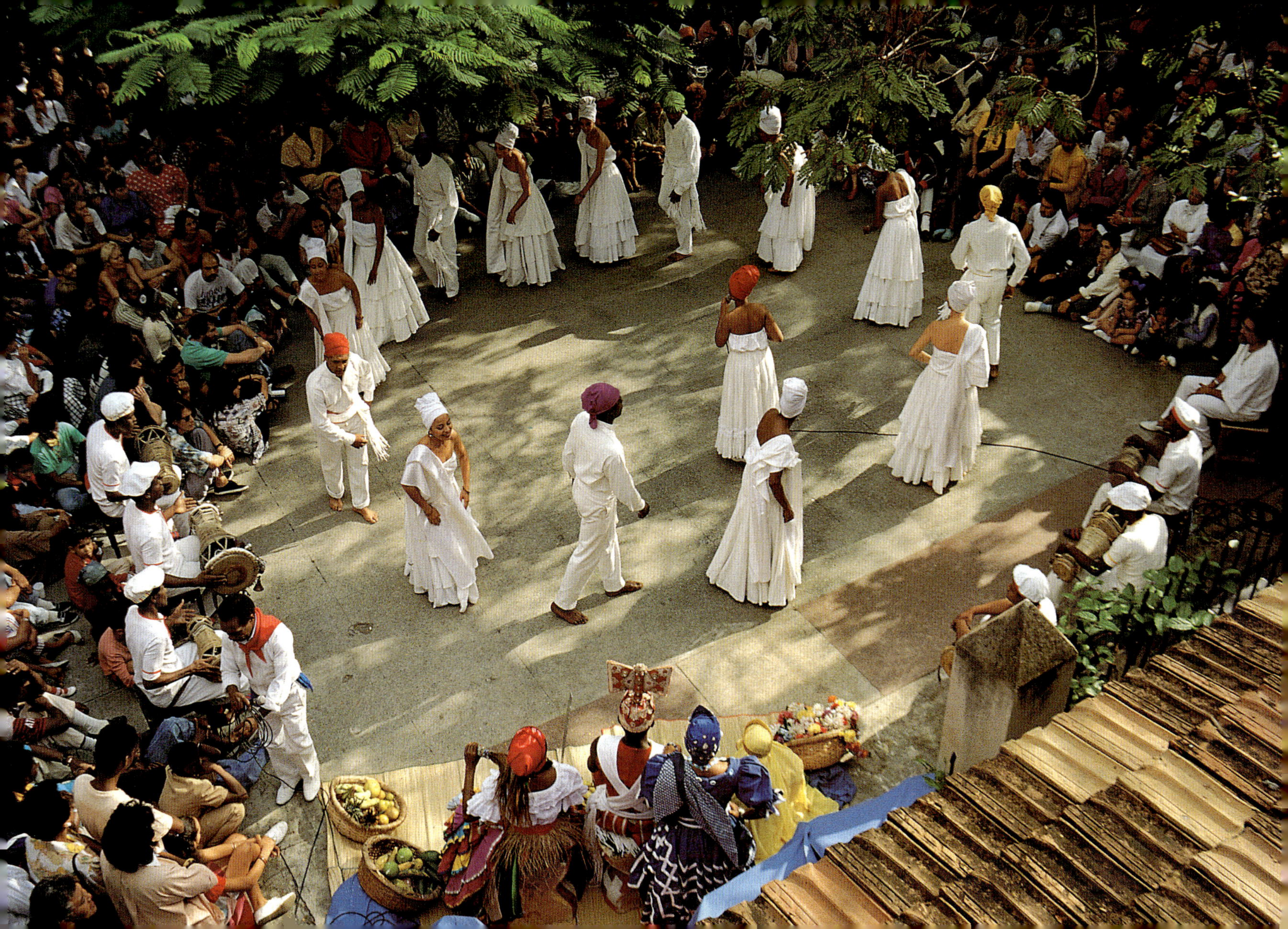

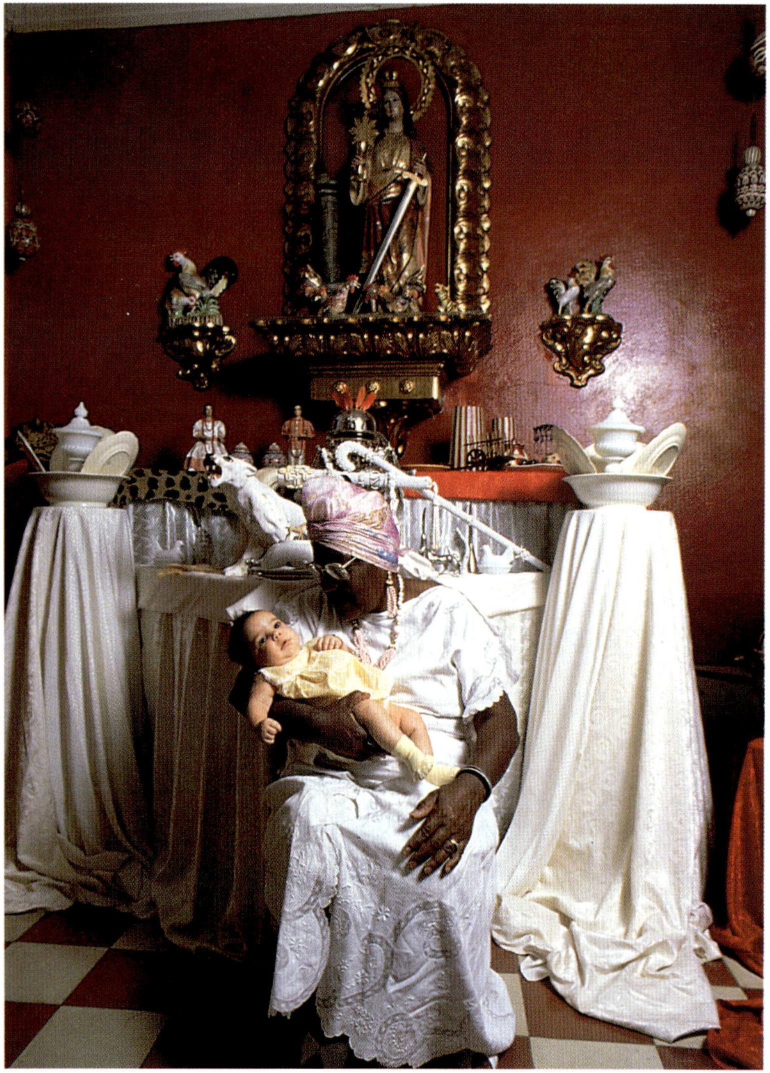

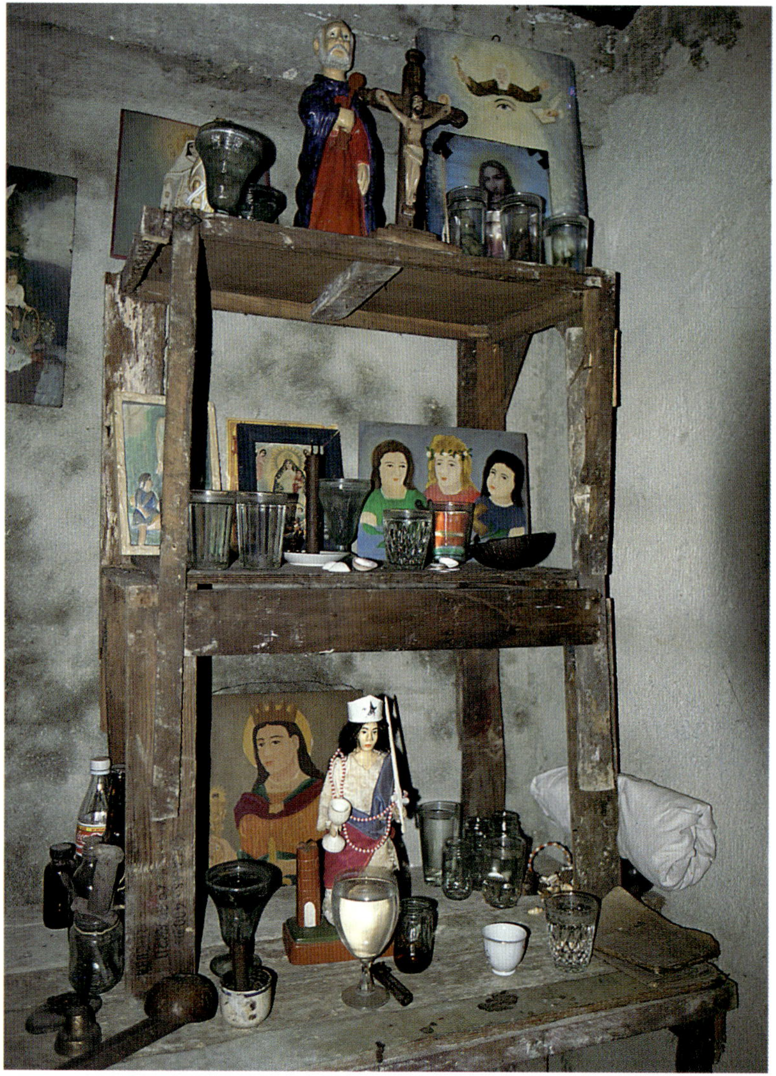

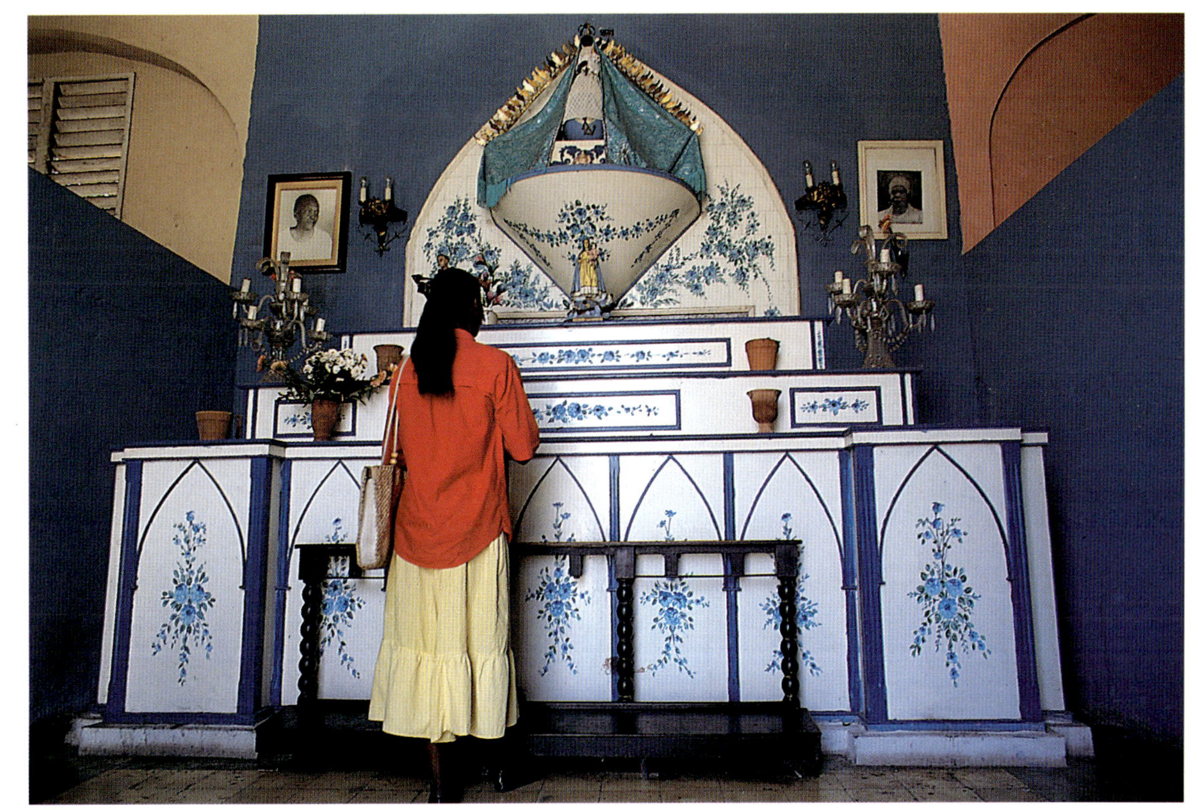

Catholic saints and *yorubas* on an altar in a family home

En un altar doméstico comulgan santos católicos y yorubas

Havana, considered by the Spanish empire "the antechamber to the Indies", is one of the most beautiful cities in the New World. It has a great variety of colonial and modern architectural styles, including art nouveau and art deco, as well as luxury residential areas. Densely-populated Old Havana is famous for its striking buildings. UNESCO has declared it a World Heritage Site and many Cubans are making great efforts to restore it. The great writer Alejo Carpentier called it "the city of columns", but it could also be considered the city of windows, wrought iron work and the oldest fortresses in America. Visitors find its courtyards and balconies magical and fascinating.

La Habana, considerada por la antigua metrópoli española como "antesala de Las Indias", es una de las ciudades más bellas del Nuevo Mundo. En sus edificios coinciden elementos coloniales y modernos, el art nouveau, el art deco, barrios residenciales de gran lujo y la populosa Habana Vieja, famosa por sus extraordinarios palacios. La UNESCO la calificó Patrimonio de la Humanidad y muchos cubanos se esfuerzan en la restauración de su patrimonio. El gran escritor Alejo Carpentier la llamó "la ciudad de las columnas", pero también se la podría considerar ciudad de los vitrales, de las rejas y de las más antiguas fortalezas de América. Sus patios y balcones ofrecen sorpresas de magia y encanto para los visitantes.

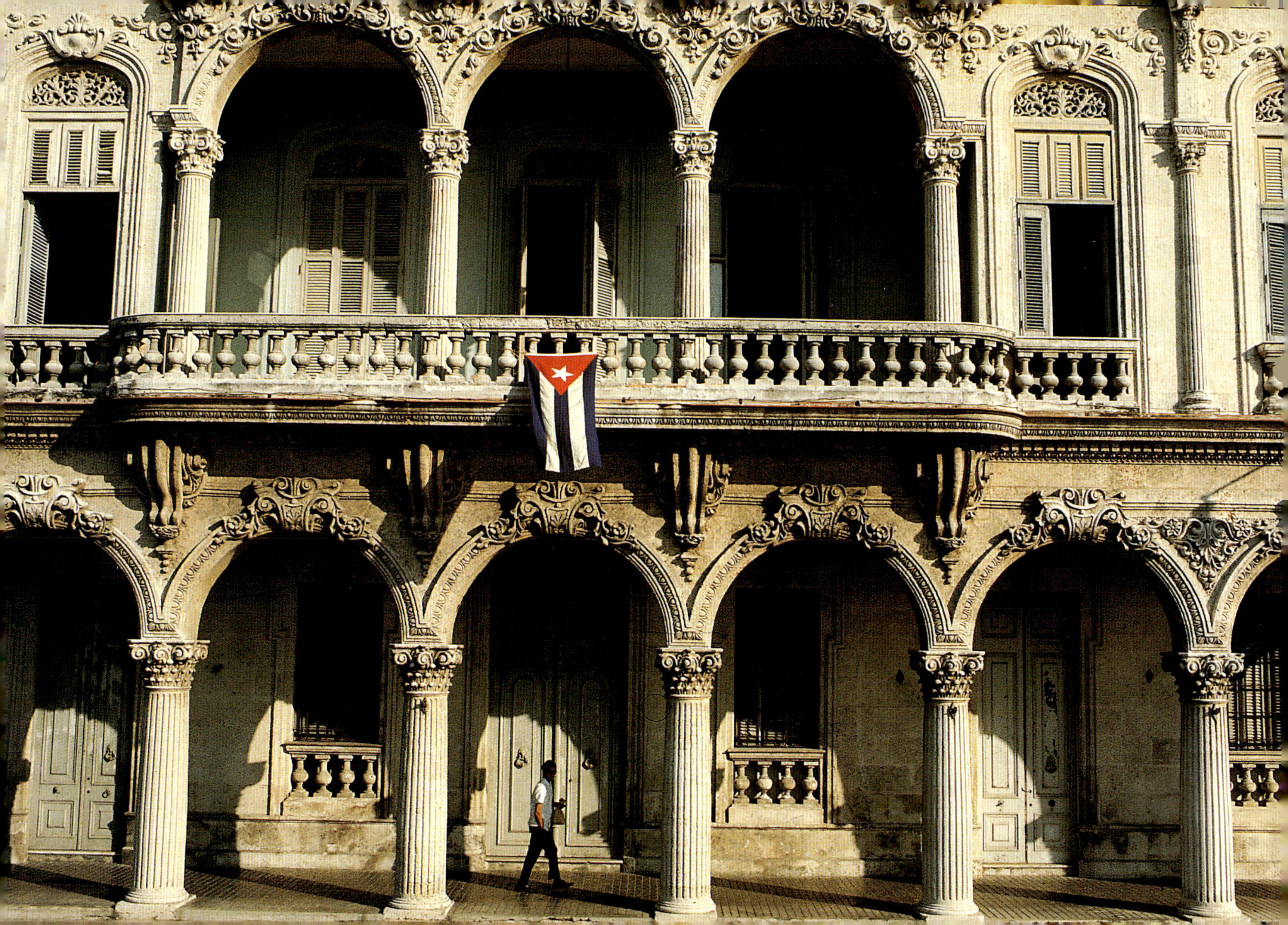

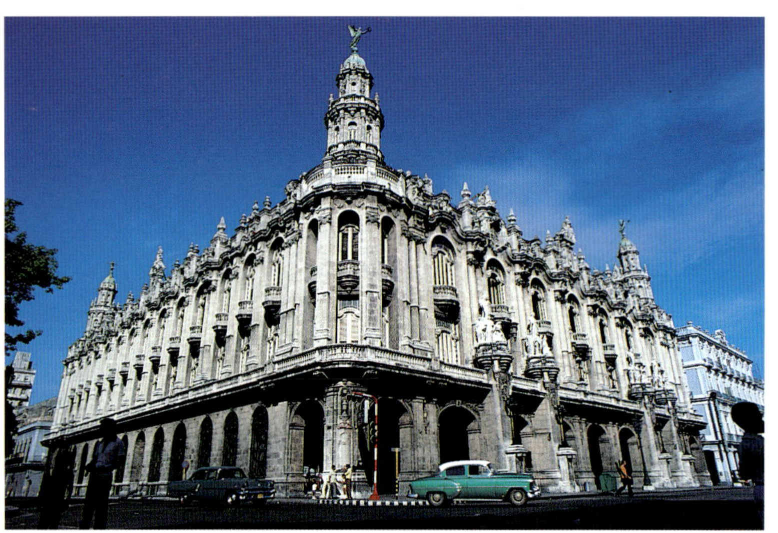

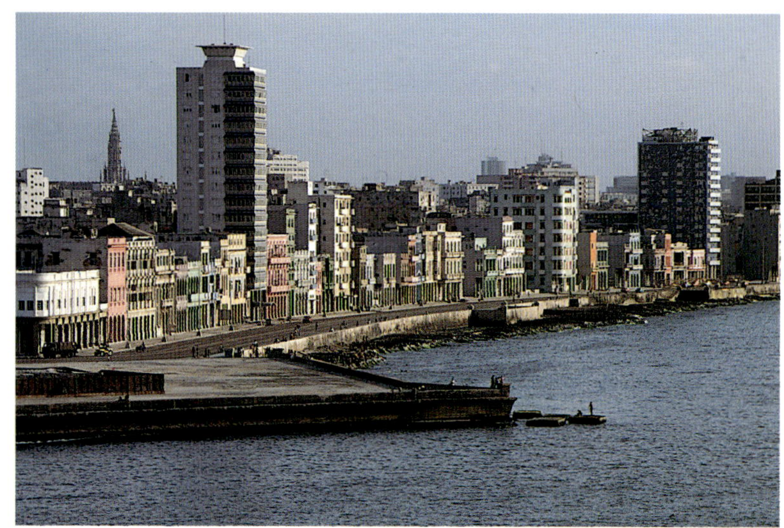

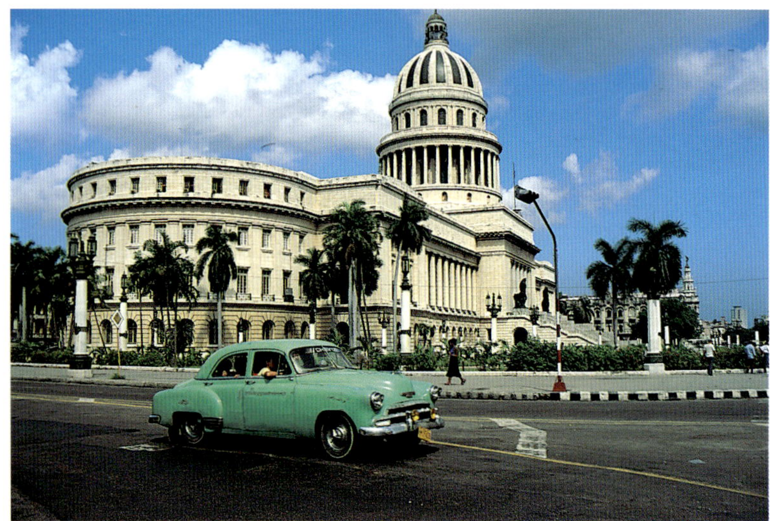

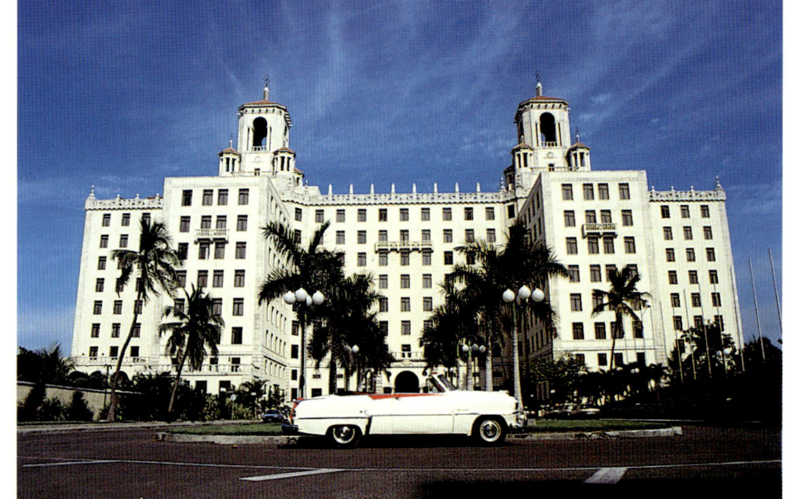

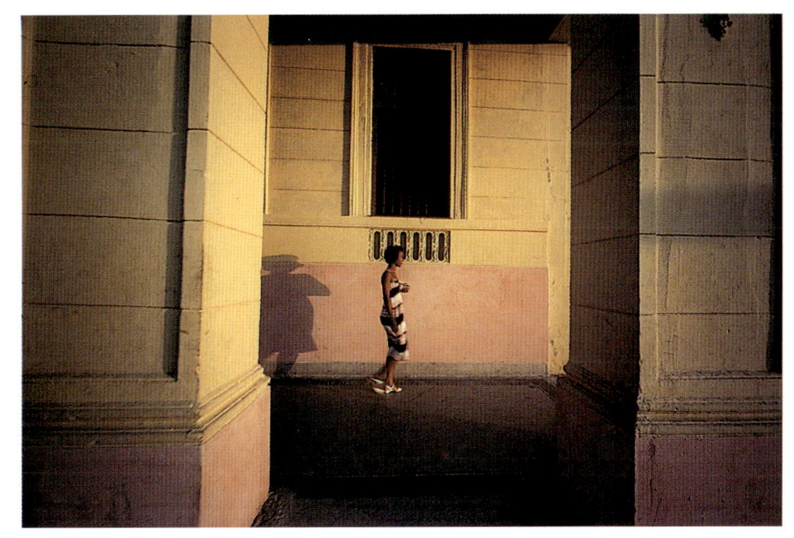

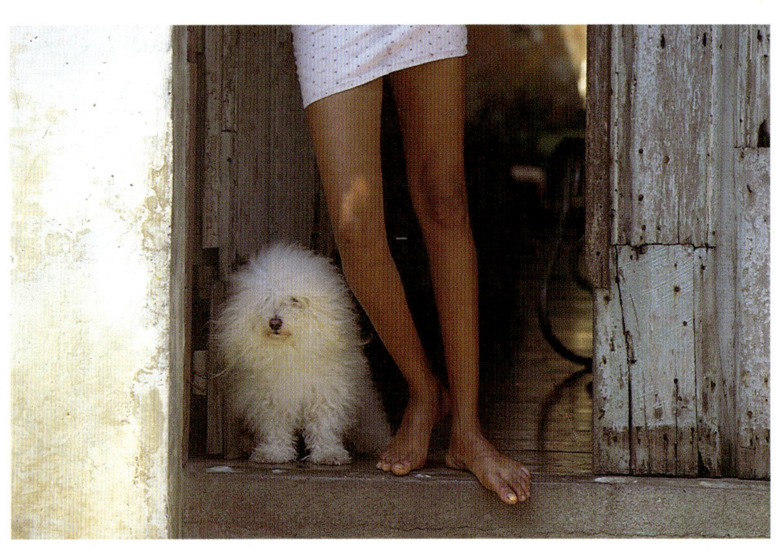

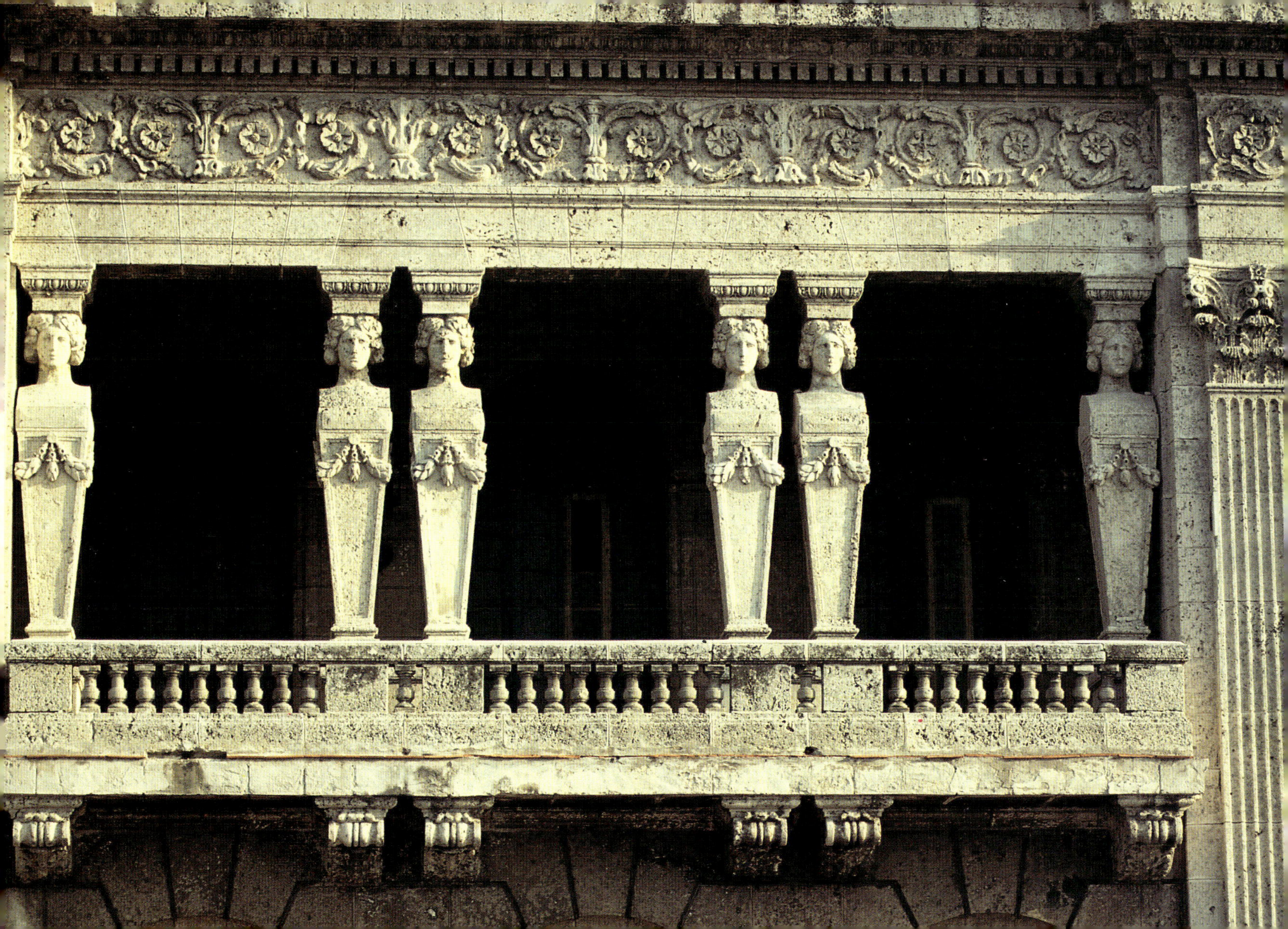

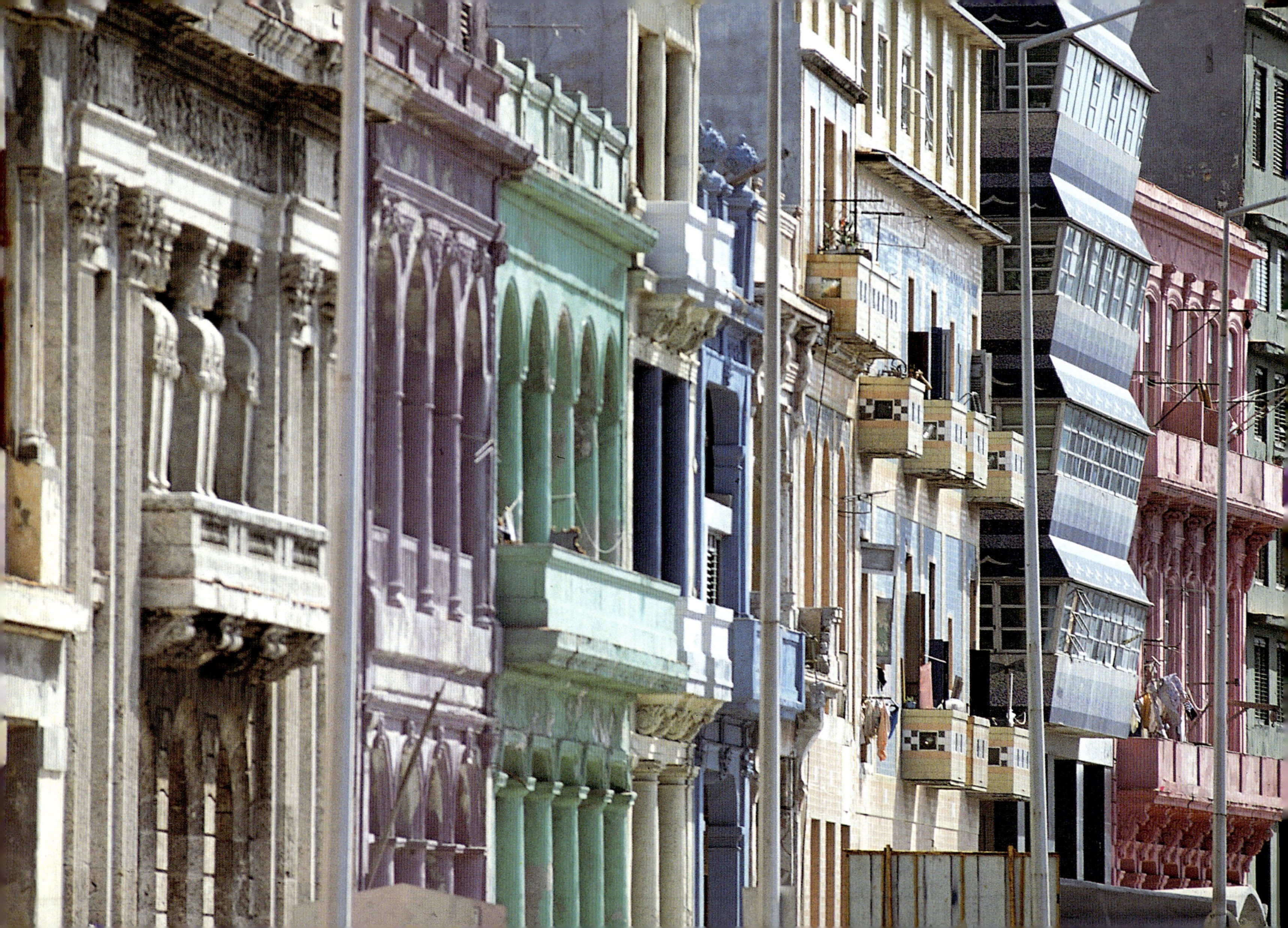

The Malecón in Havana is a window overlooking the Caribbean. In the morning fisherman, visitors and ordinary people meet up there to be near the sea. You come across lovers who for some mysterious reason think they're invisible when they're enveloped by that very special light, airy atmosphere.

El Malecón de La Habana es una ventana al Mar Caribe. Desde la mañana está concurrido por pescadores, visitante y vecinos que buscan la cercanía del mar. Se cruzan con los enamorados que por alguna misteriosa razón, consideran que nadie los ve si están rodeados por la luz y el aire que les regalan una atmósfera privilegiada.

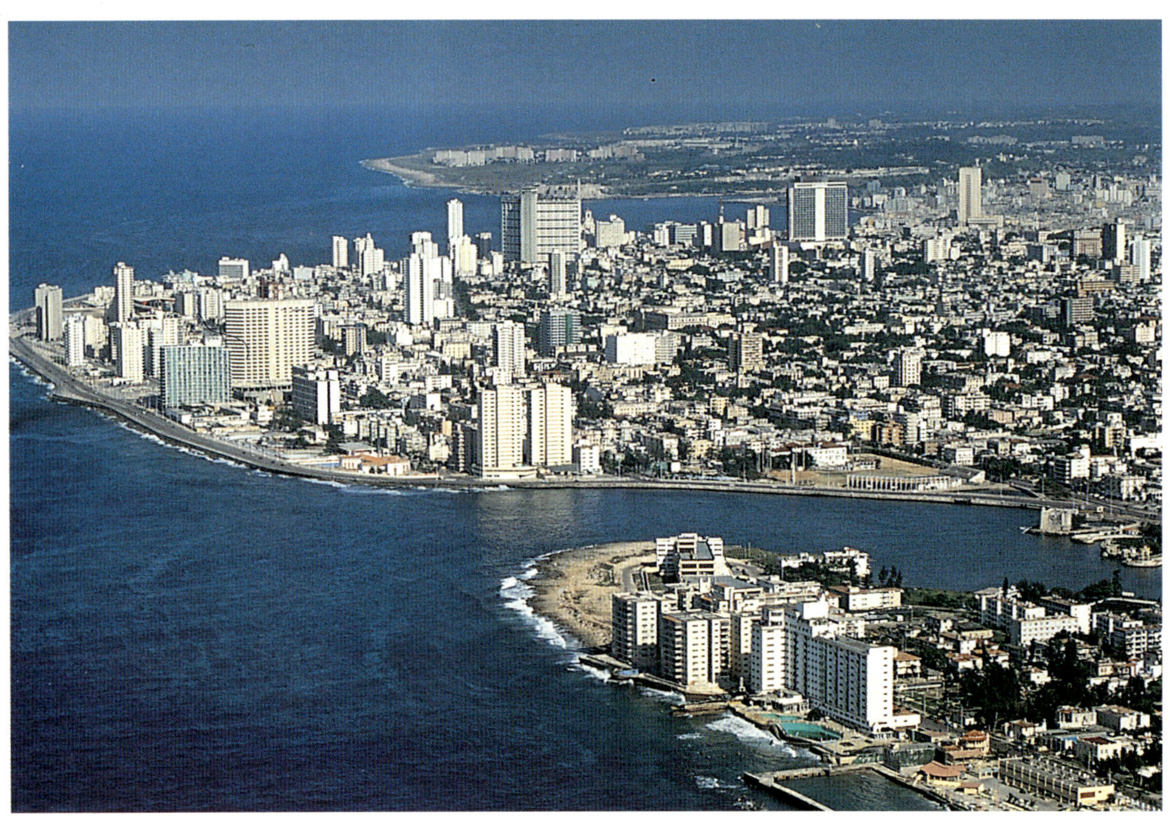

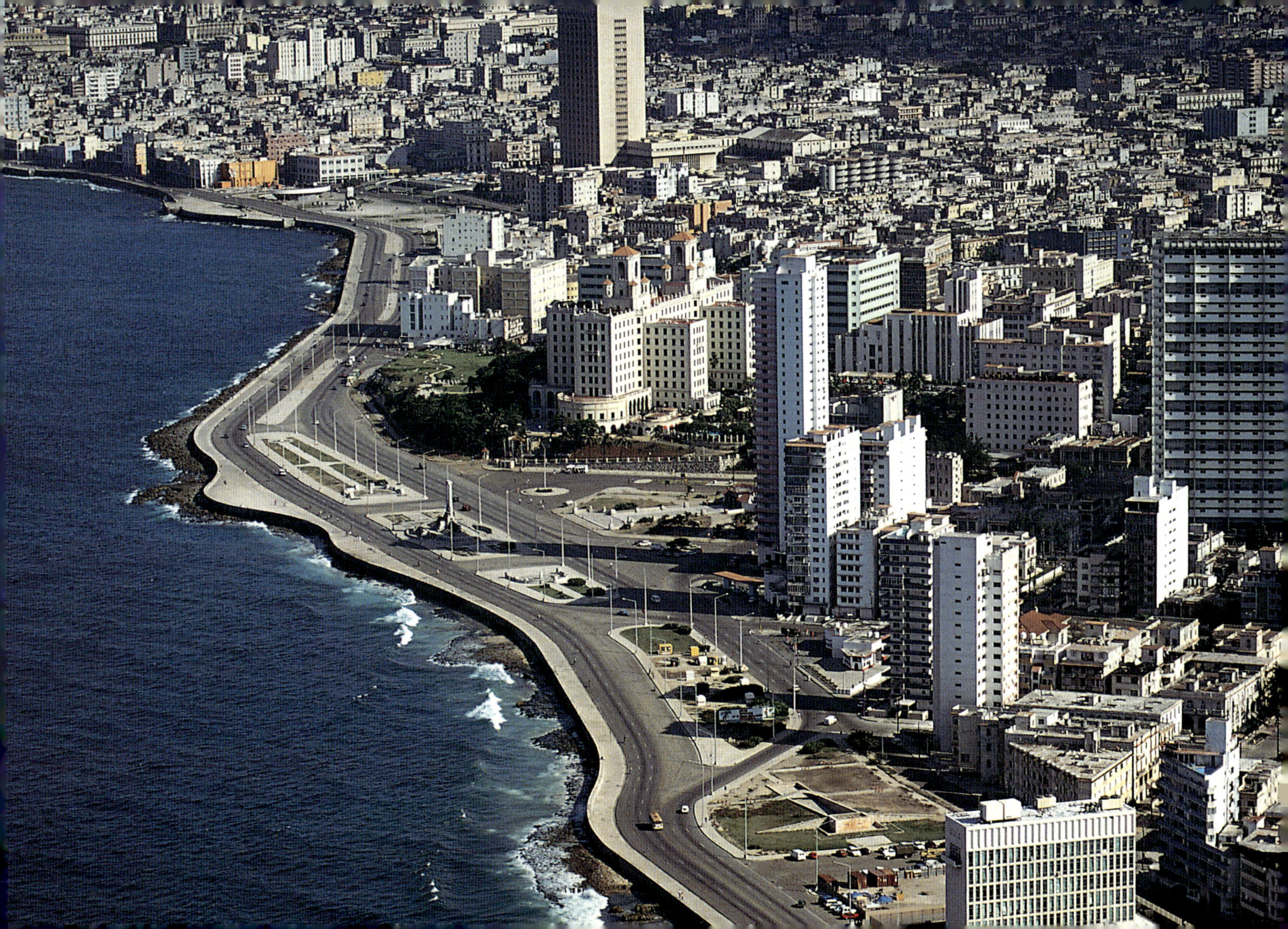

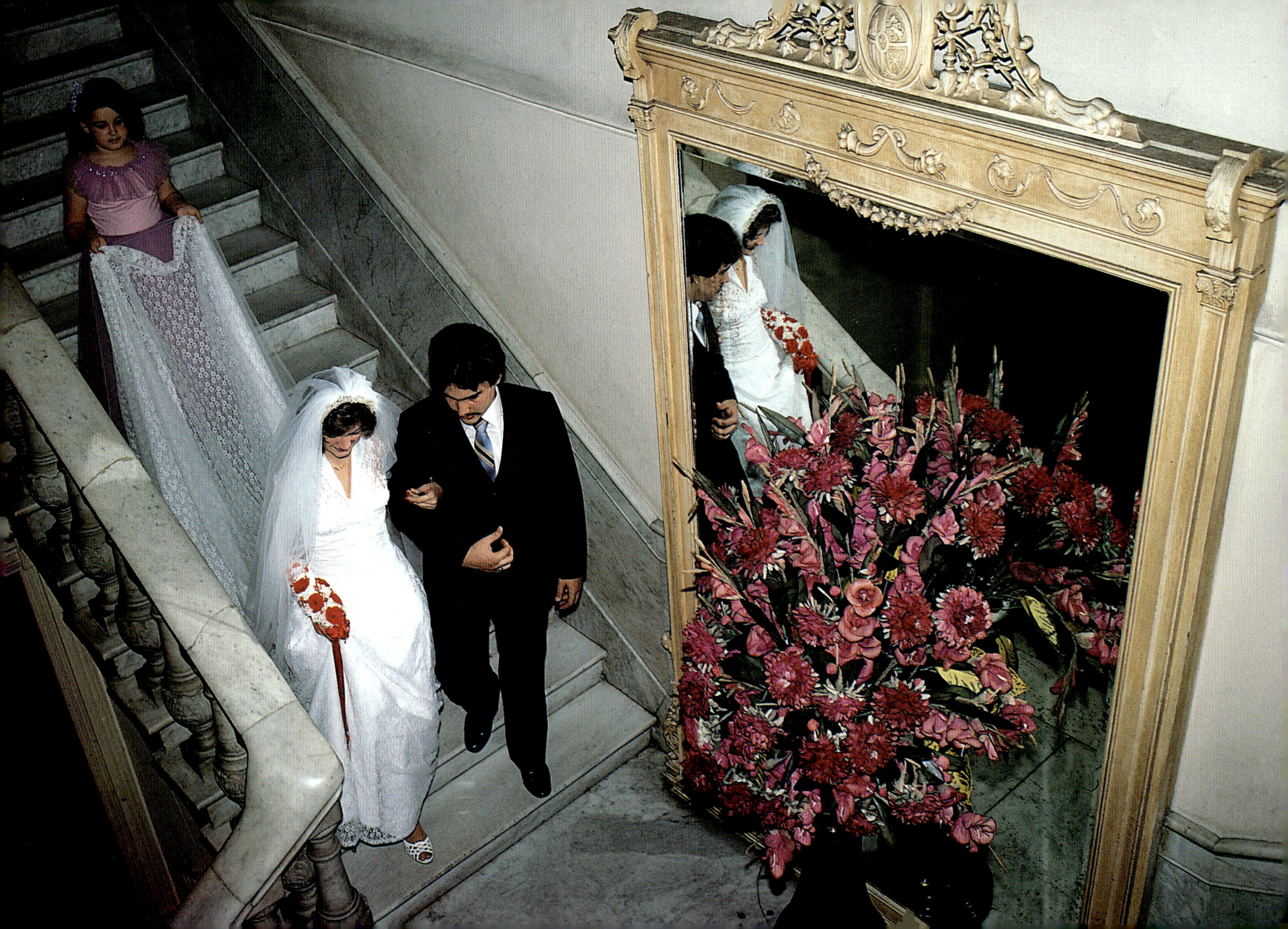

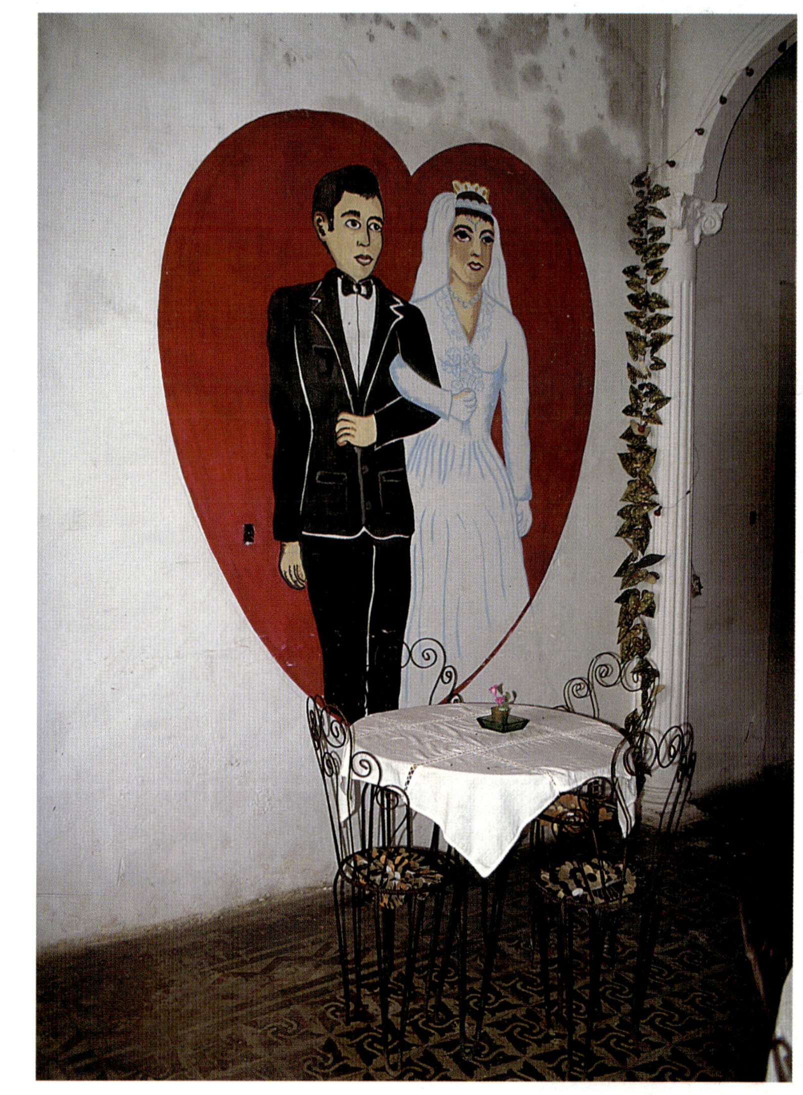

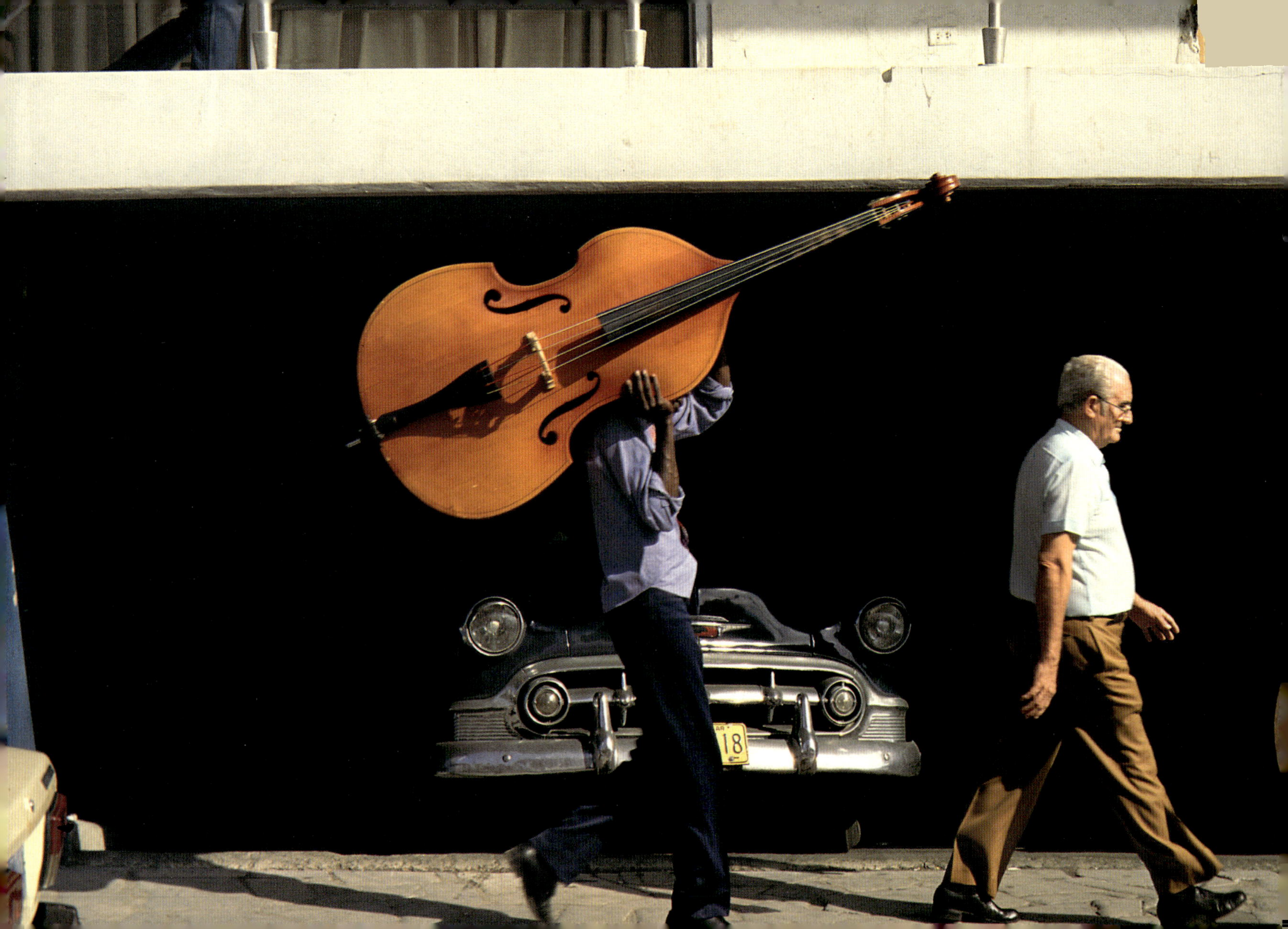
18

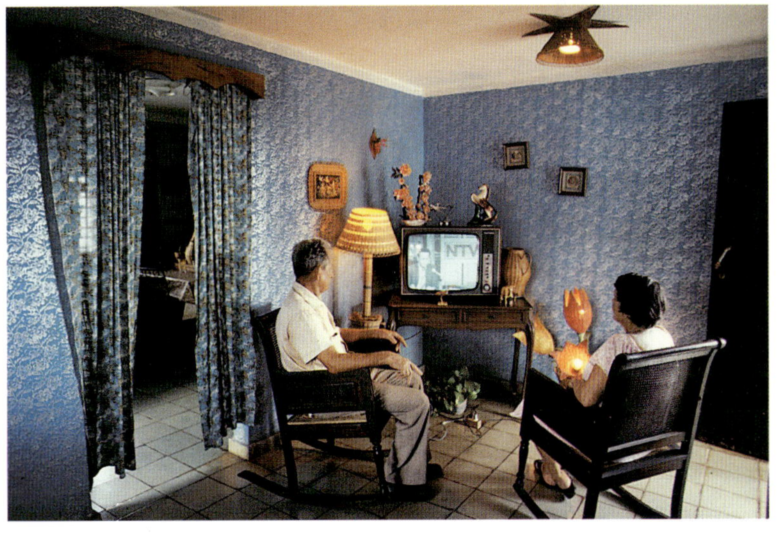
NTV

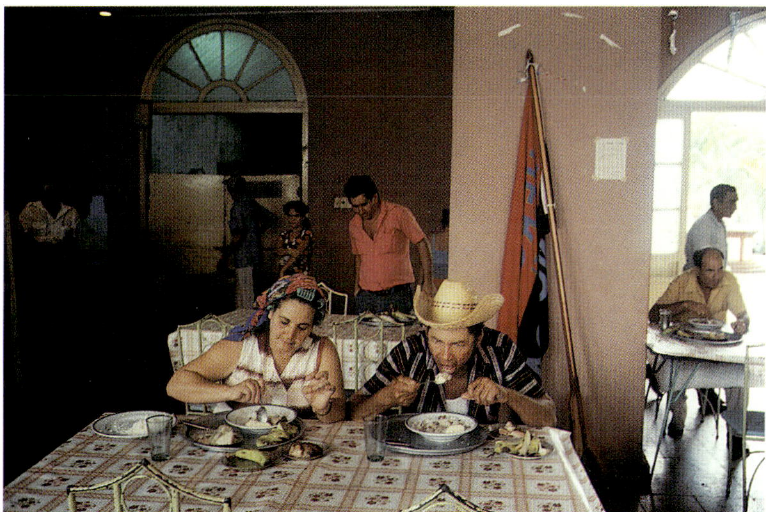

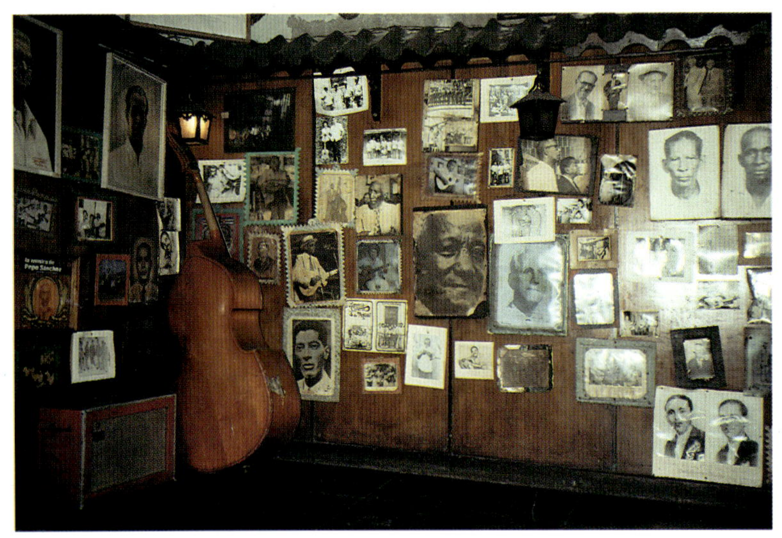

The Casa de la Trova, Santiago de Cuba, preserves the memory of the old romantic Cuban musicians and is home to their followers

La Casa de la Trova en Santiago de Cuba, conserva el recuerdo de los viejos músicos románticos cubanos y alberga a sus continuadores

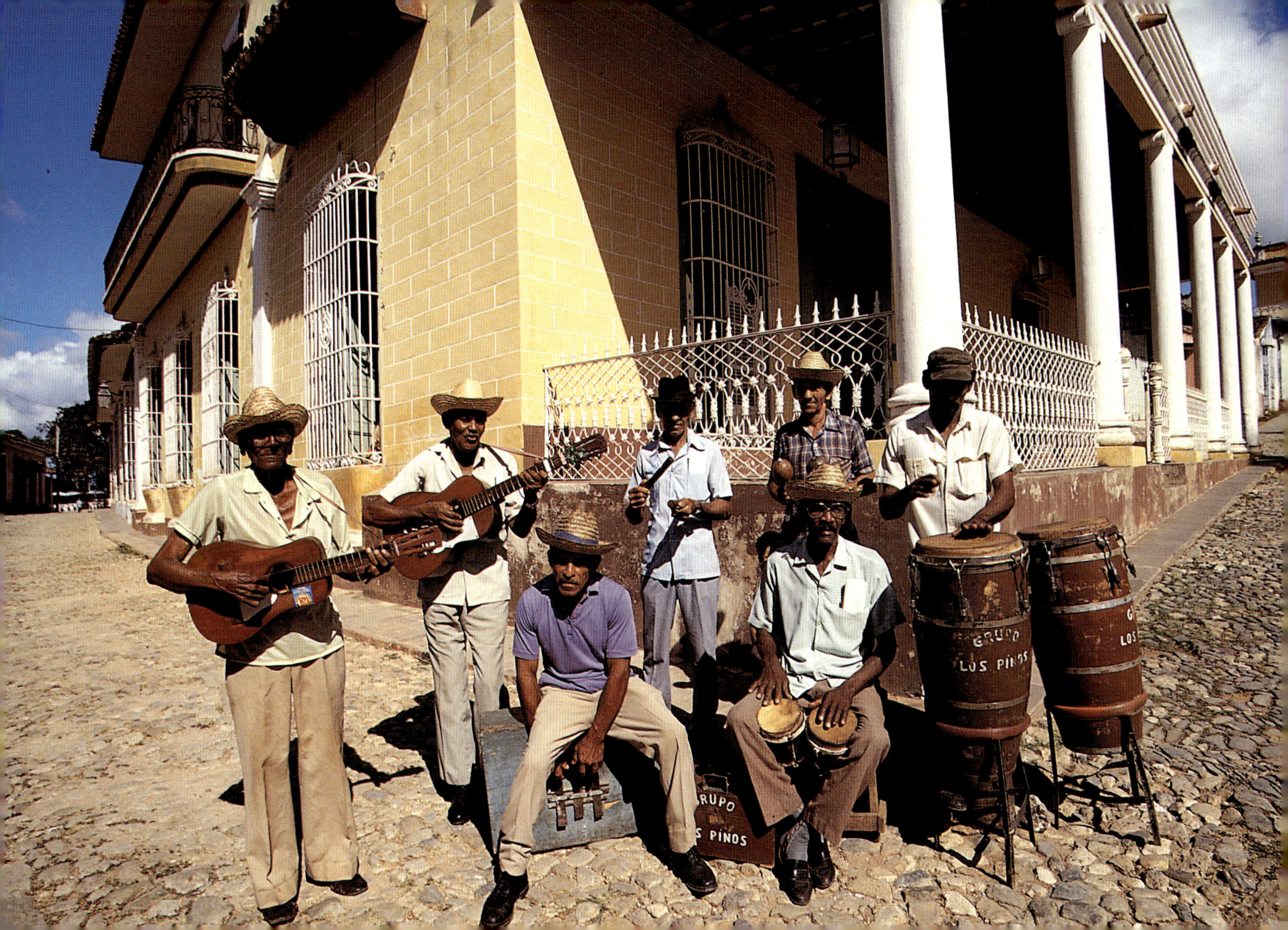
GRUPO
LOS PINOS

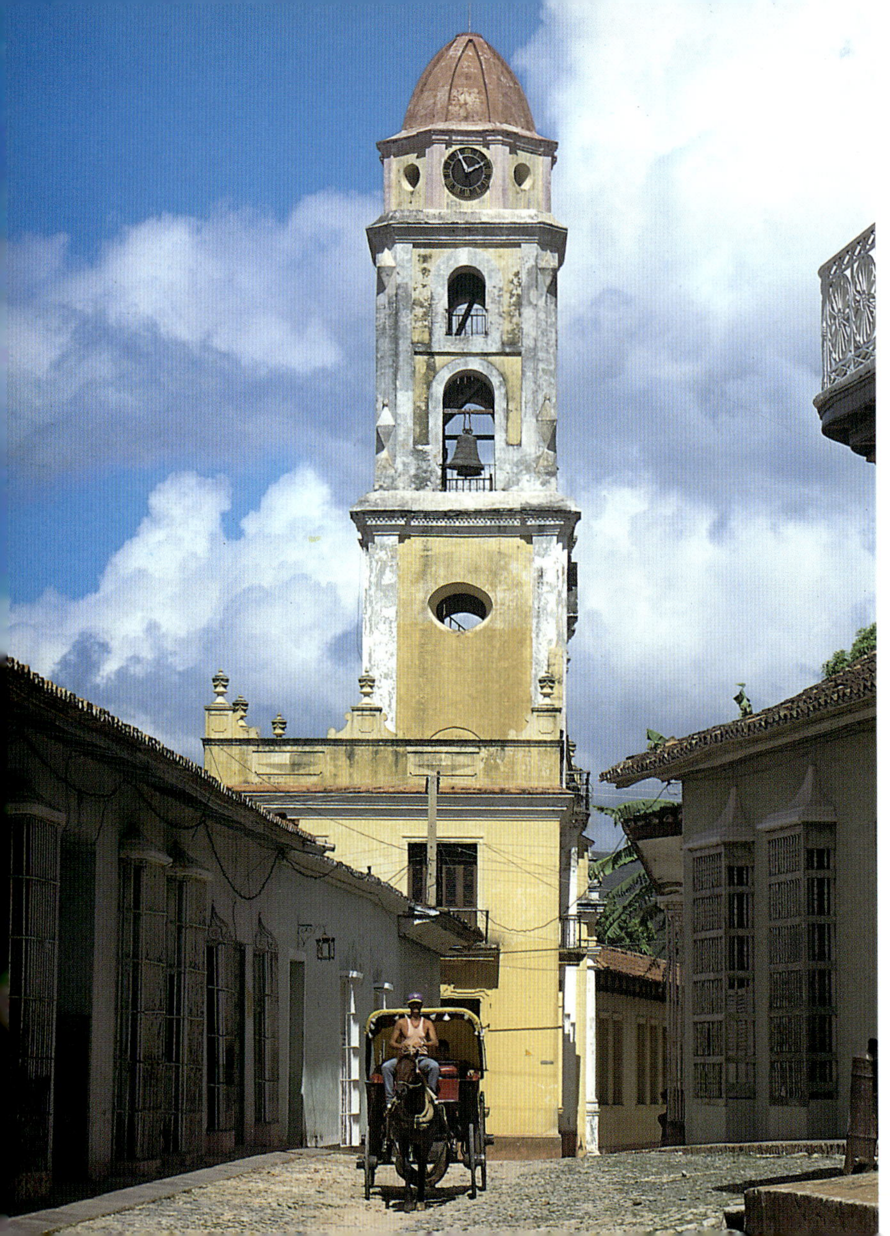

Trinidad, one of the first cities in the New World founded by the Spanish *conquistadores*

Trinidad, una de las primeras ciudades fundadas por los conquistadores españoles en el Nuevo Mundo

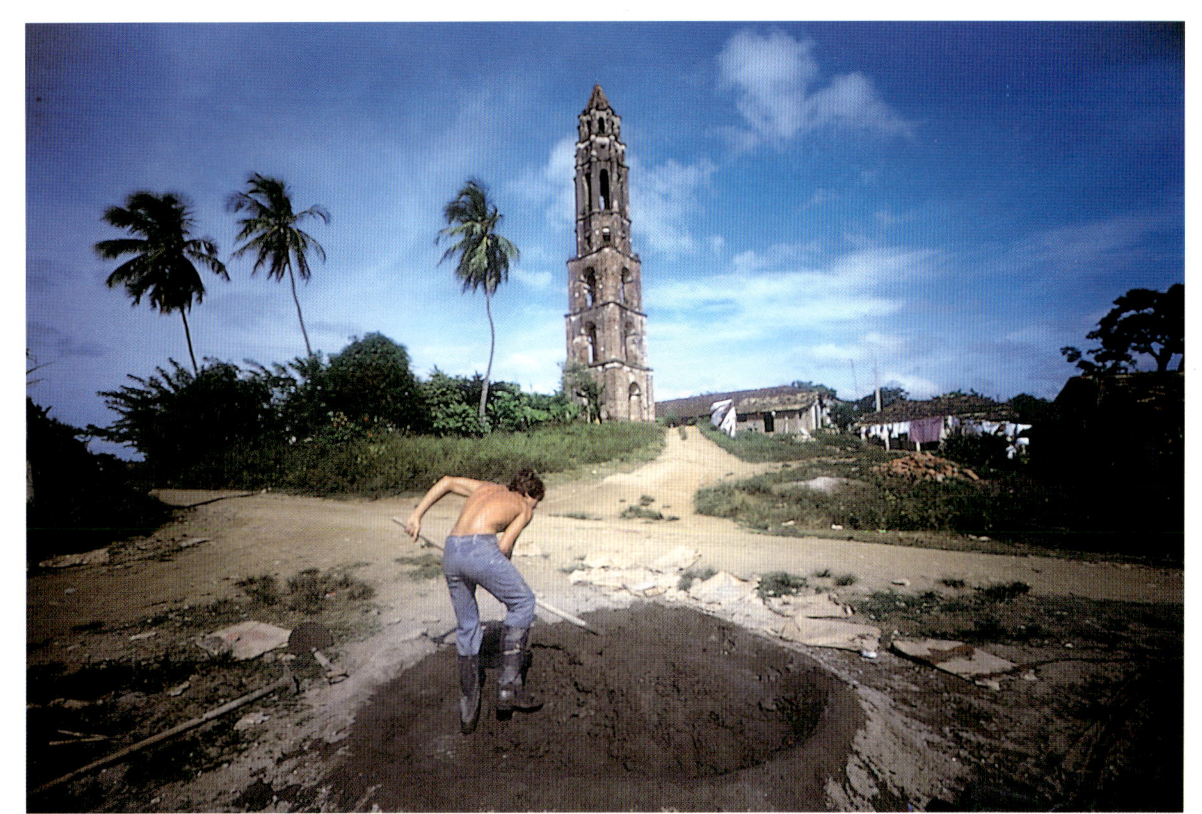

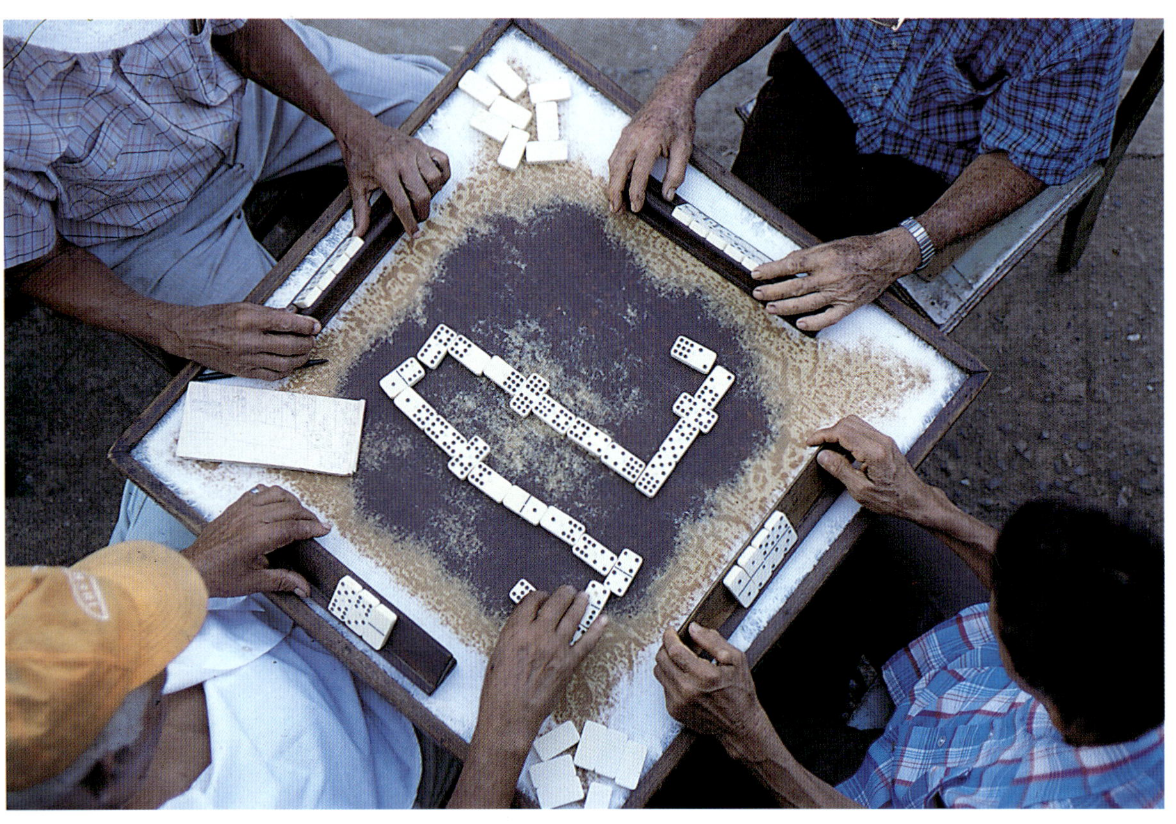

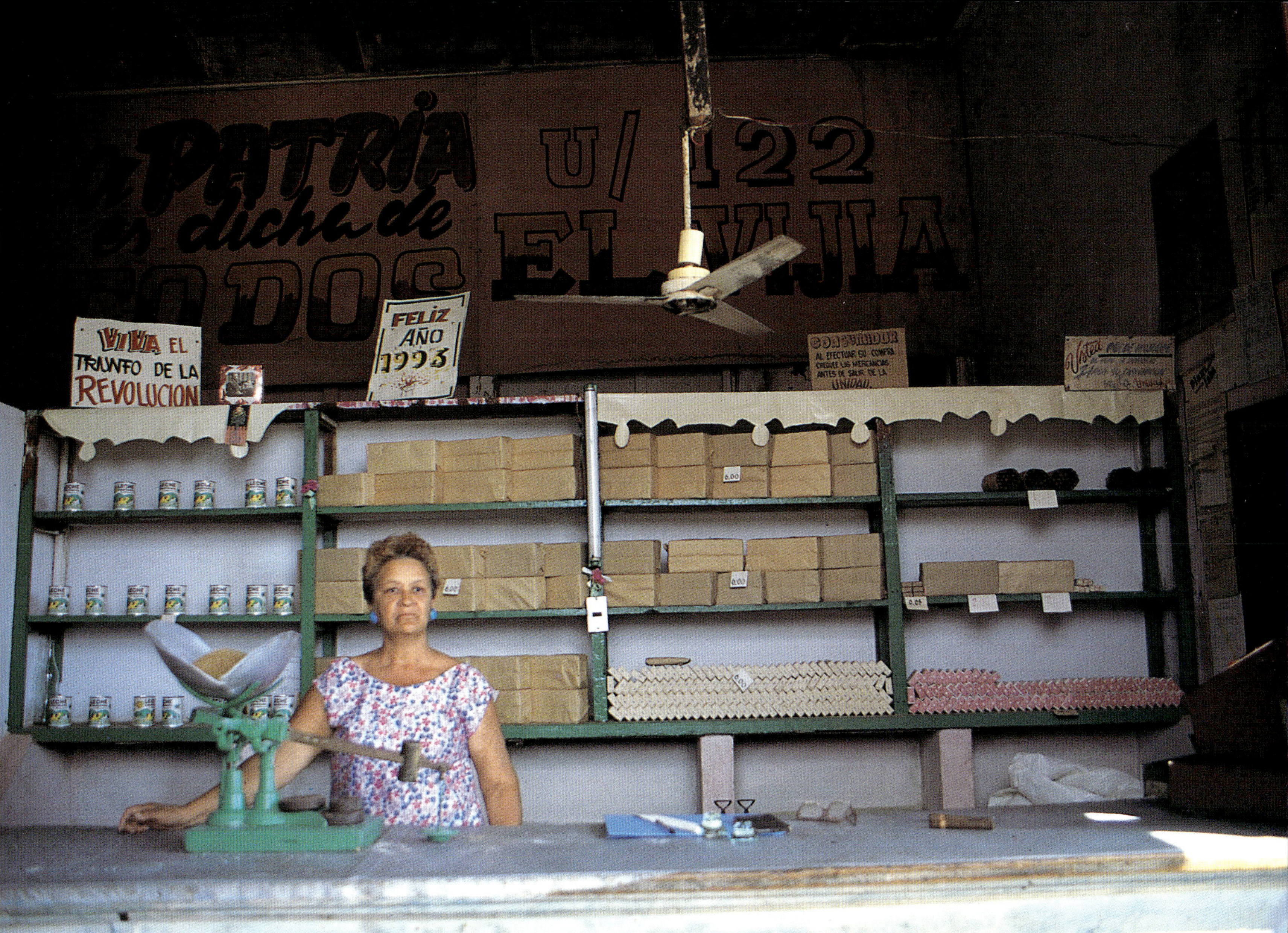
PATRIA
dicha de
DOS
U/ 122
EL VIJIA
VIVA EL
TRIUNFO DE LA
REVOLUCION
FELIZ
AÑO
1993
AL EFECTUAR SU COMPRA
CHEQUEE LAS MERCANCIAS
ANTES DE SALIR DE LA
UNIDAD.
Usted
LECHE

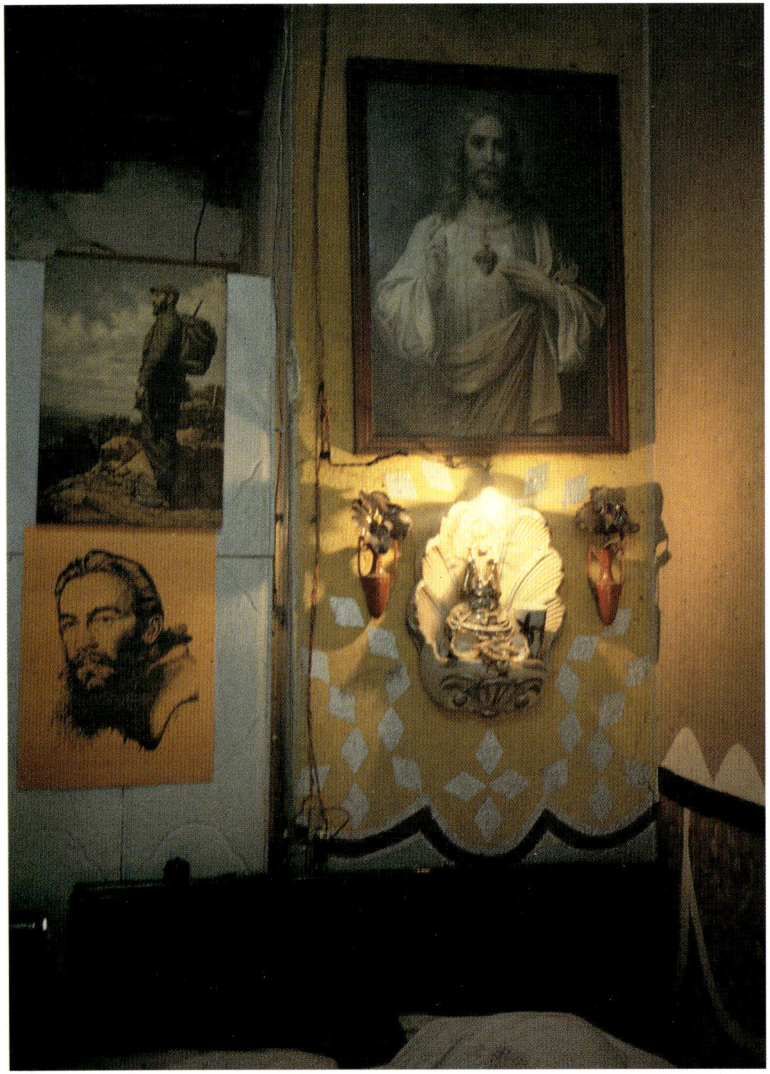

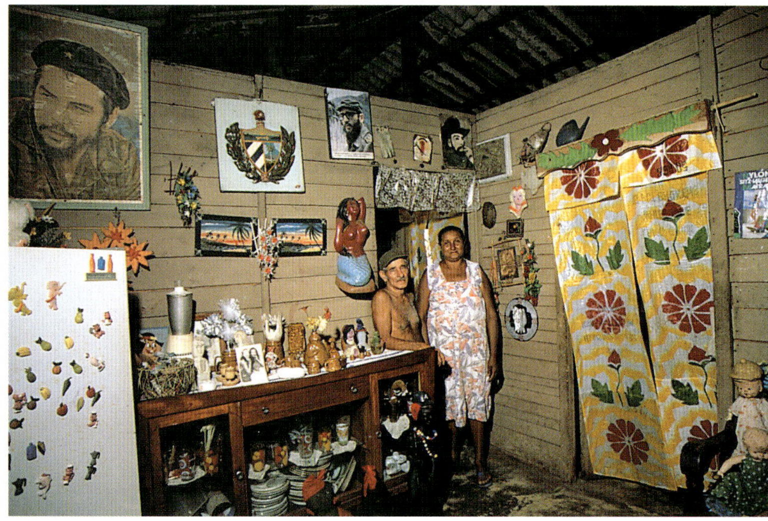

In their daily lives the Cubans mix patriotic symbols with pictures of the revolutionary heroes and saints. They carry them around with them at work and at play, at political events and even at home. Che Guevara, Camilo Cienfuegos, José Martí and other heroes of the wars of independence and the revolution take pride of place. These images express a political ideal that extends beyond private and community life.

En su vida cotidiana los cubanos mezclan los símbolos patrióticos, los héroes de la revolución y los santos. Los acompañan en la diversión, el trabajo, las manifestaciones políticas y la intimidad. Tienen lugar de preferencia el Che Guevara, Camilo Cienfuegos, José Martí y otros héroes de las guerras independentistas y de la revolución. Con ellos se expresa una politización que trasciende la vida colectiva y la individual.

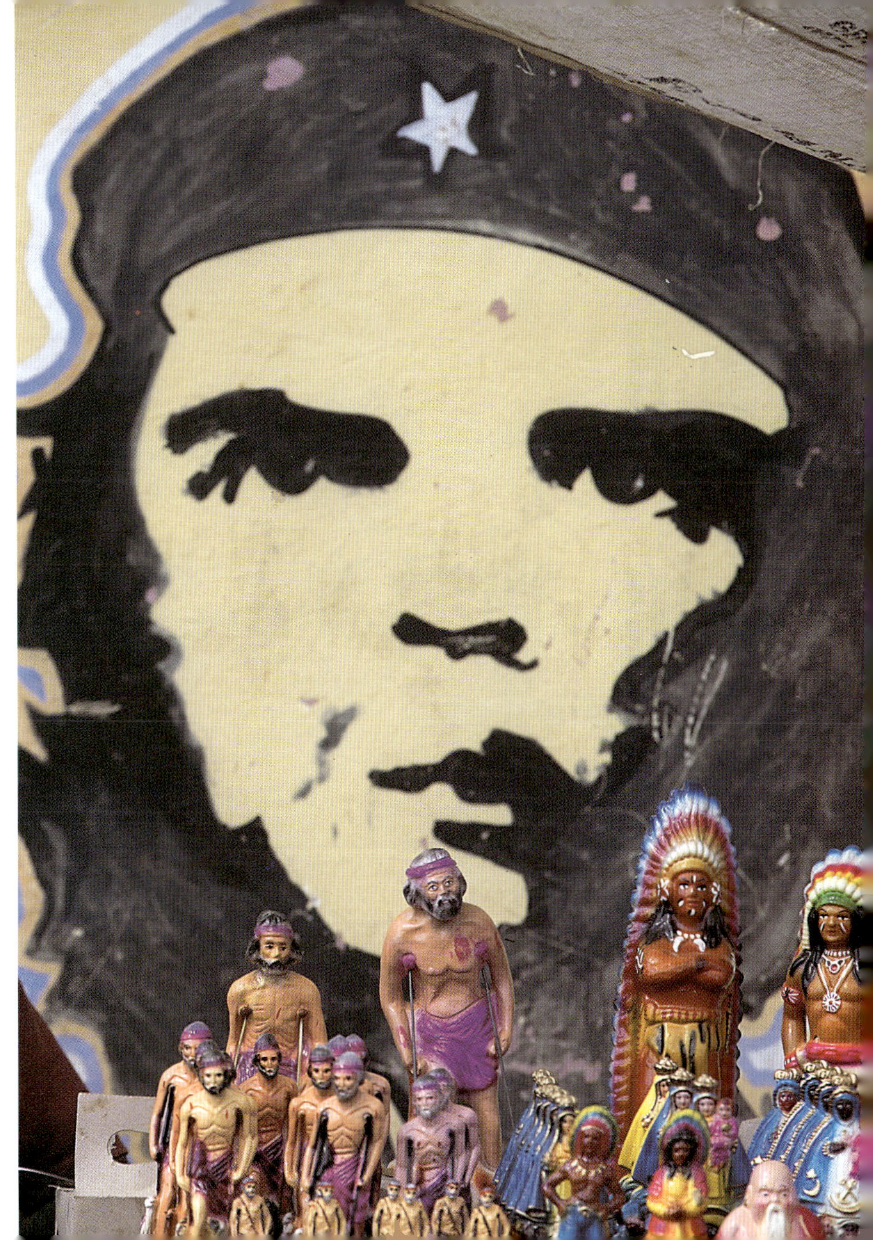

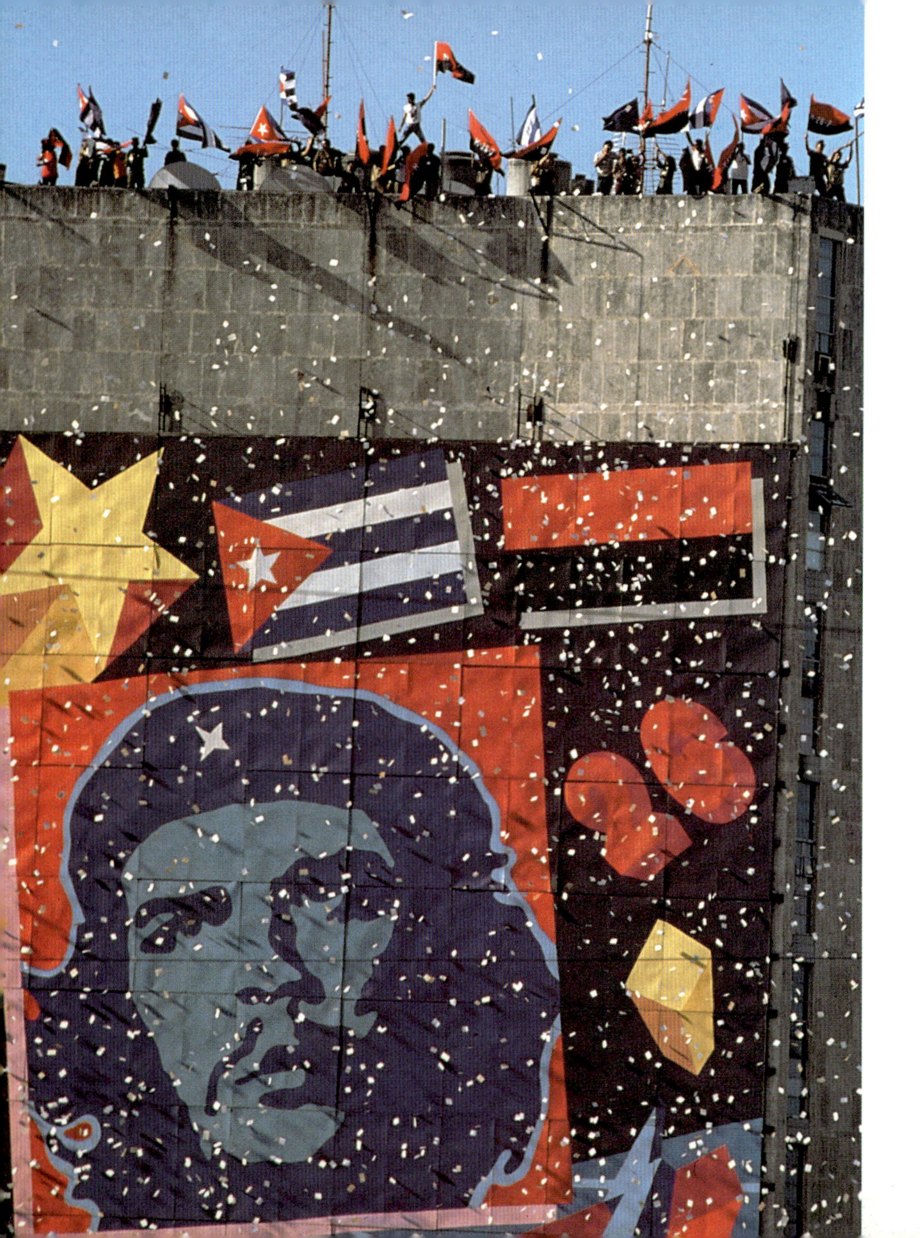

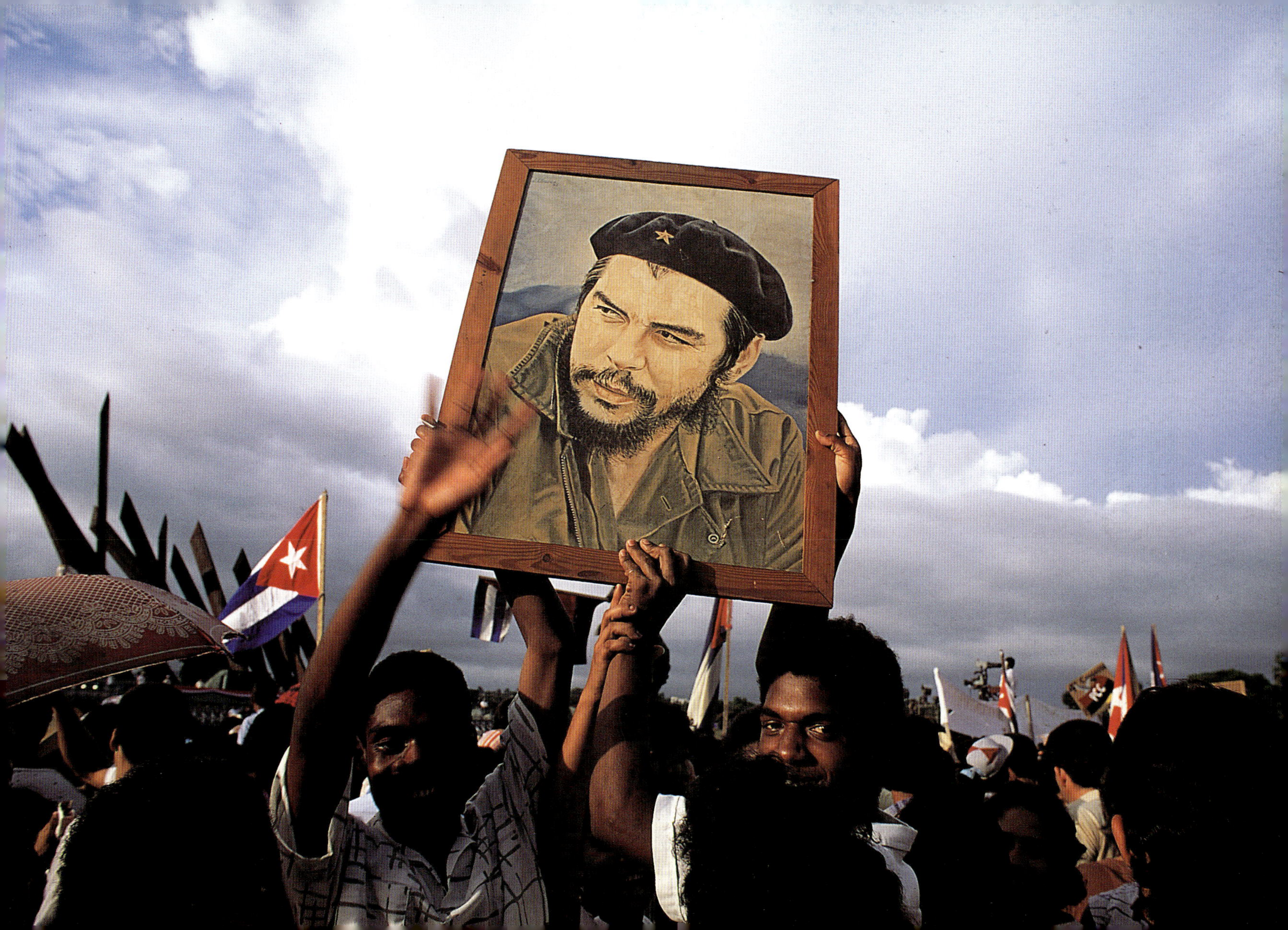

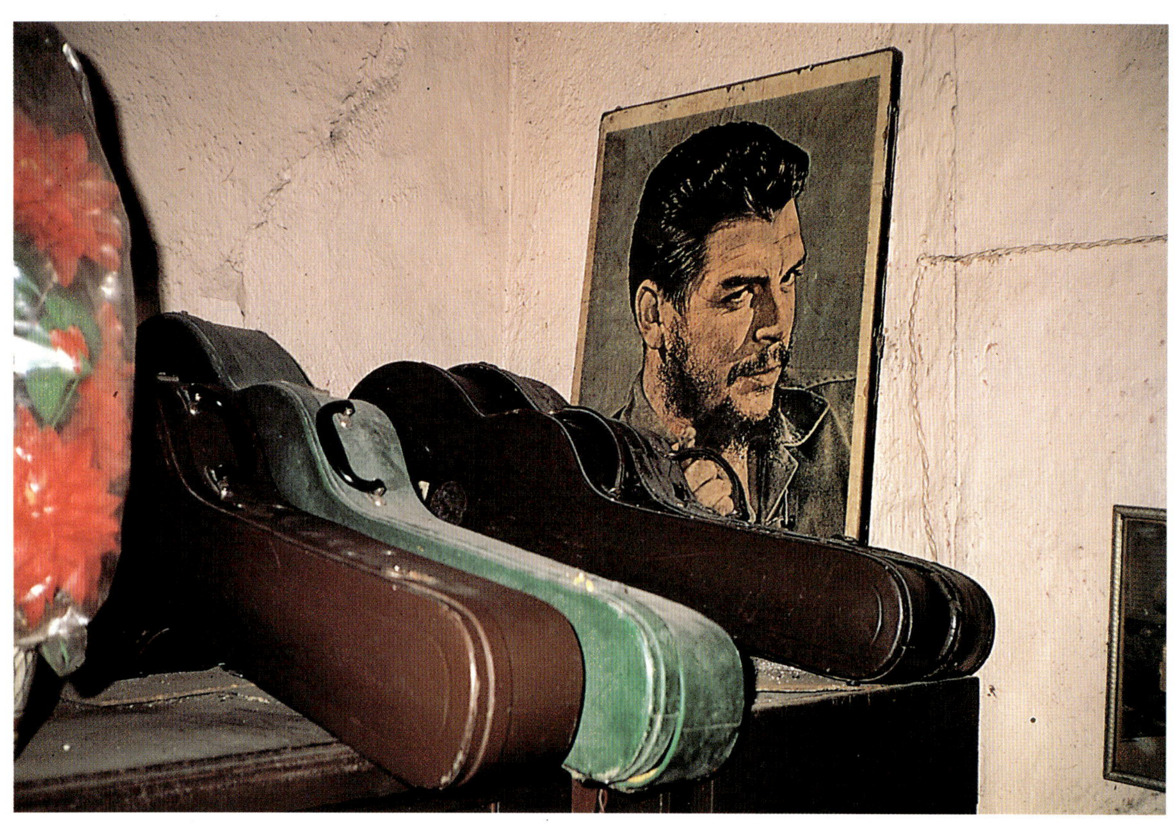

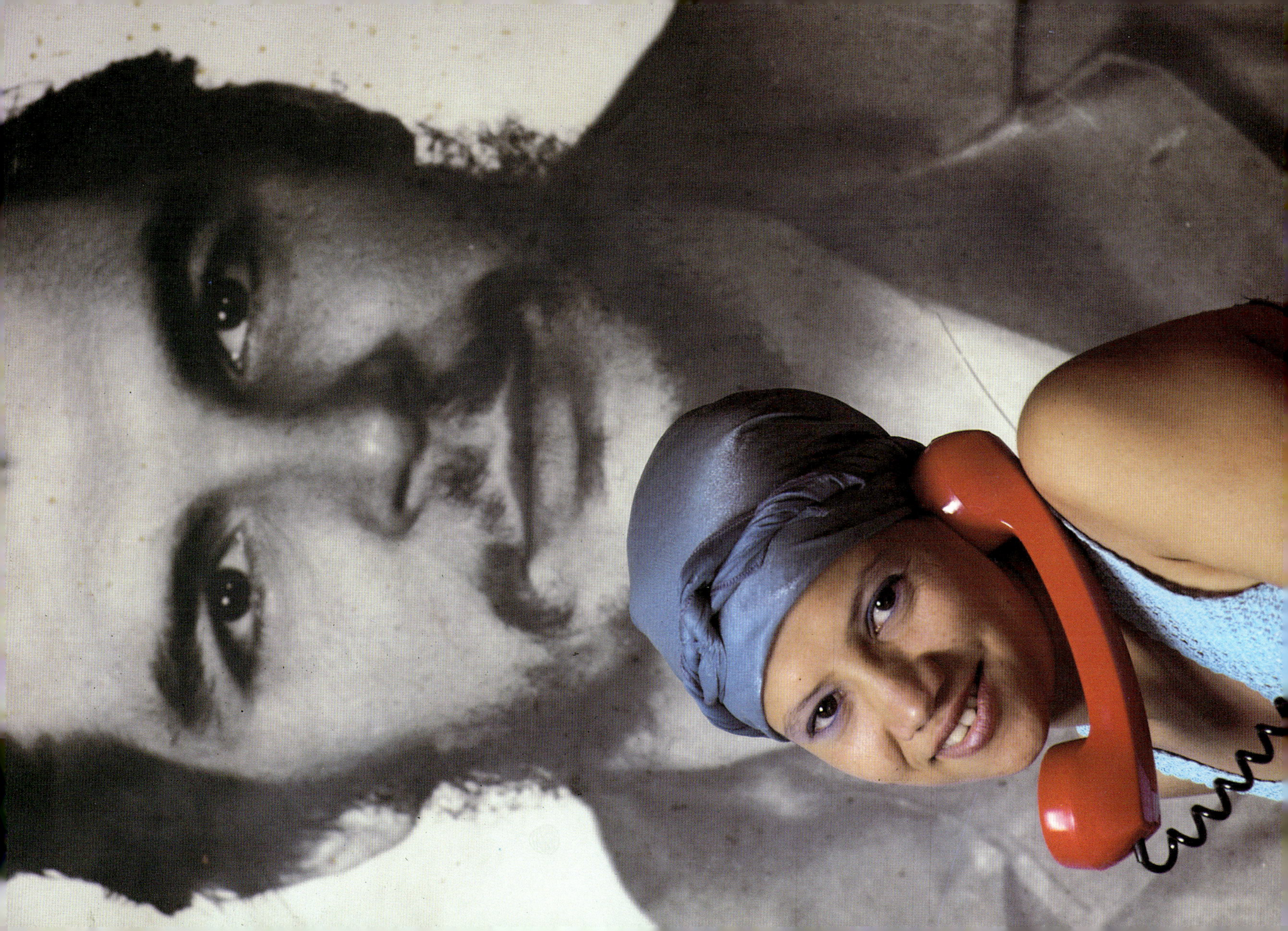

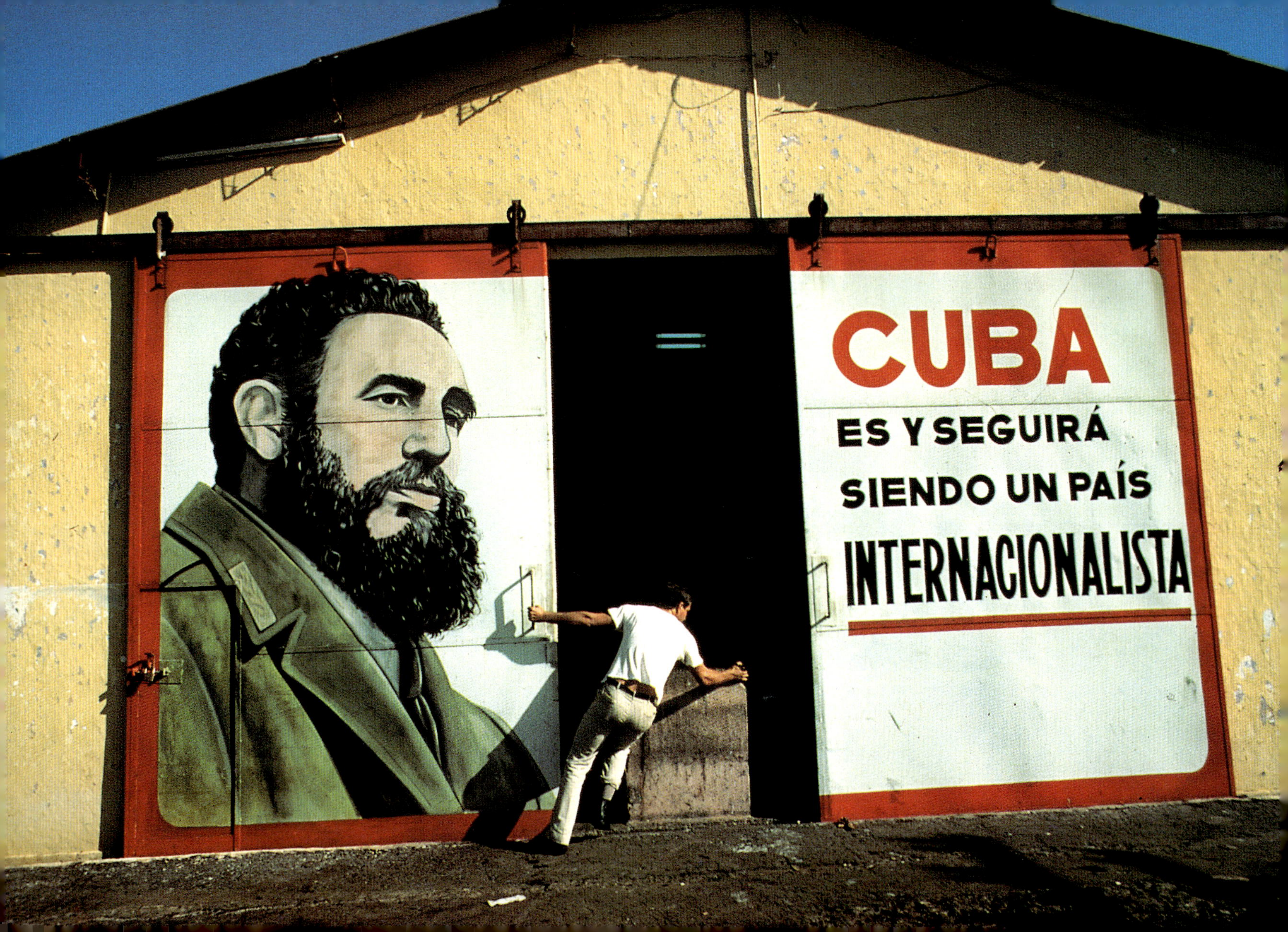
CUBA
ES Y SEGUIRÁ
SIENDO UN PAÍS
INTERNACIONALISTA

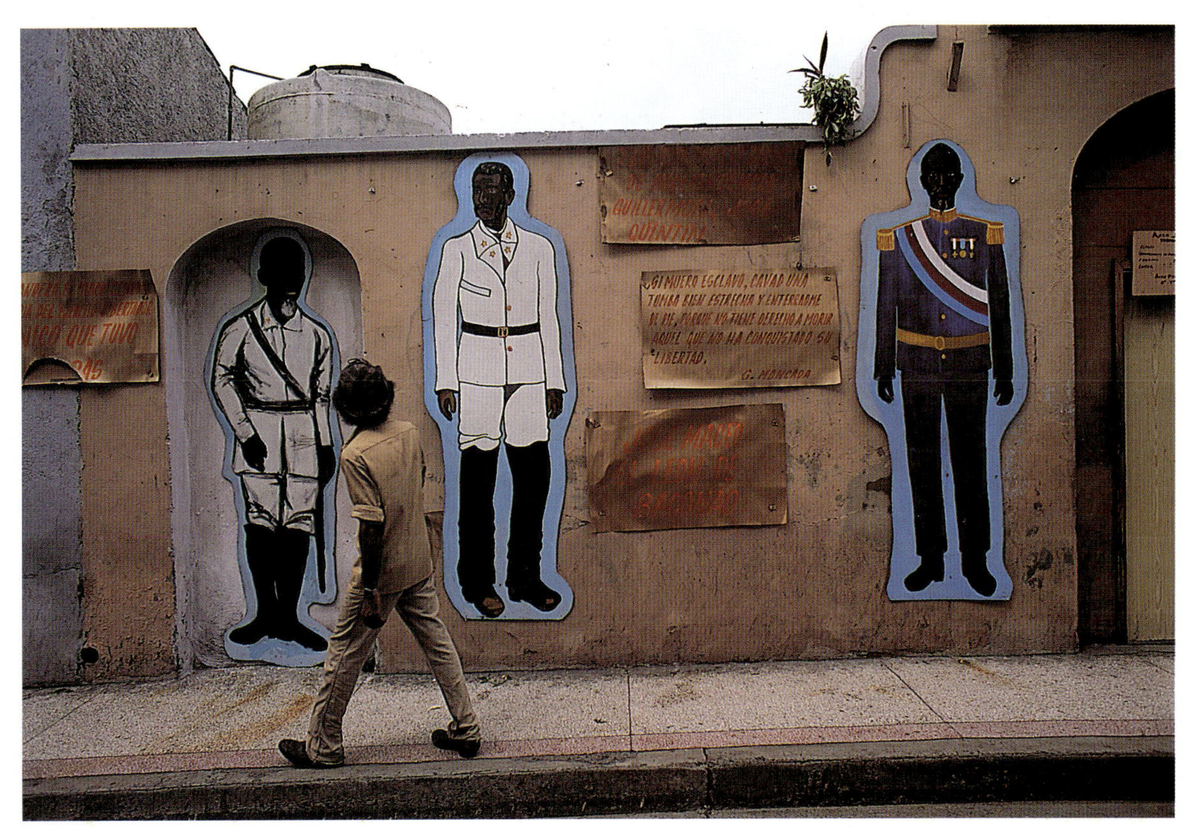
SI MUERO ESCLAVO, CAVAD UNA
TUMBA BIEN ESTRECHA Y ENTERRADME
DE PIE, PORQUE NO TIENE DERECHO A MORIR
AQUEL QUE NO HA CONQUISTADO SU
LIBERTAD.
G. MONCADA

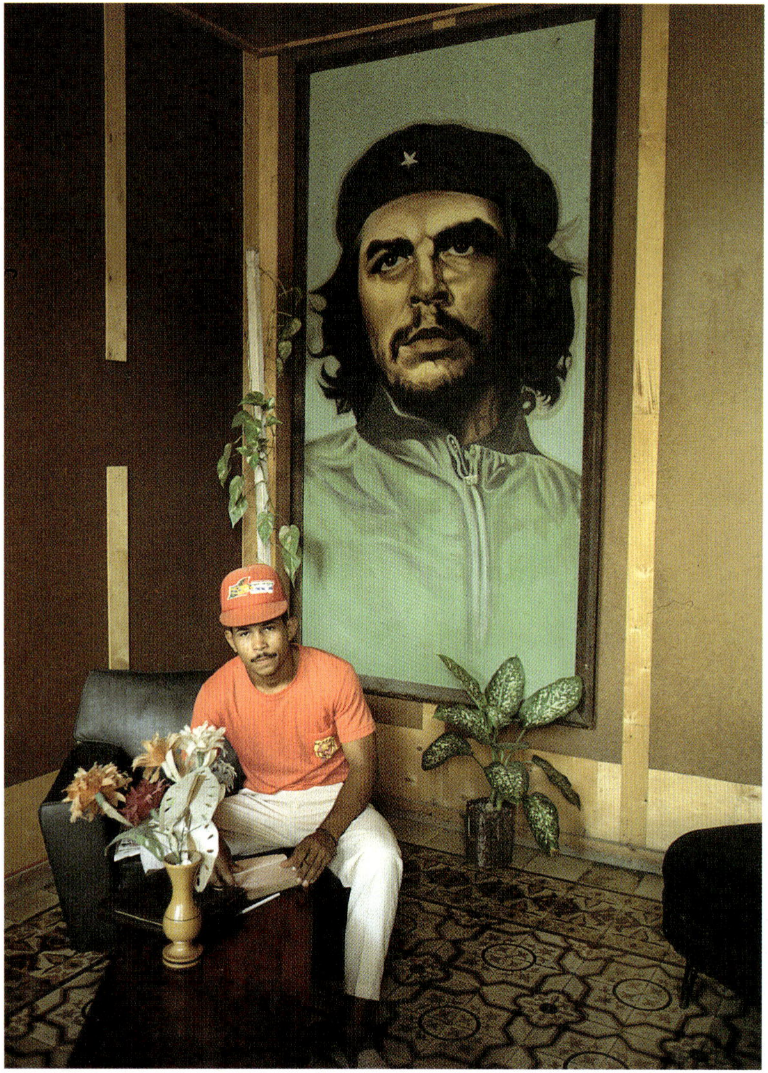

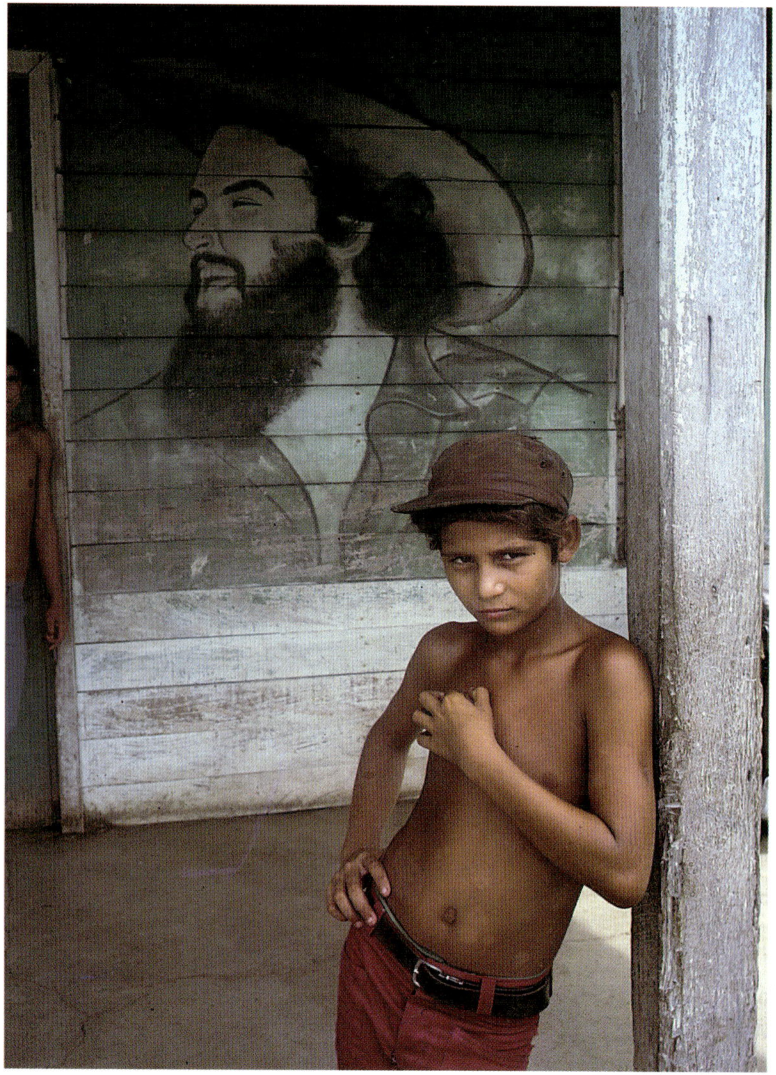

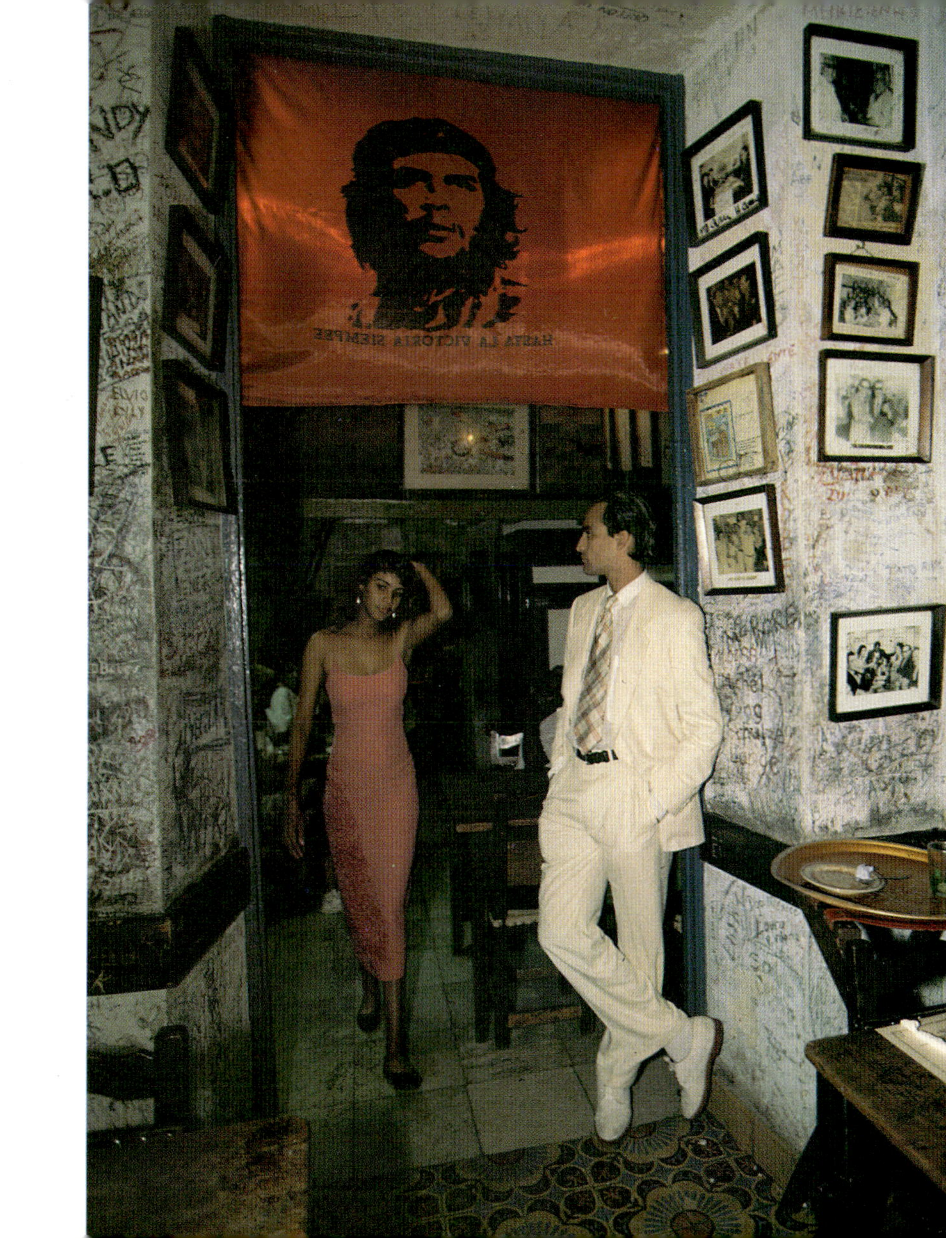
HASTA LA VICTORIA SIEMPRE

Cubans have learnt to get round the problems the crisis has brought in its wake. Transport is one of the main ones. But nothing has managed to stop them going to school, to work or to entertainment venues. People inventively adopt the strangest means of transport ranging from the oxen used for sowing and harvesting to "limousines" cobbled together with assorted parts from other vehicles. The old guaguas *or buses, now have a new rival, the articulated bus or "camel". Another solution or complication is the bicycle. Bikes crowd the streets and have changed local customs, but they drive motorists mad. Bicycles have now become a way of life. One of the most picturesque versions is the "taxi-bike", which sometimes resembles its Chinese counterpart and is sometimes simply a bicycle with a trailer for passengers.*

Los cubanos aprendieron a burlar las dificultades que les plantea la crisis. Una de las mayores es el transporte. Nada ha impedido que acudan a las escuelas, al trabajo, o que se diviertan. Desde los tradicionales bueyes que se utilizan en las siembras y en el transporte de cultivos hasta invenciones como limosinas que nacen de empatar varios coches Lada, la invención popular ha acudido a los más extravagantes medios para no detenerse. A las viejas "guaguas" u ómnibus les ha salido un competidor fuerte, el ómnibus articulado, al que los pasajeros llaman Camellos. Y la otra solución, o dolor de cabeza, son las bicicletas. Se aglomeran en las calles de las ciudades y han desarrollado costumbres curiosas, pero les ponen los nervios de punta a los choferes. Casi todos los aspectos de la vida están relacionados con las bicicletas. Una de sus variantes más pintorescas son lo "bicitaxis", remedo del palanquín chino en algunos casos, o simple añadido para llevar pasajeros.

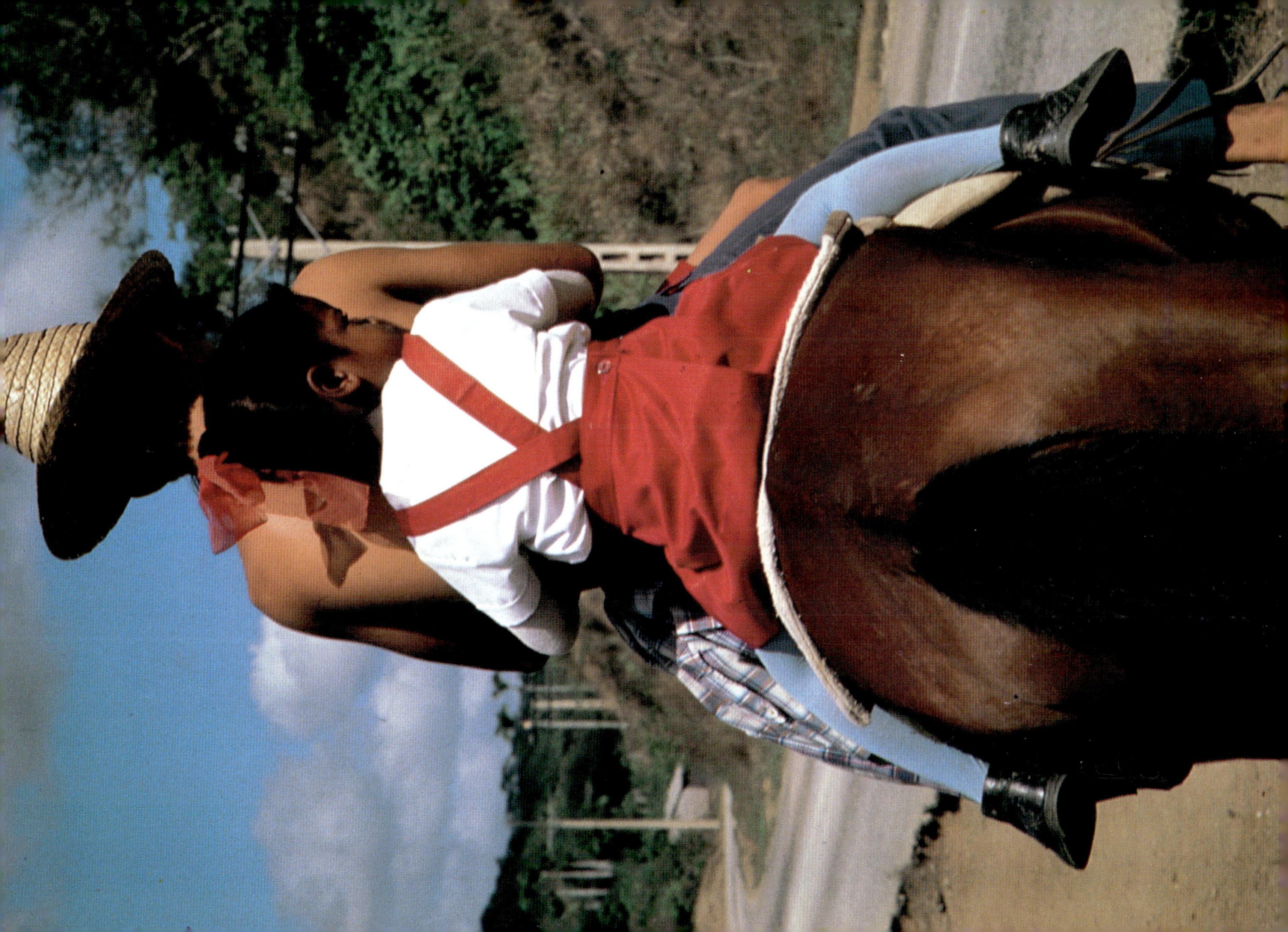

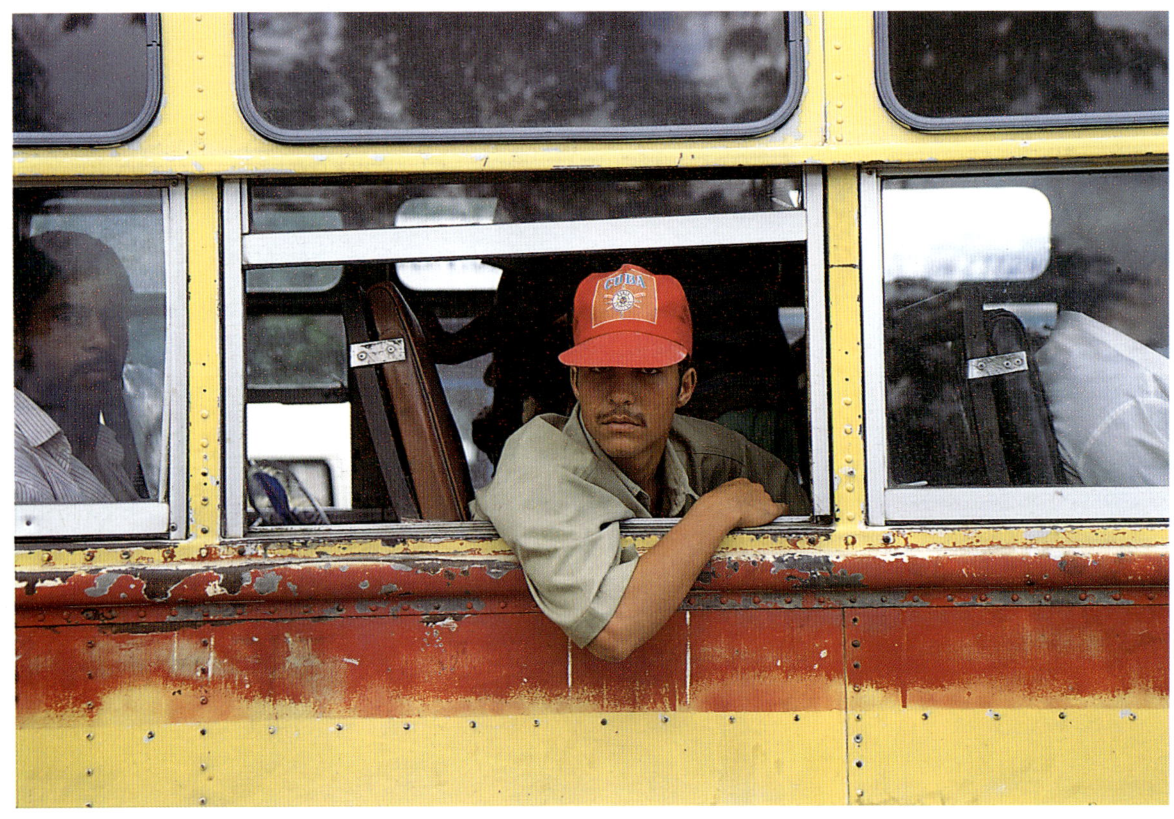
CUBA

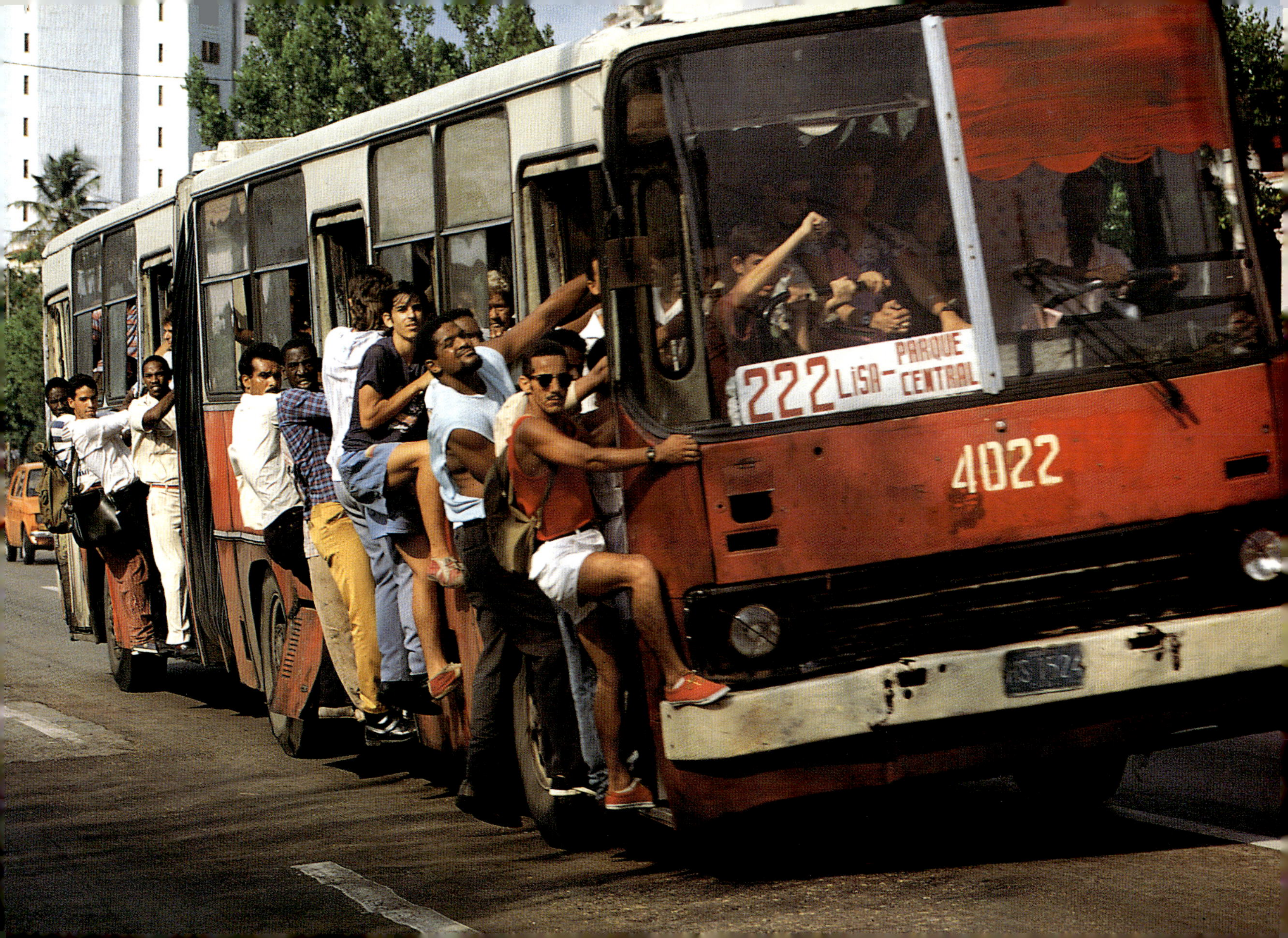
222 LISA- PARQUE CENTRAL
4022

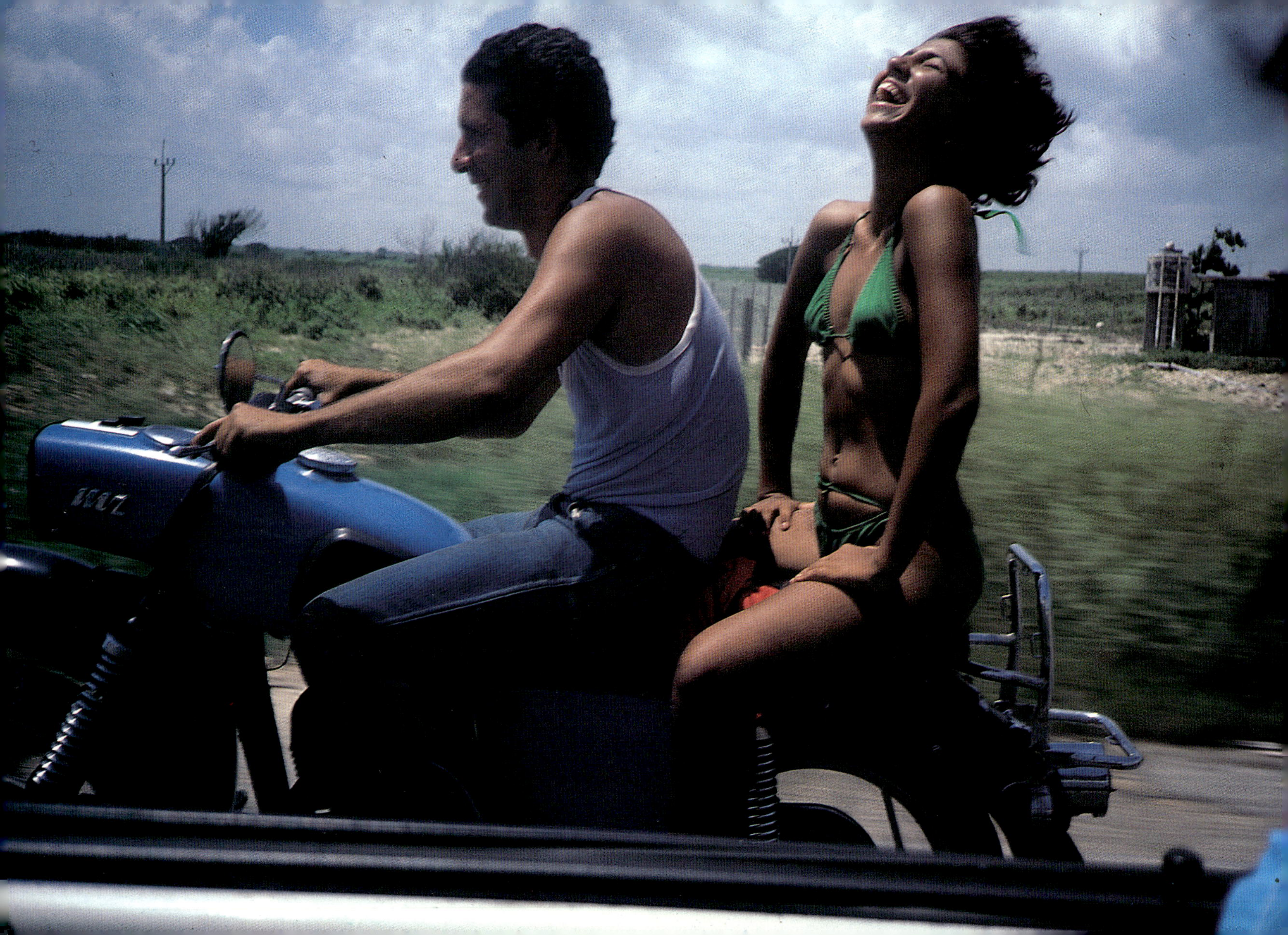

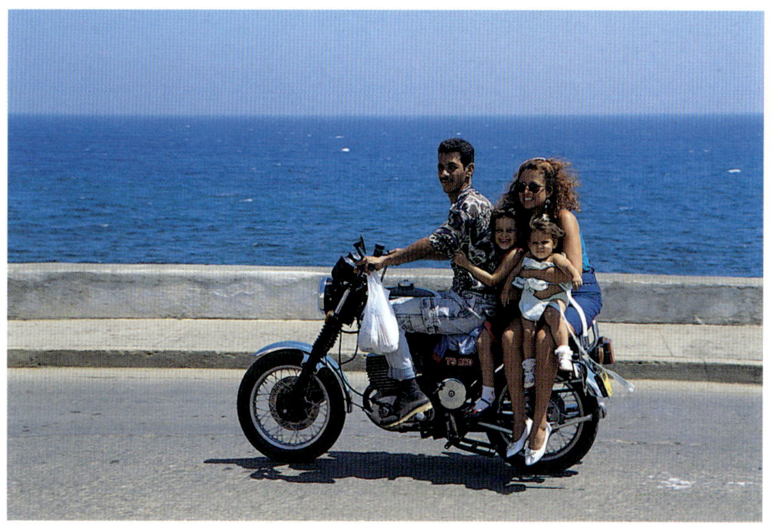

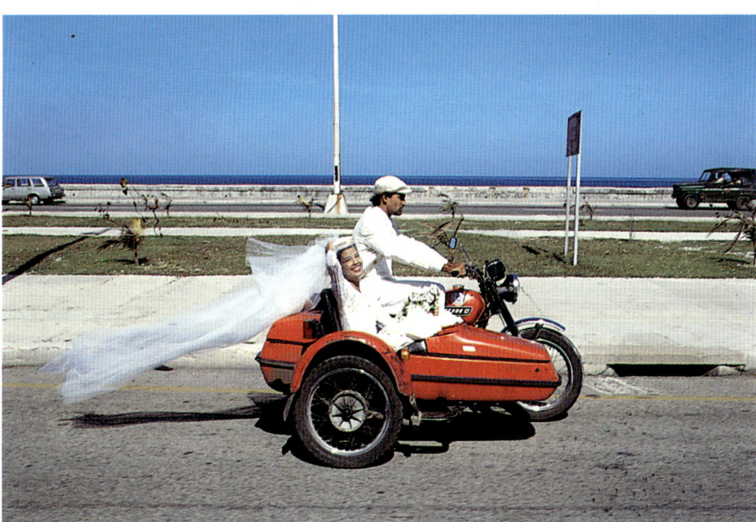

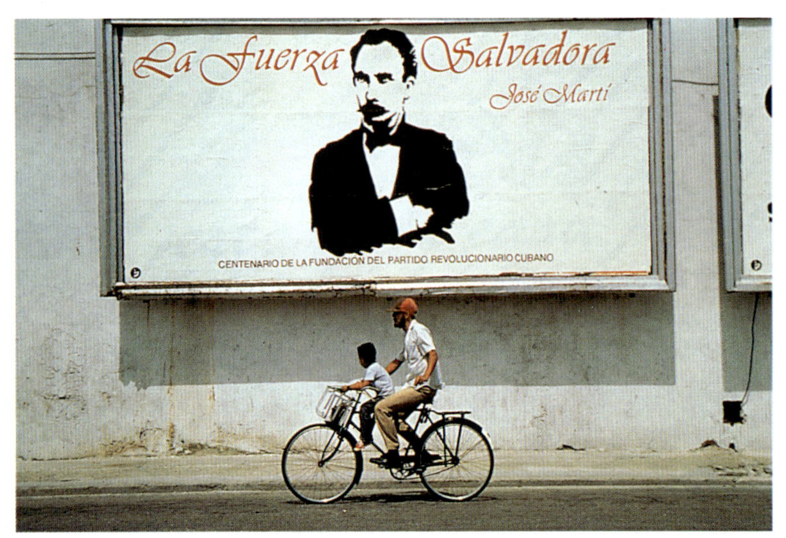
La Fuerza Salvadora
José Martí
CENTENARIO DE LA FUNDACIÓN DEL PARTIDO REVOLUCIONARIO CUBANO

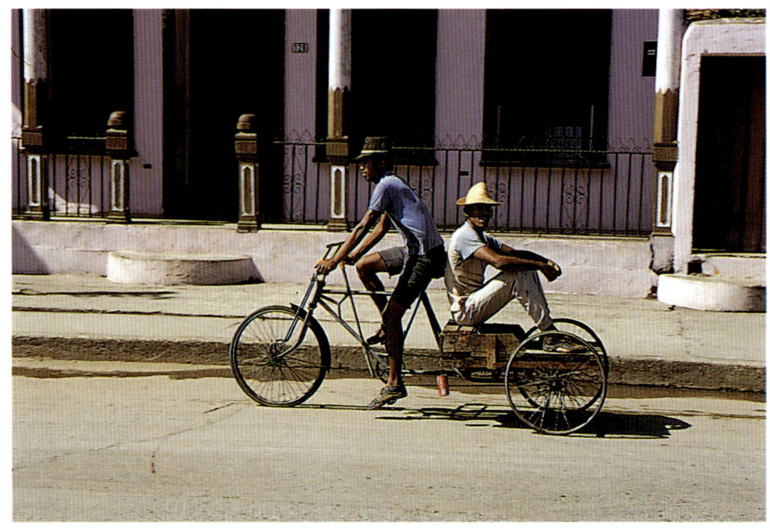

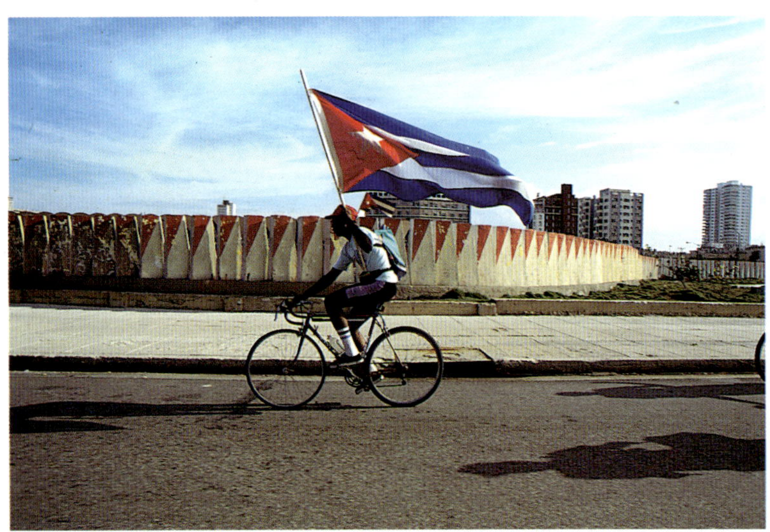

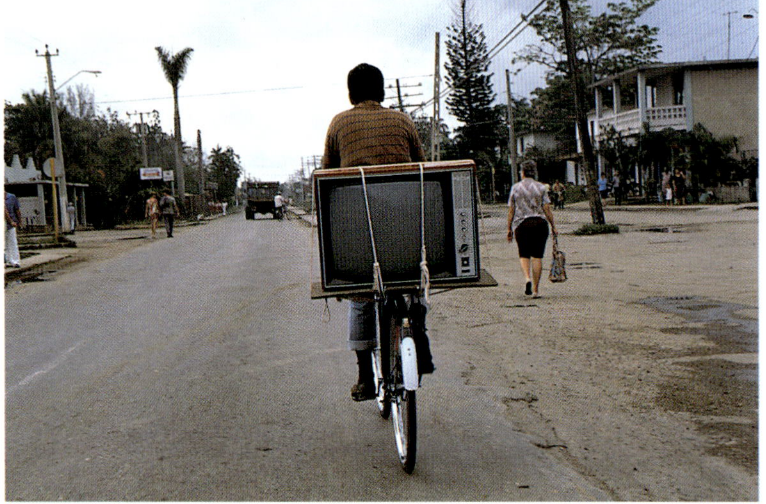

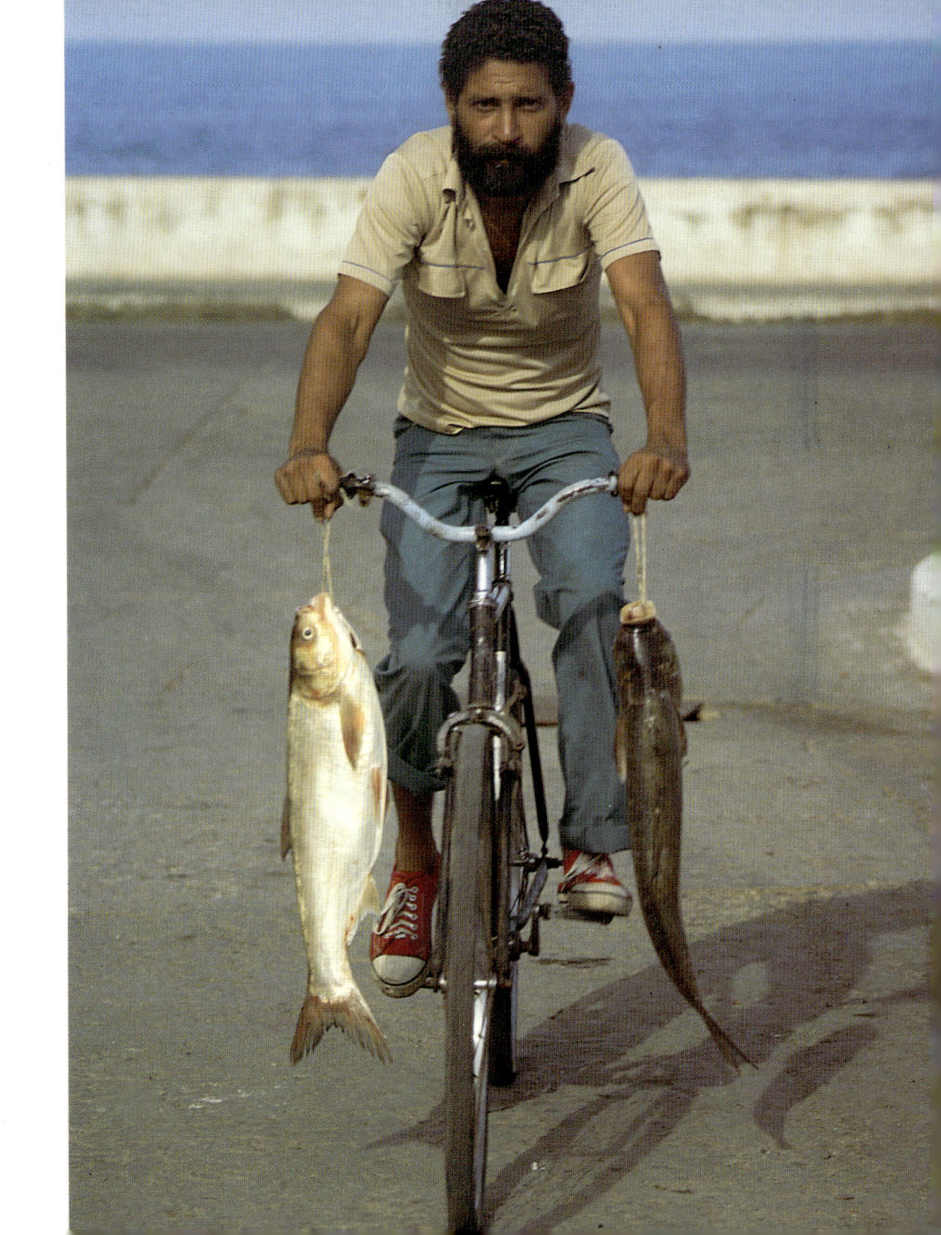

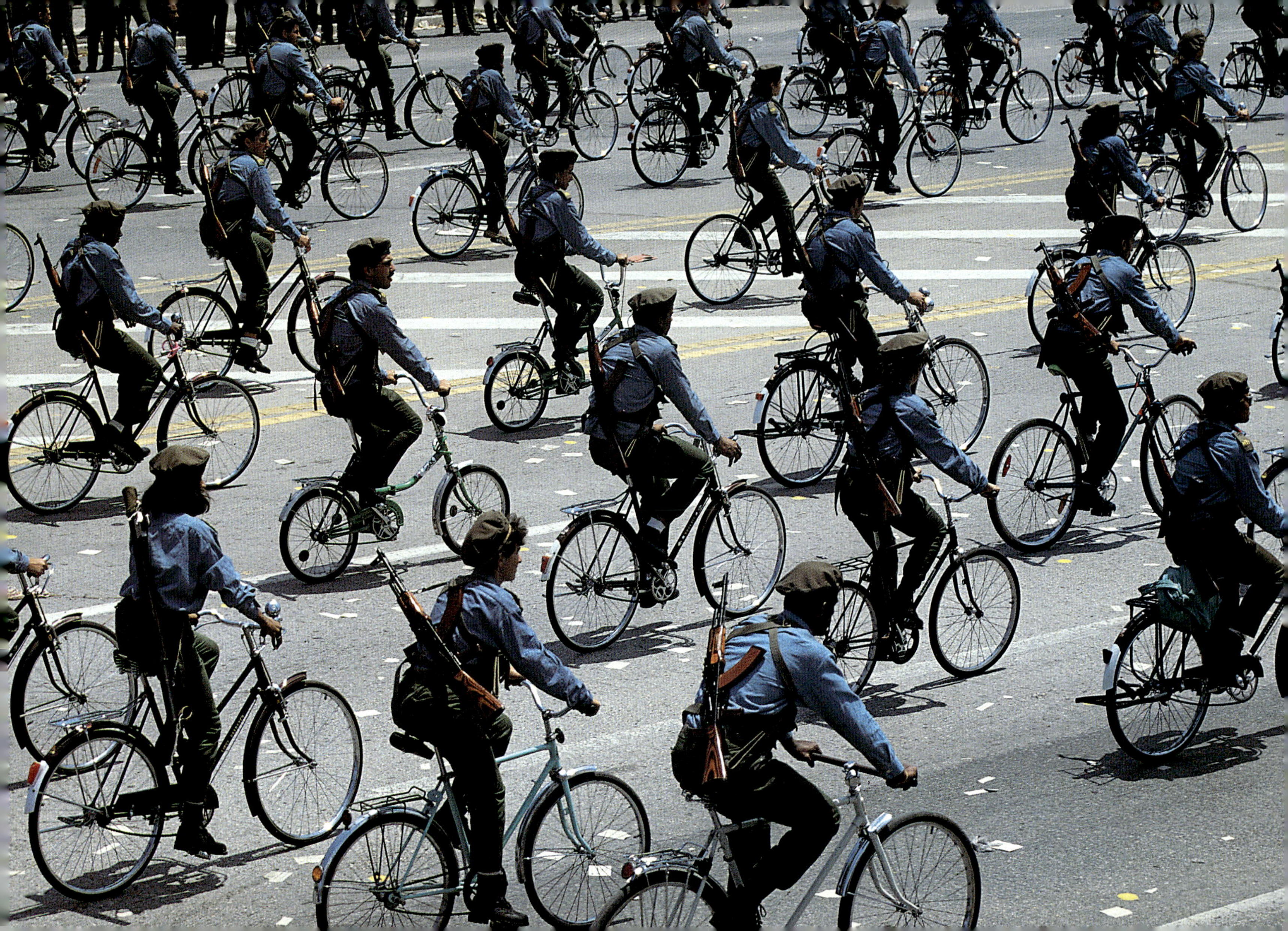

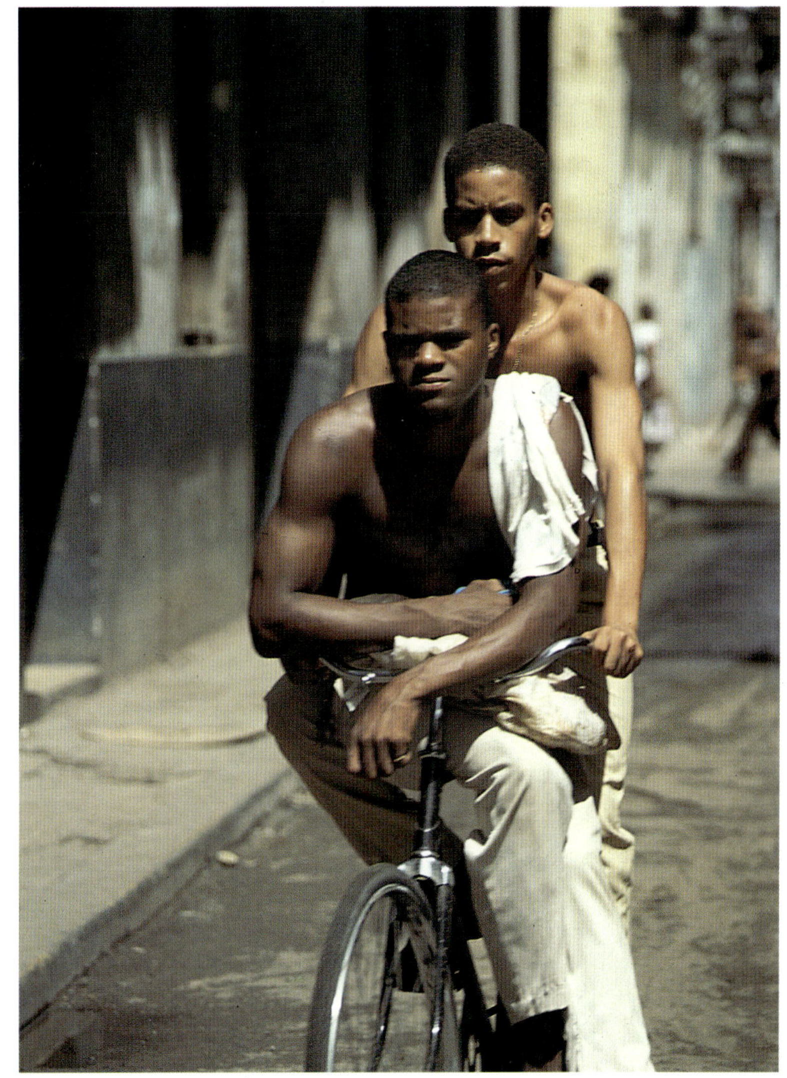

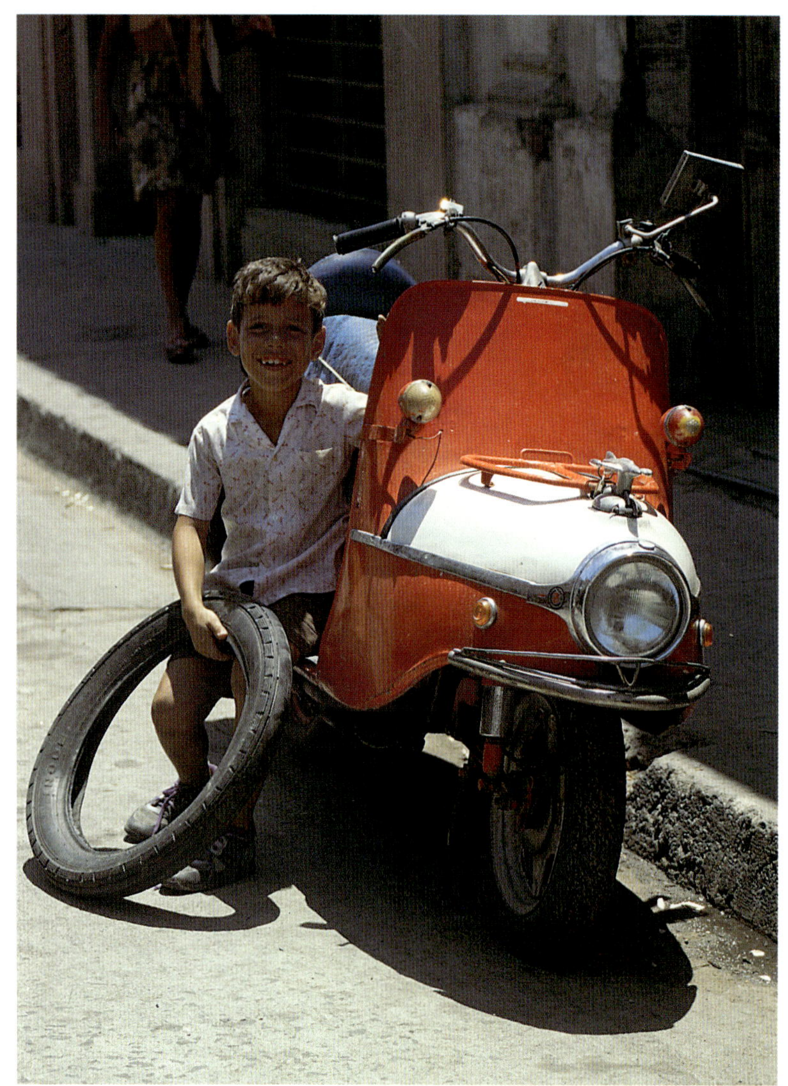

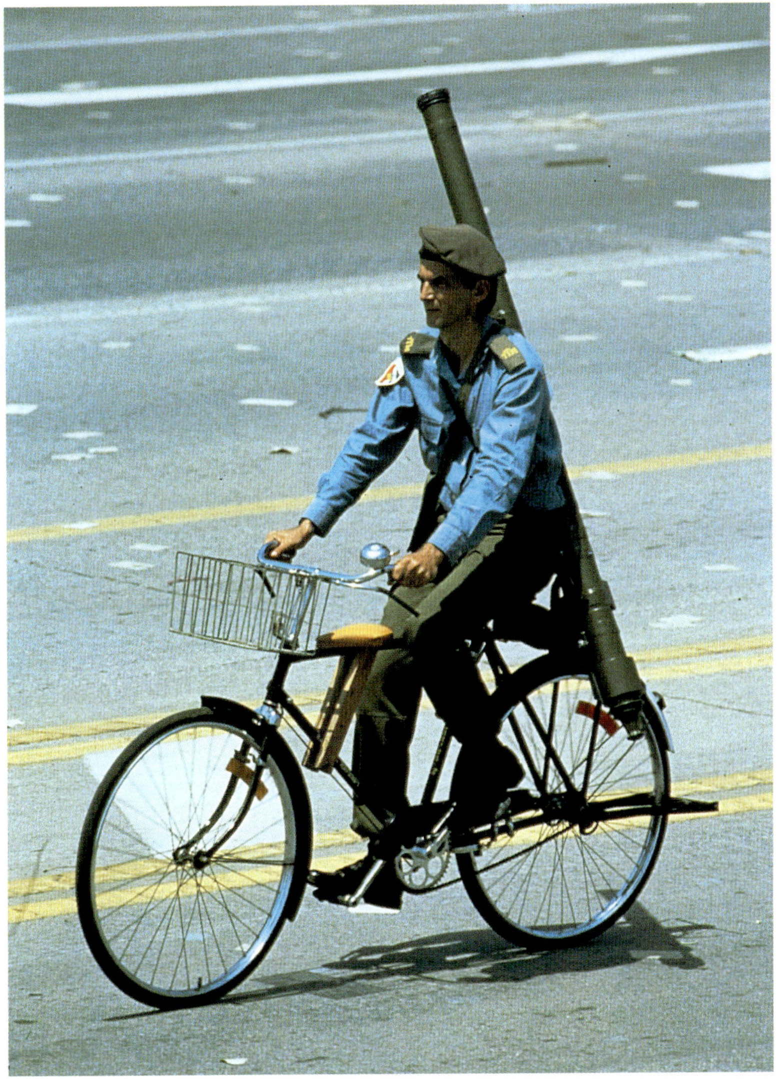

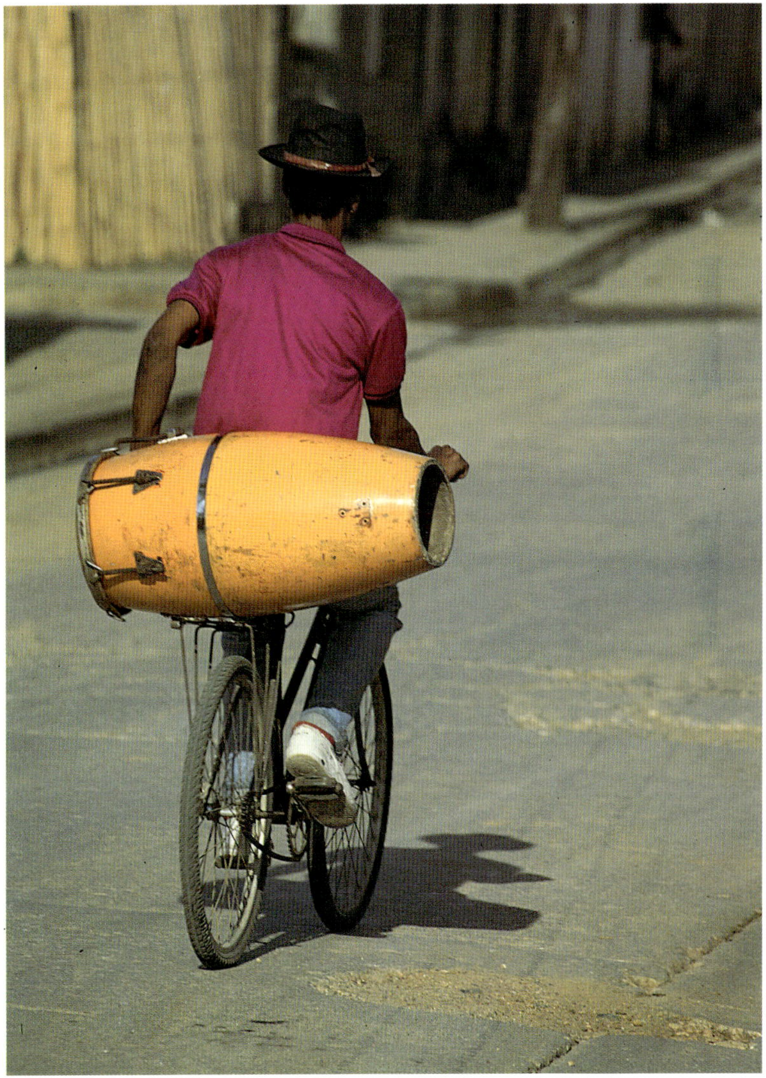

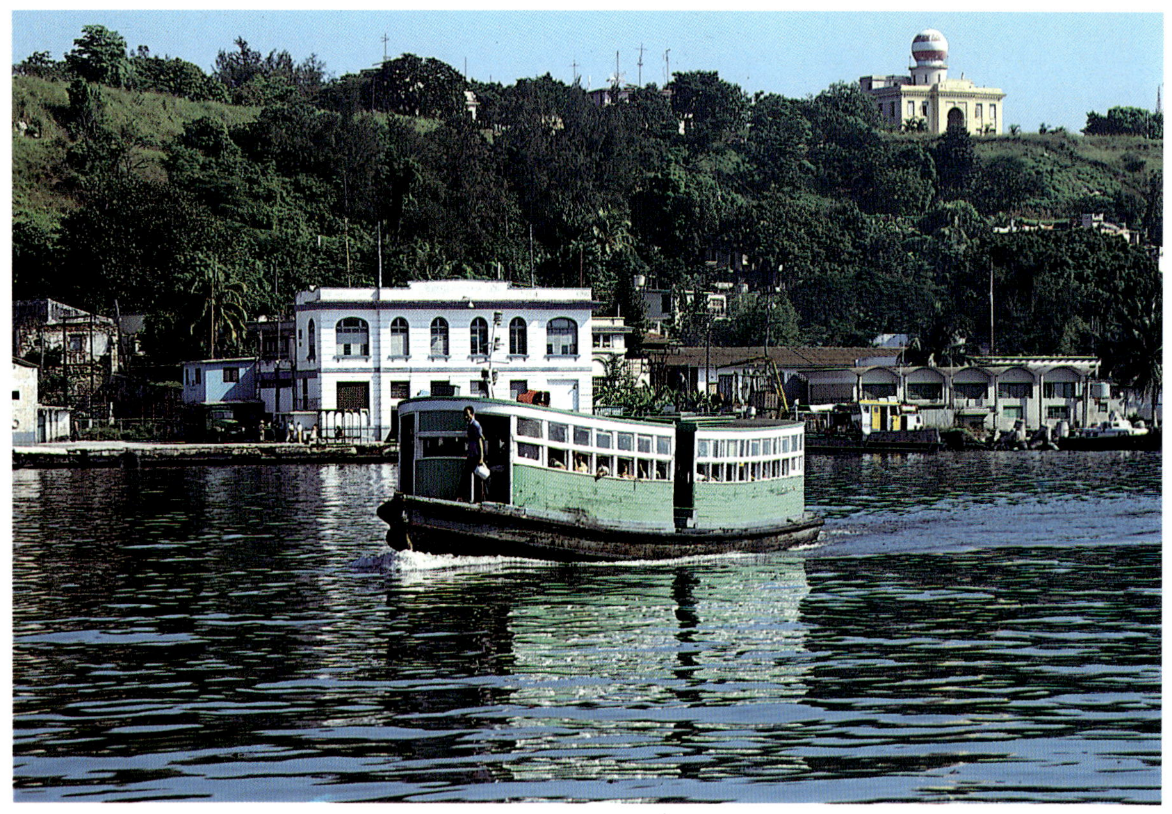

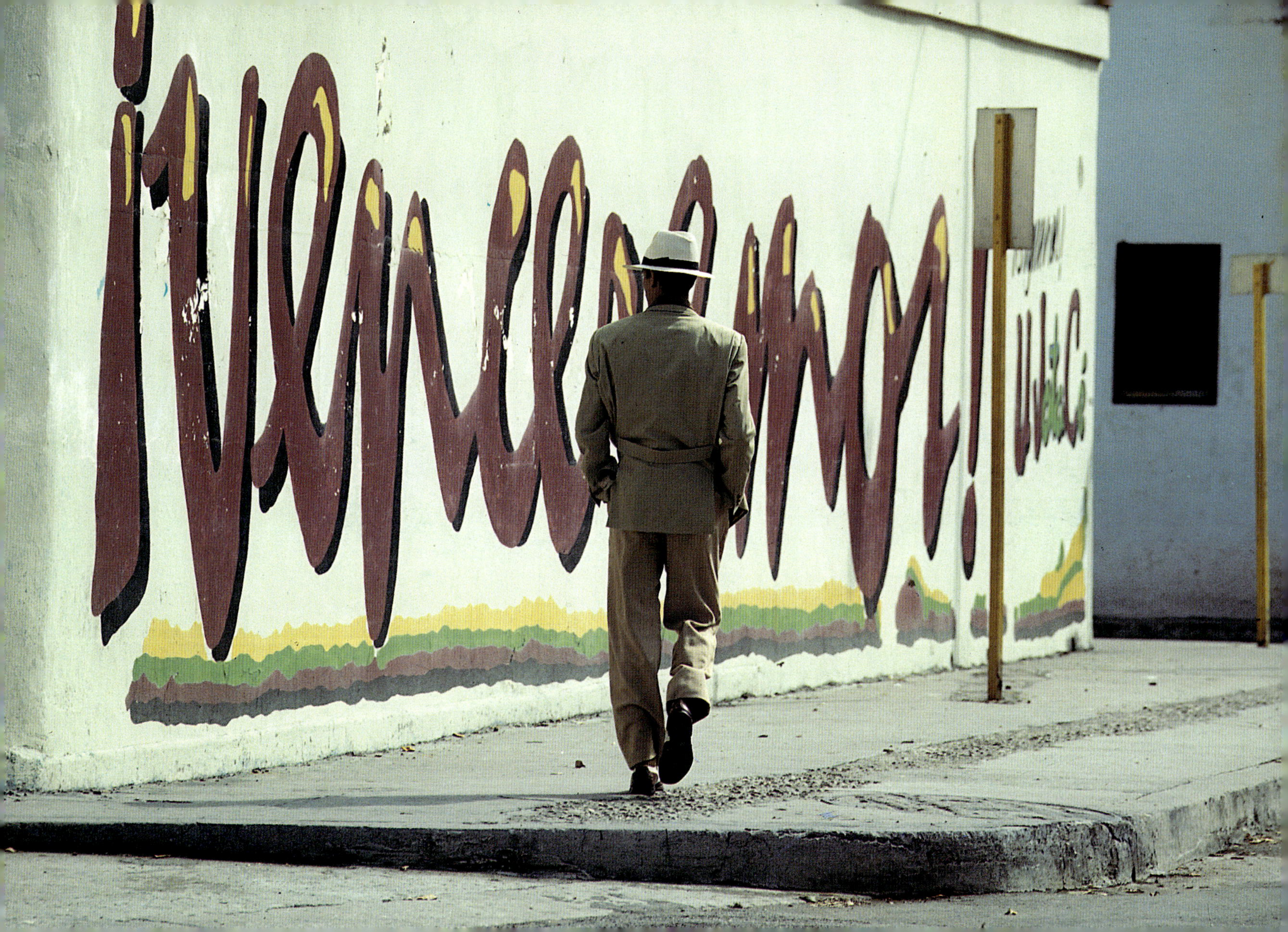

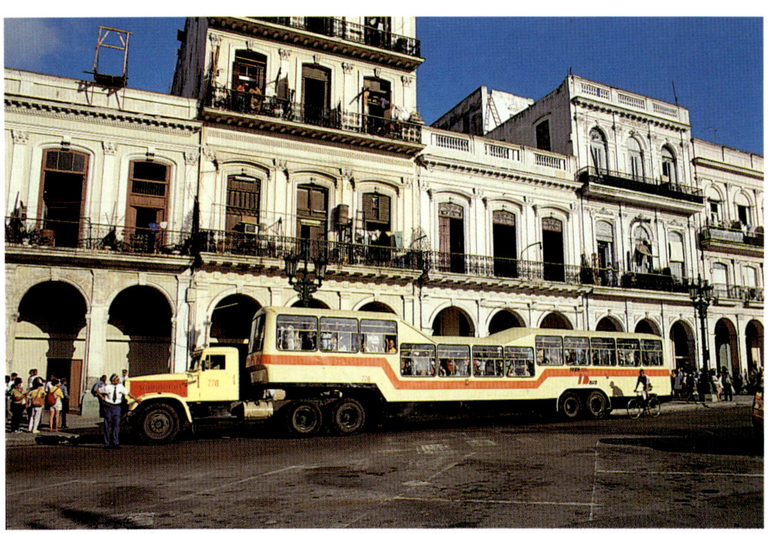

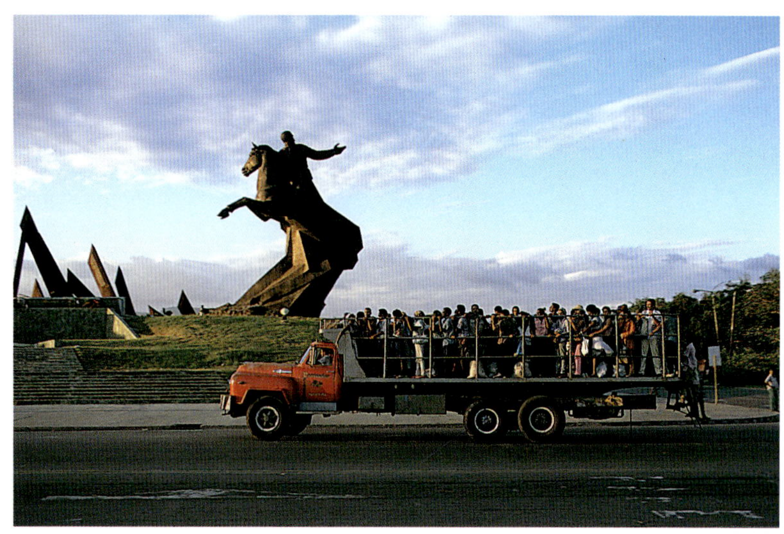

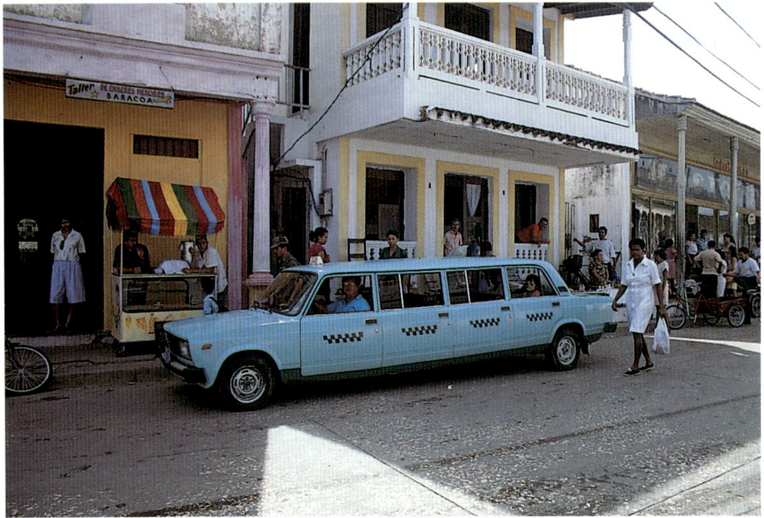

Taller
BARACOA

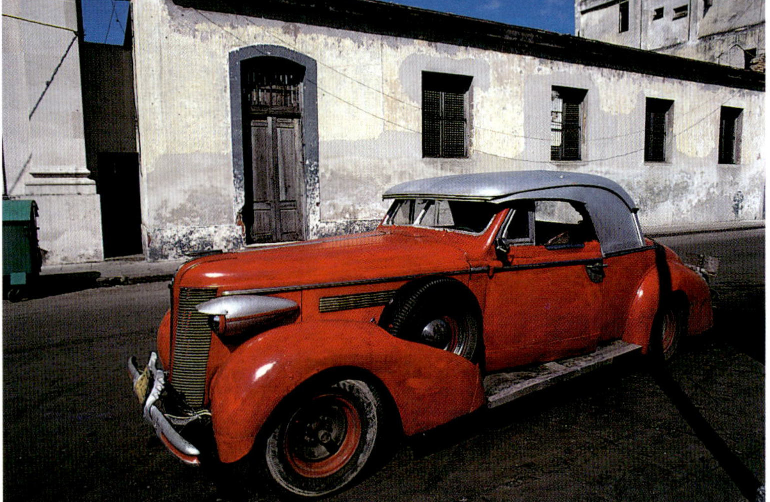

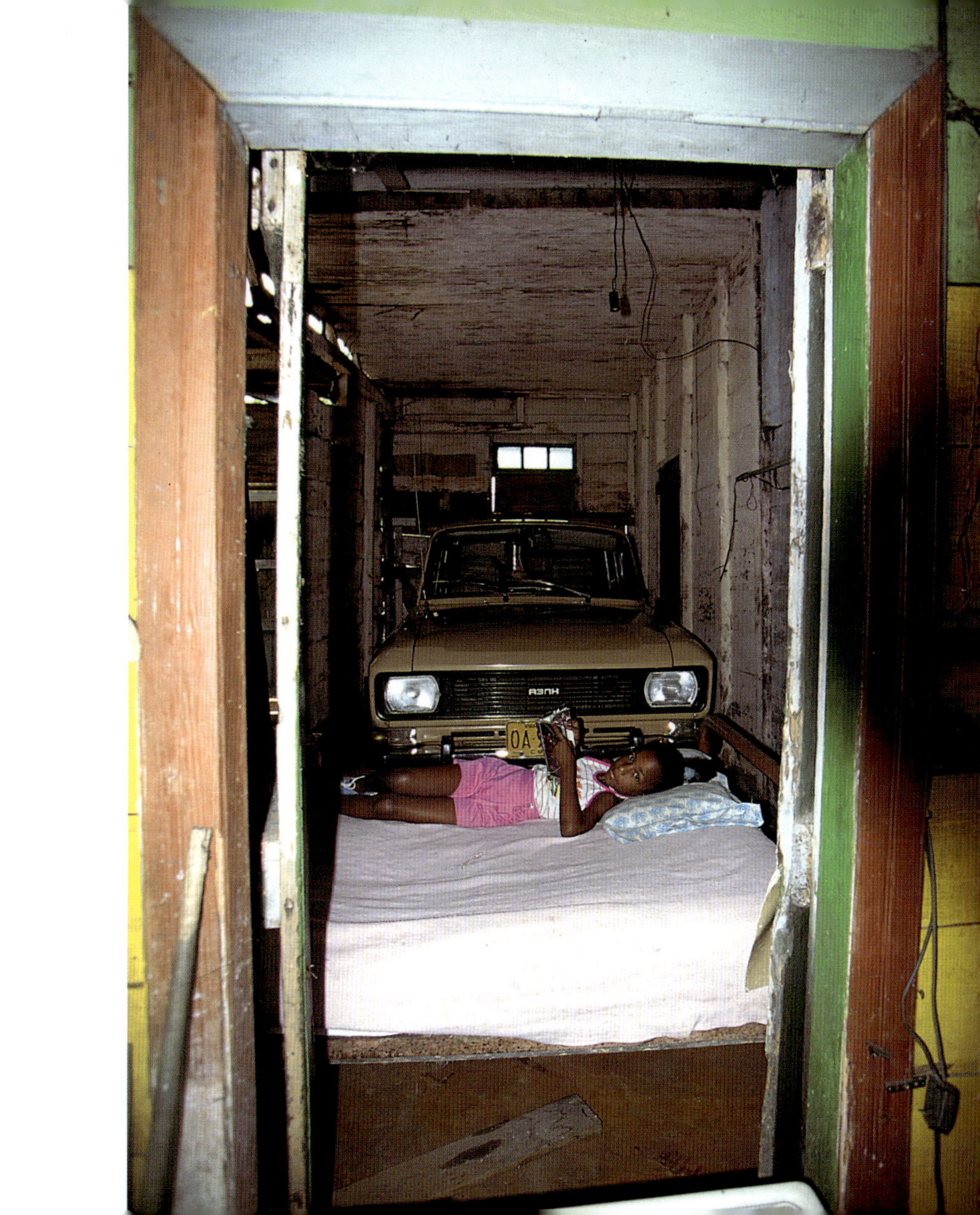

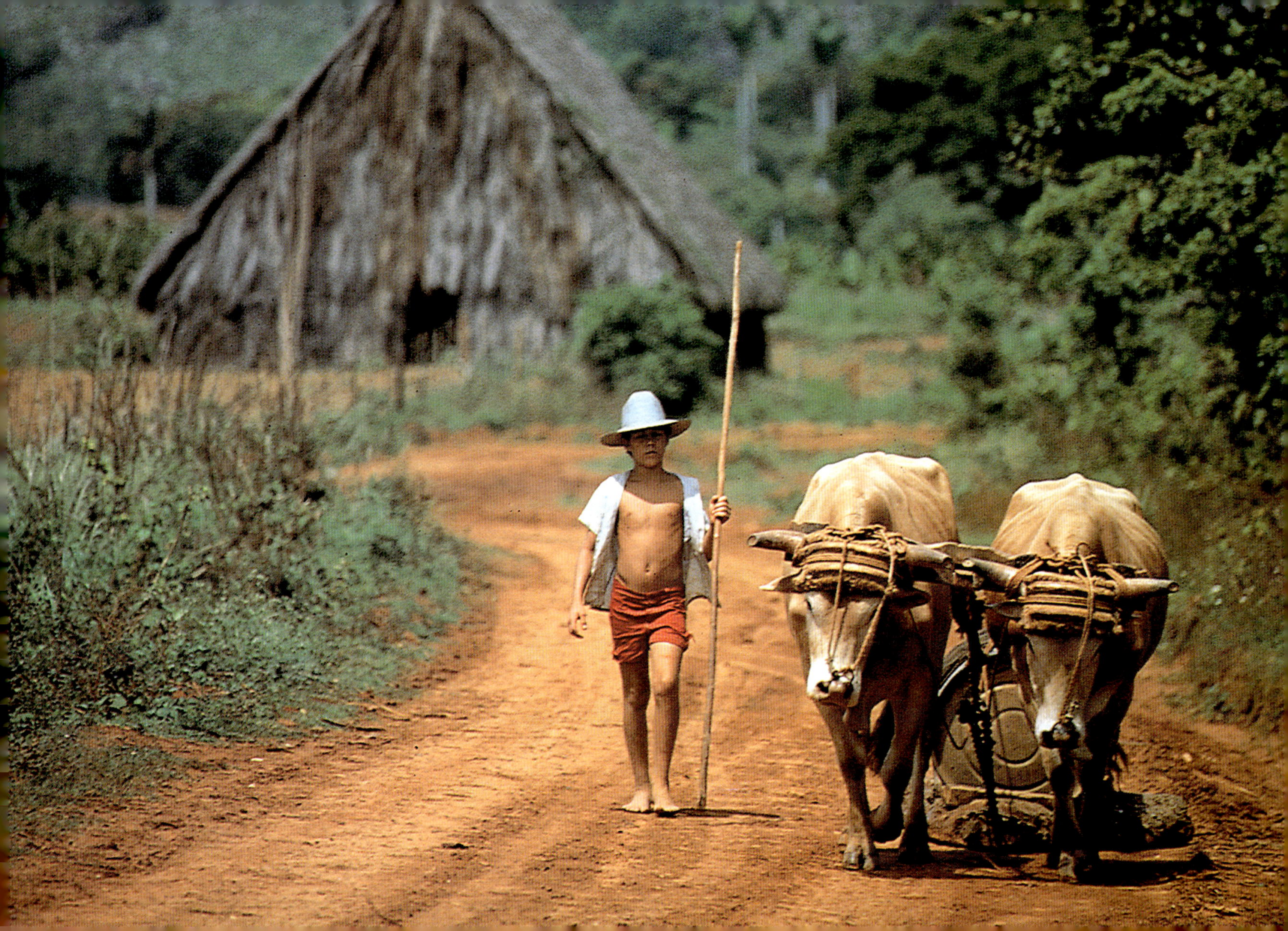

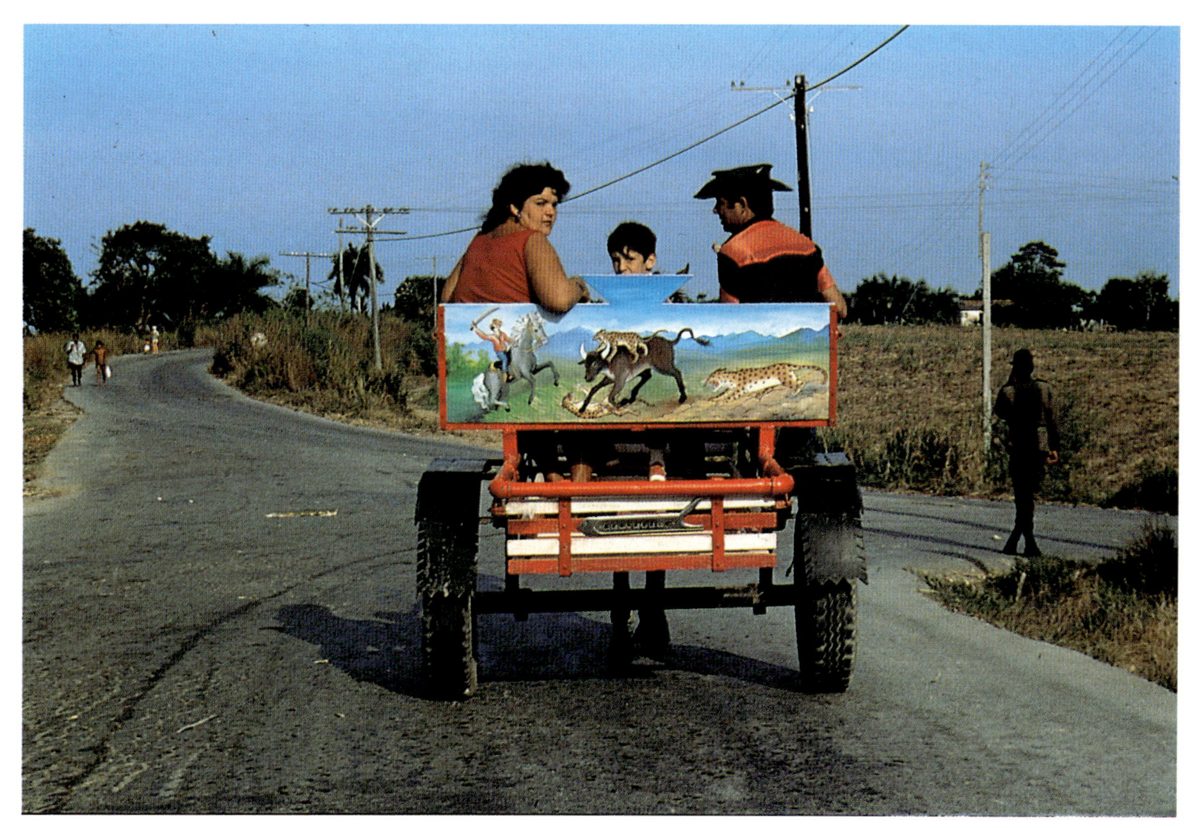

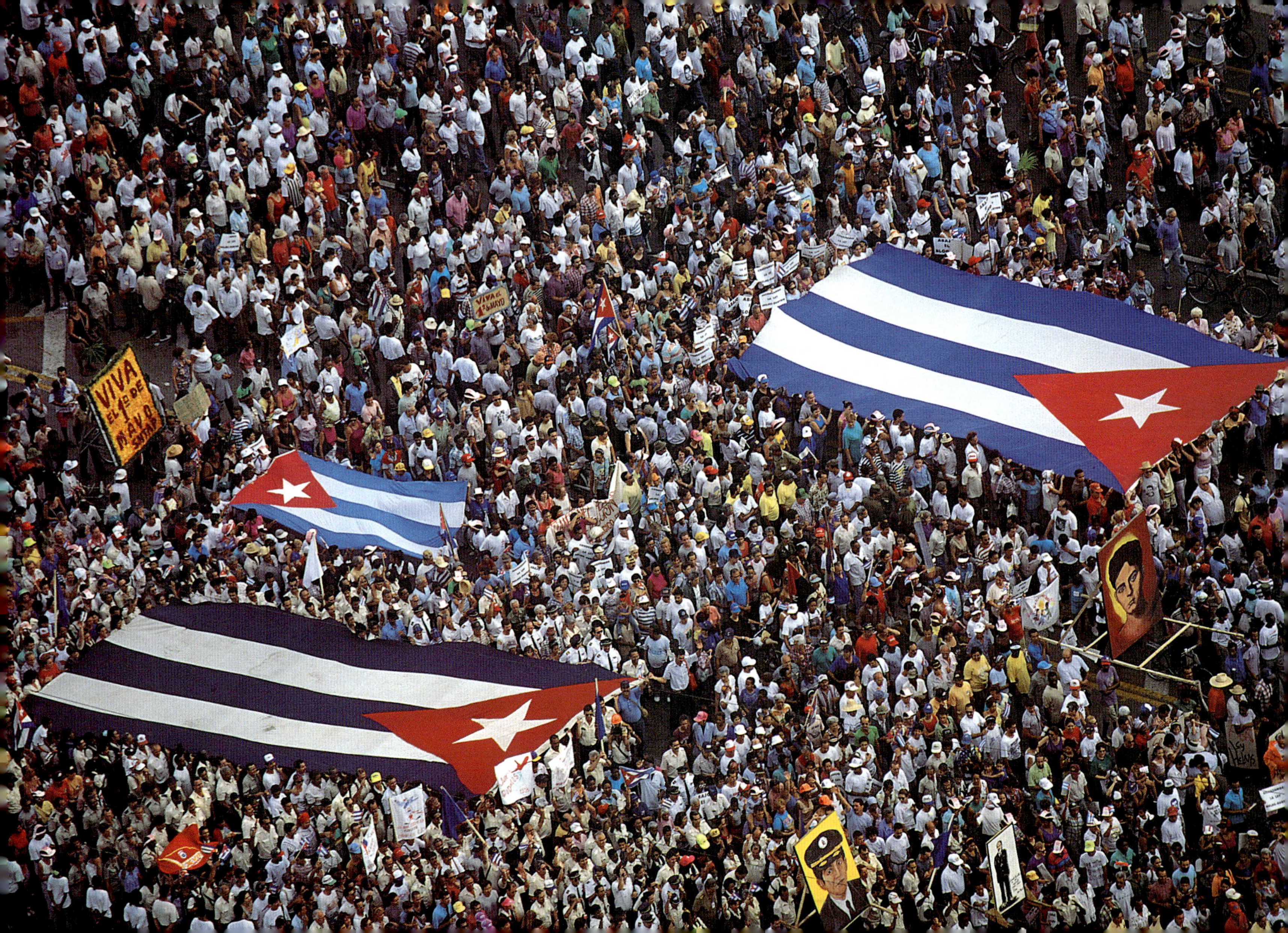
VIVA EL 1º DE MAYO

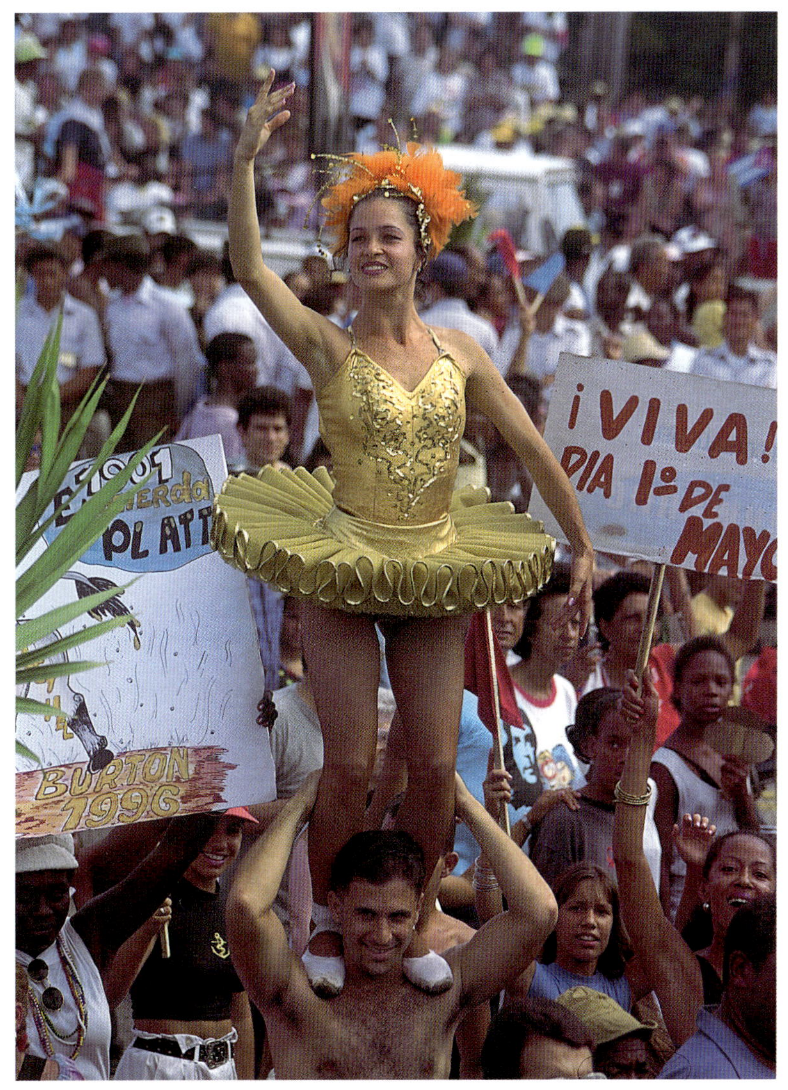
¡VIVA!
DIA 1º DE
BURTON
1996

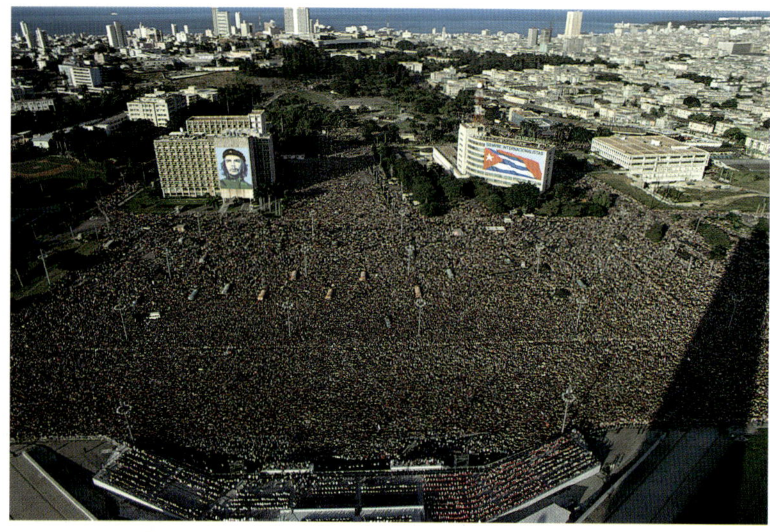

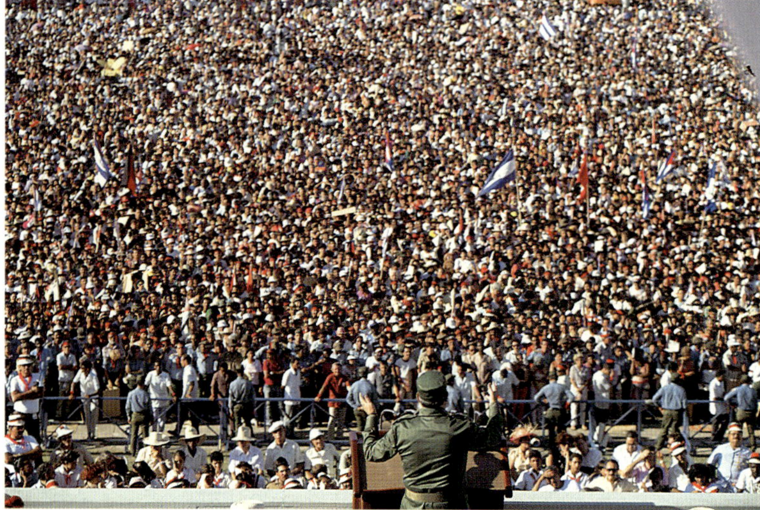

The commemoration of Camilo Cienfuegos' death

El día de conmemoración de la muerte de Camilo Cienfuegos

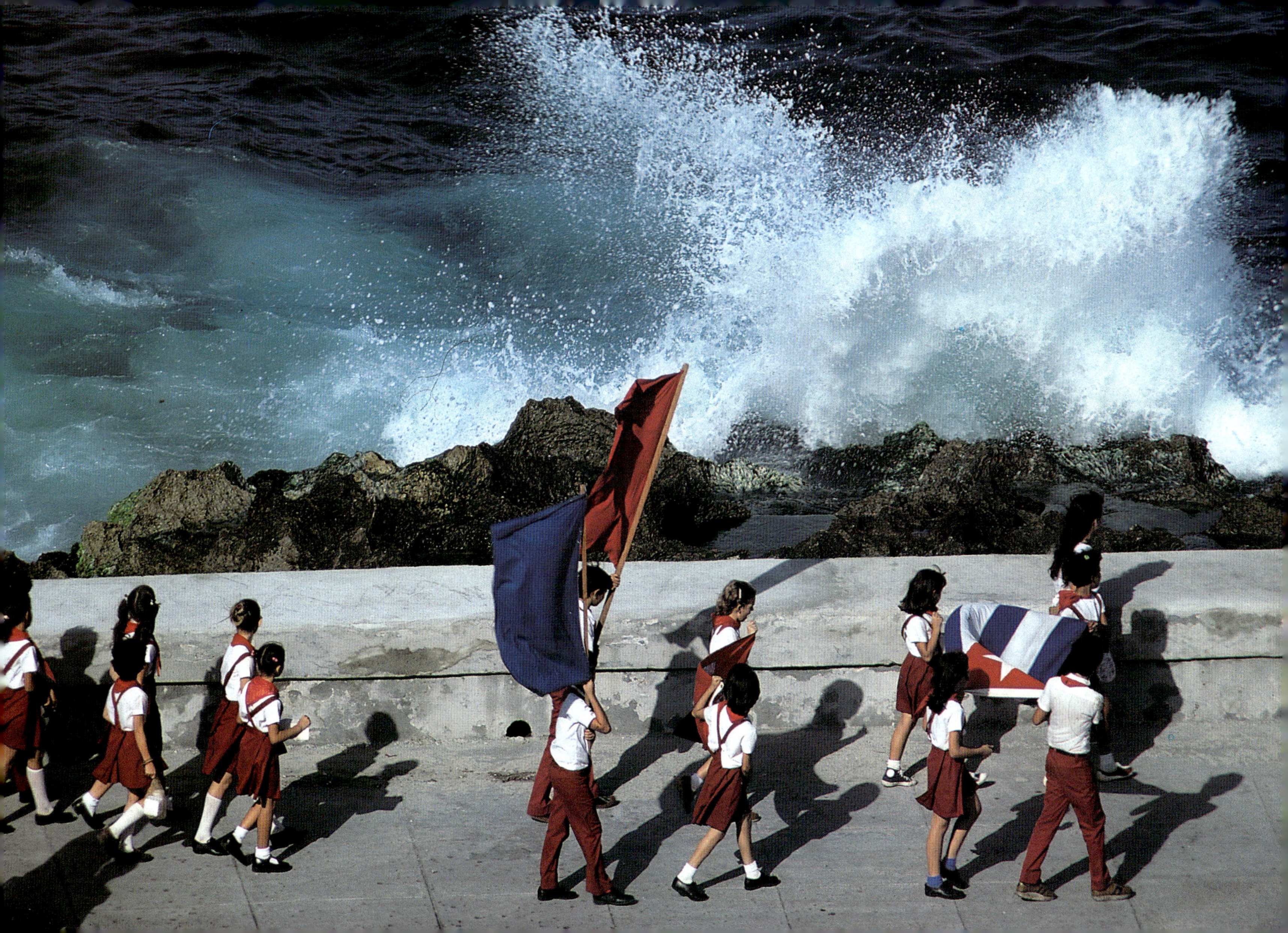

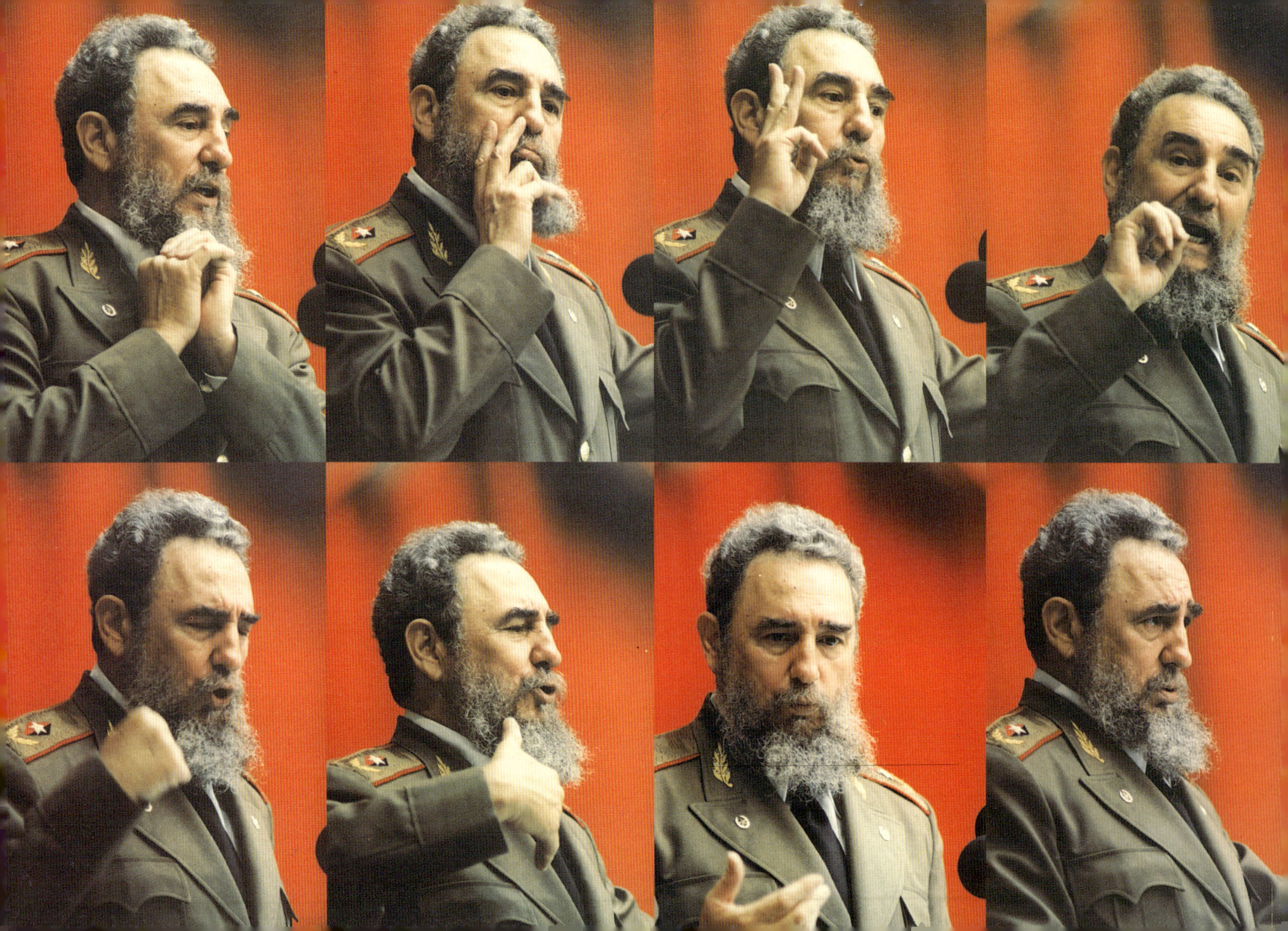

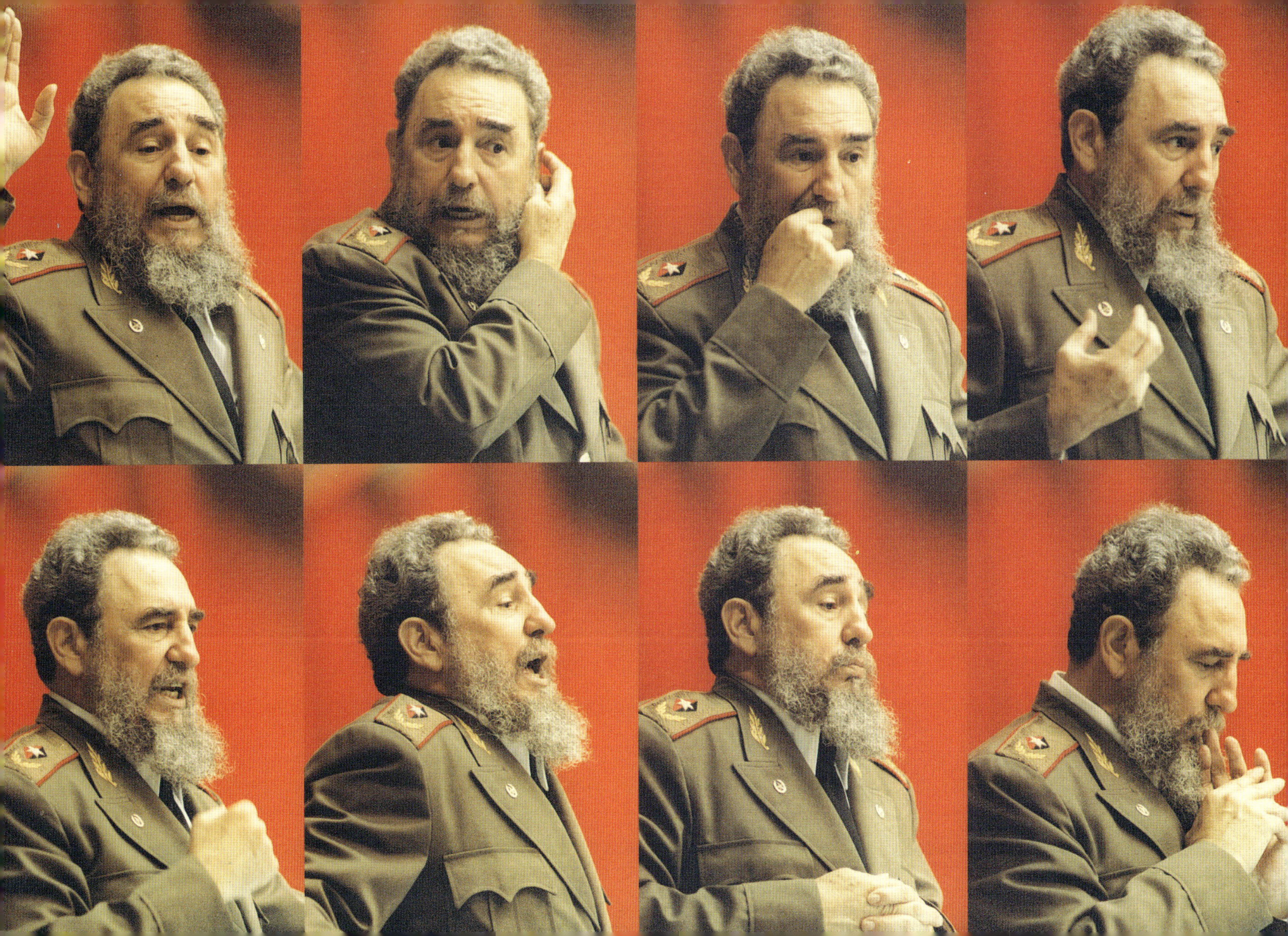

Tobacco has played a vital part in Cuba's history, customs and pleasures. From the time it is sown to the harvest it demands hard work and a rigorously organized production until it becomes aromatic habano, *a favourite with presidents and diplomats. Few things undergo such a complicated process simply in order to end up in smoke. Poems, operas and works of art have been inspired by tobacco. The luxury packaging reflects the exclusivity of this product. It is the symbol of distinction and good taste. There are many different brands of cigars, but demanding smokers all over the world agree on one point: the best are made with Cuban tobacco, particularly tobacco from the area known as Vuelta Abajo, at Pinar del Río. When smokers take a cigar from the box and light it up it is both a refined social and private gesture and an ancestral rite. The Cubans are proud of their tobacco and, of course, as well as producing it they also enjoy it.*

El tabaco de Cuba es parte de su historia, sus costumbres y sus placeres. Desde su siembra y cosecha hasta que deviene el aromático habano que se disputan presidentes y diplomáticos, constituye una laboriosa y disciplinada cadena de producción. Pocas cosas tienen más endemoniada elaboración para, finalmente, morir quemadas. Al tabaco le han cantado los poetas, la ópera y la pintura. Sus envases evidencian el lujo que significa su aroma. Es símbolo de distinción y buen gusto. Existen muchas marcas de tabaco, pero los fumadores exigentes de todo el mundo están de acuerdo en que el mejor es el de Cuba, en particular el de la zona conocida como Vuelta Abajo, en Pinar del Río. Al sacarlo de la caja y prenderlo, la multitud de fumadores acude a un gesto que, a un tiempo, es social e individual, rito ancestral y refinamiento. Los cubanos están orgullosos de su tabaco y por eso, además de producirlo, lo disfrutan.

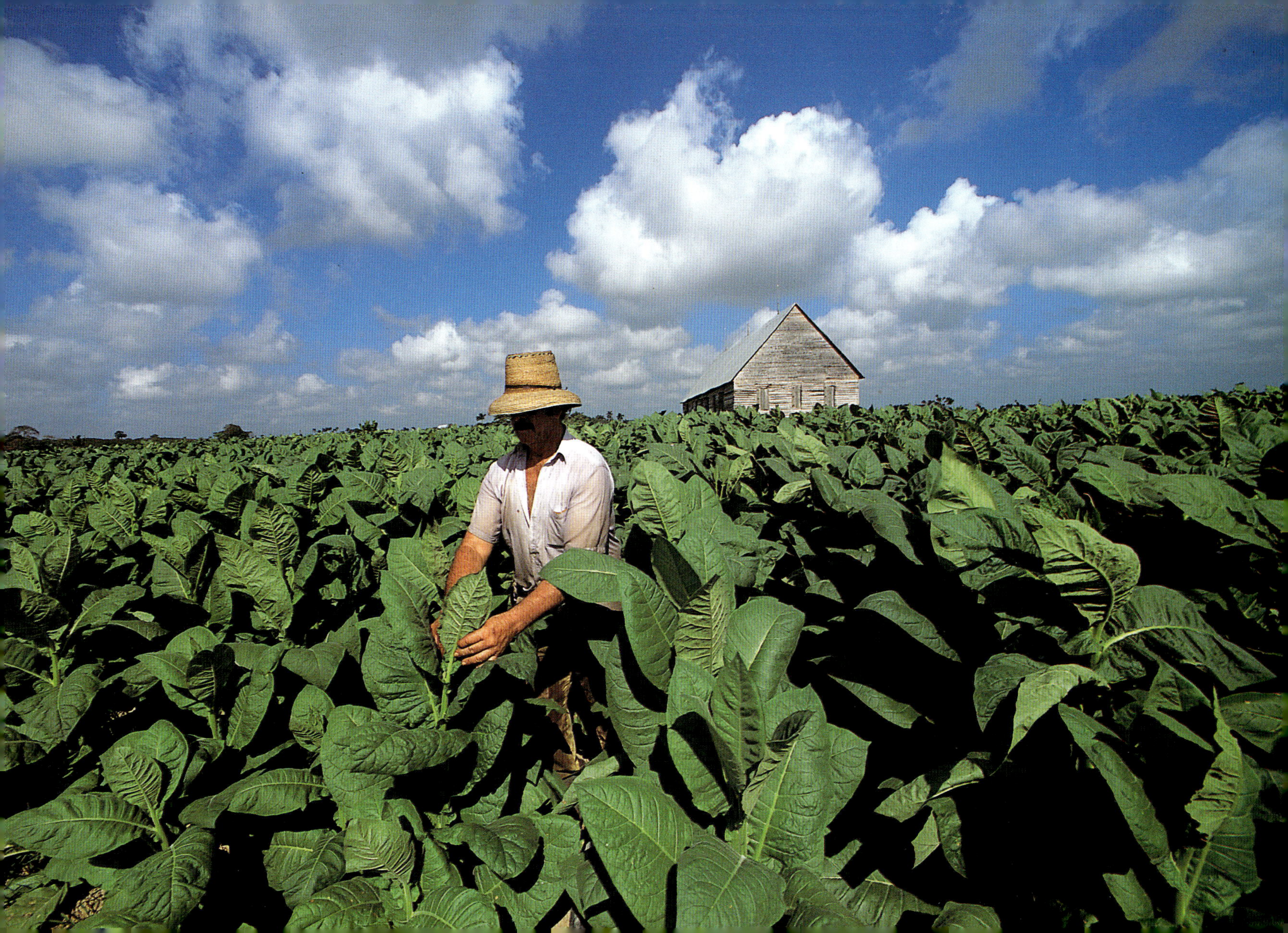

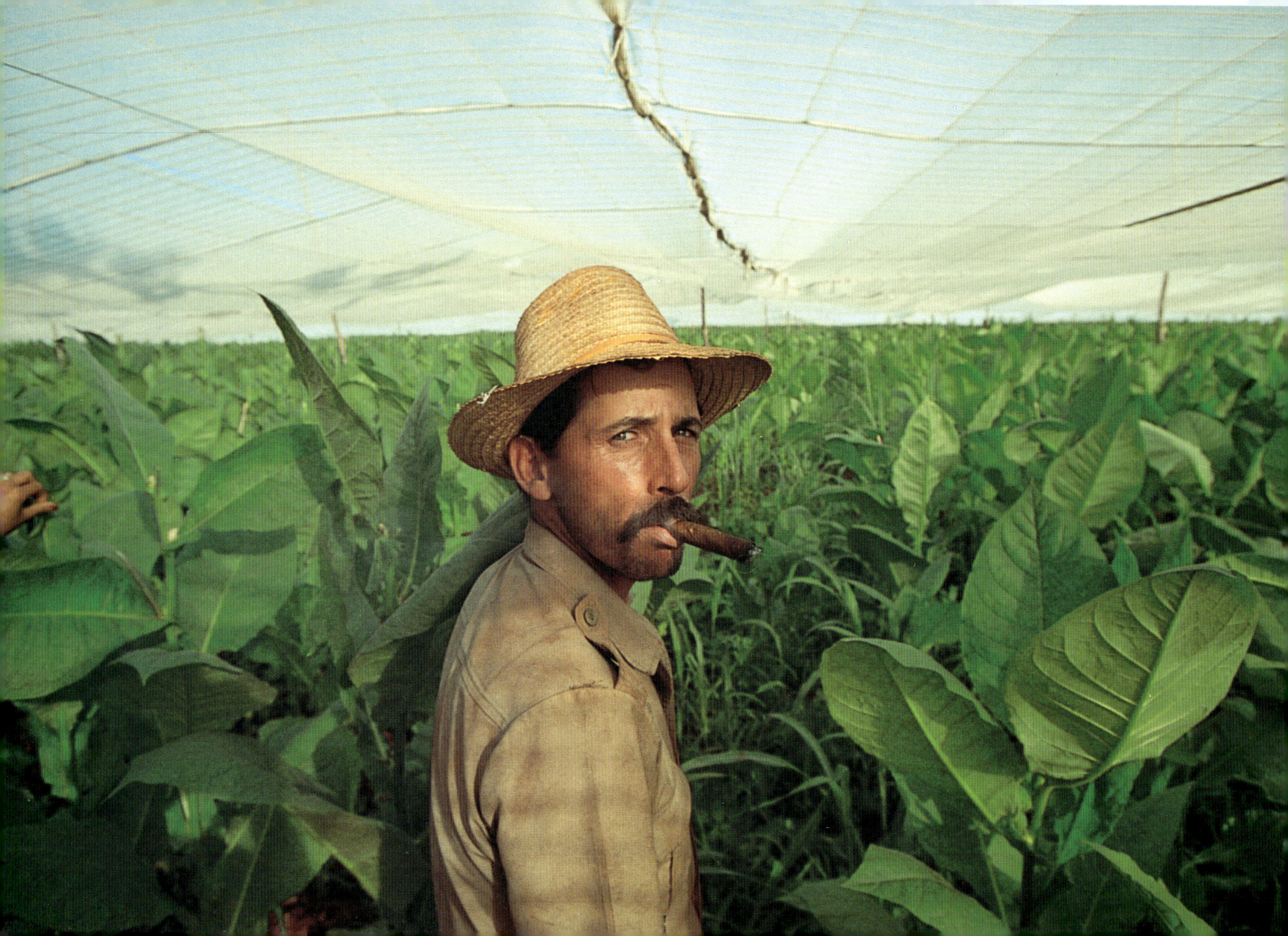

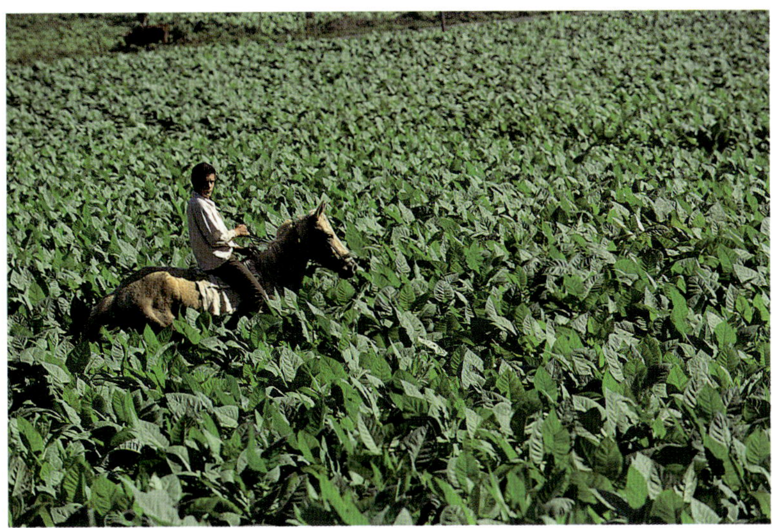

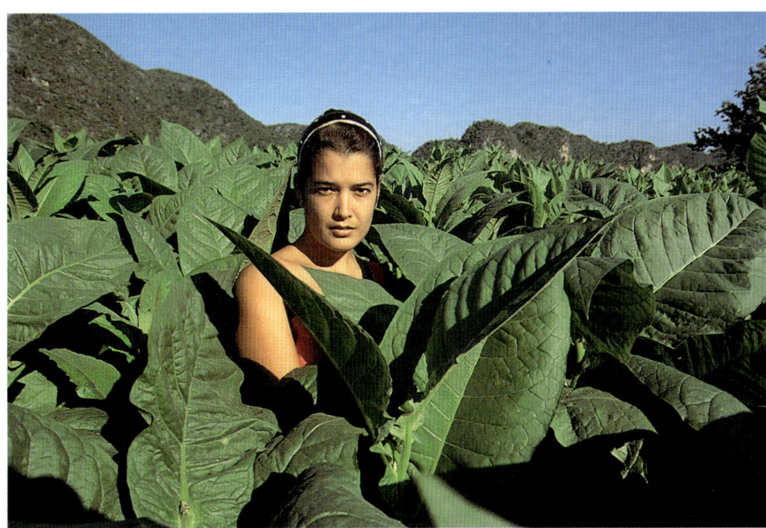

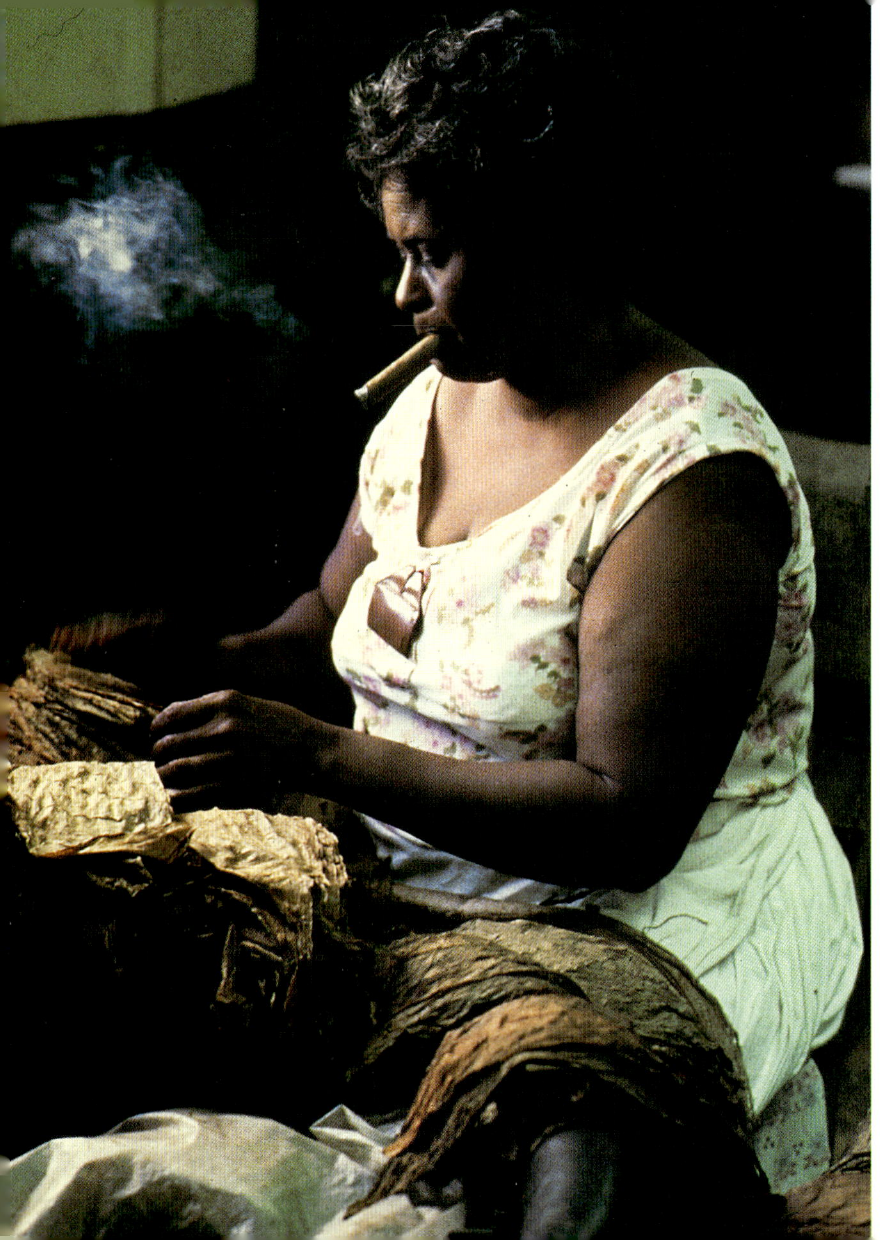

The *despalilladora* who opens the leaves and removes the central vein

La *despalilladora*, quien abre las hojas y le quita la nervadura central

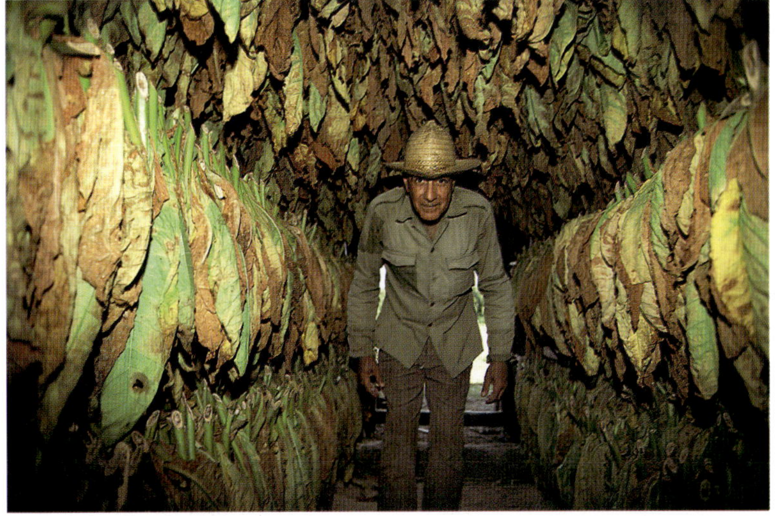

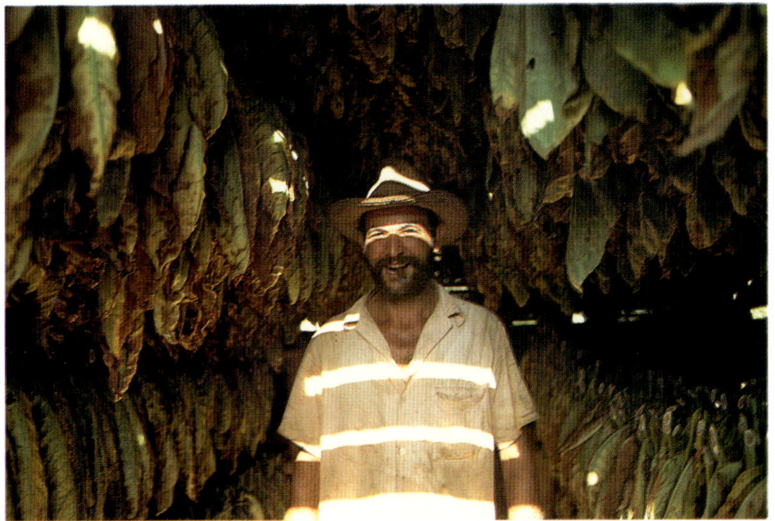

Not too much light or too much air or too much humidity: this is the magical formula needed to obtain the best quality of cigar. To achieve this the leaves are dried in buildings constructed according to very precise specifications

Ni mucha luz ni mucho aire ni mucha humedad: son algunos misterios de la alquimia para lograr un buen habano. Para lograrlo hospedan las ramas en casas construidas con las exigencias y la orientación precisas

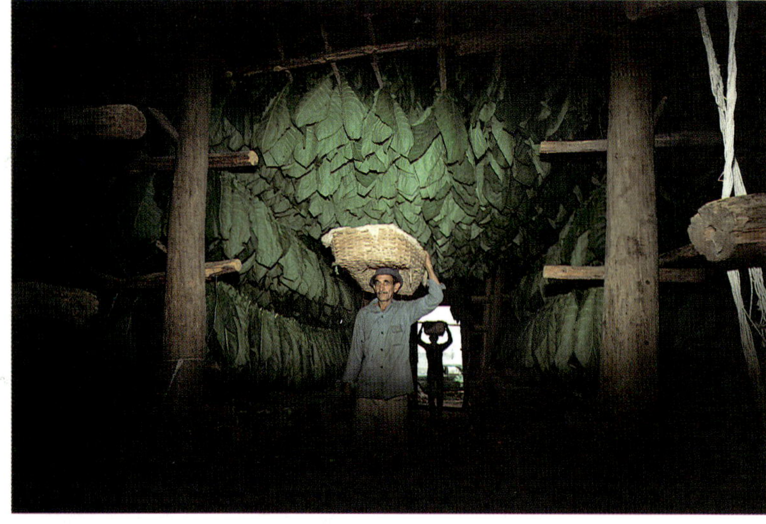

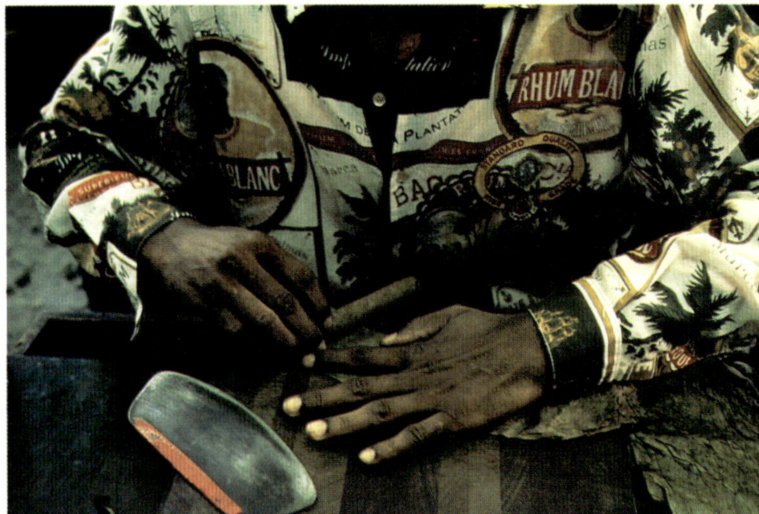
RHUM BLA
BLANC

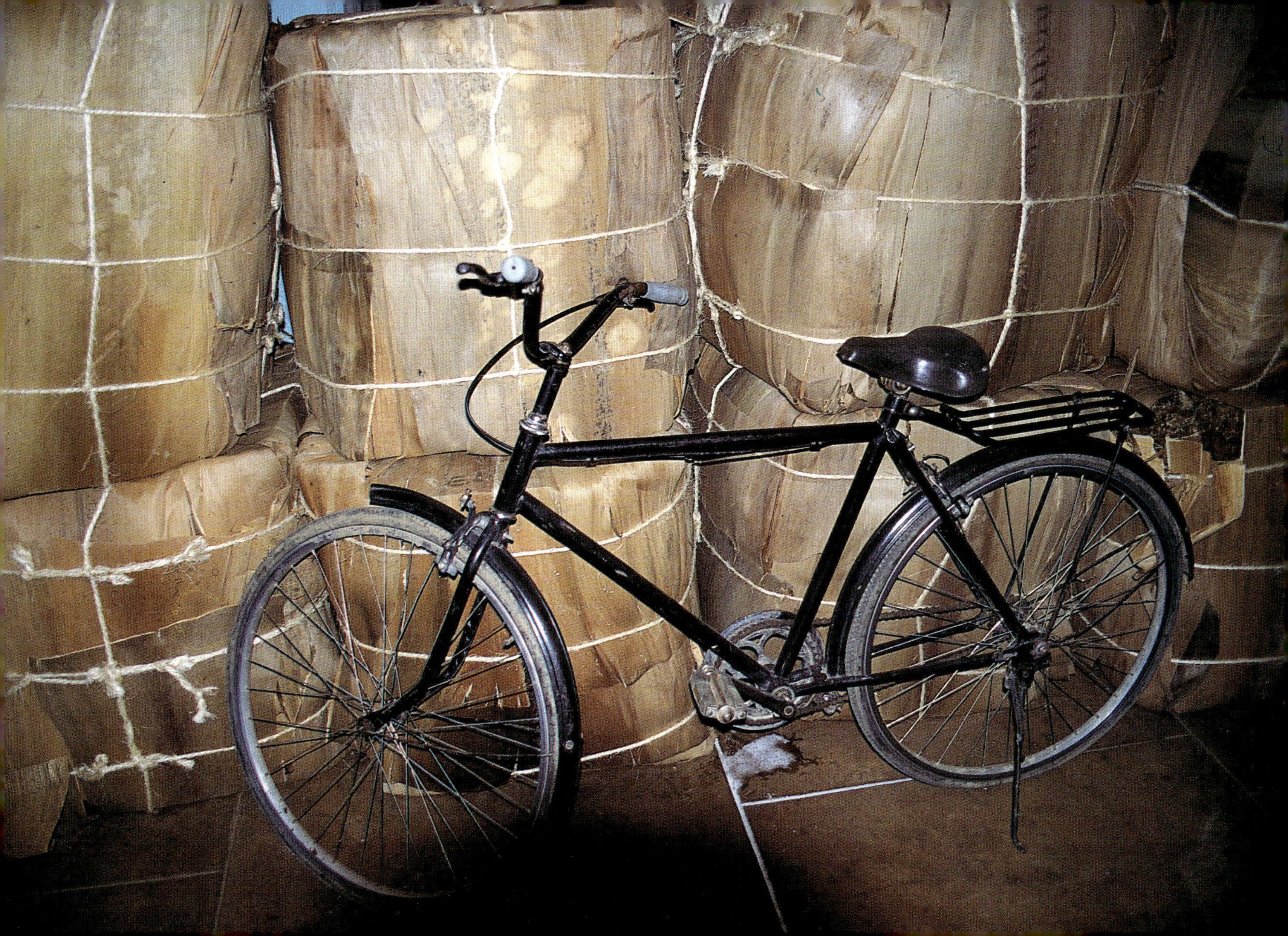

98

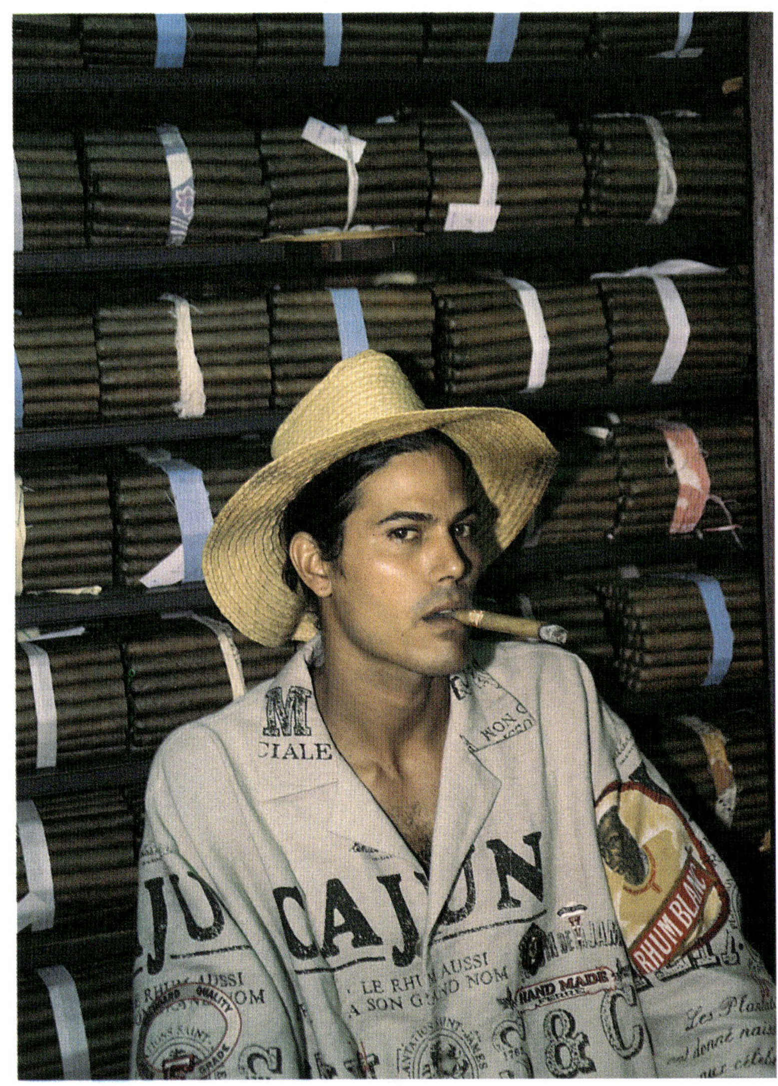

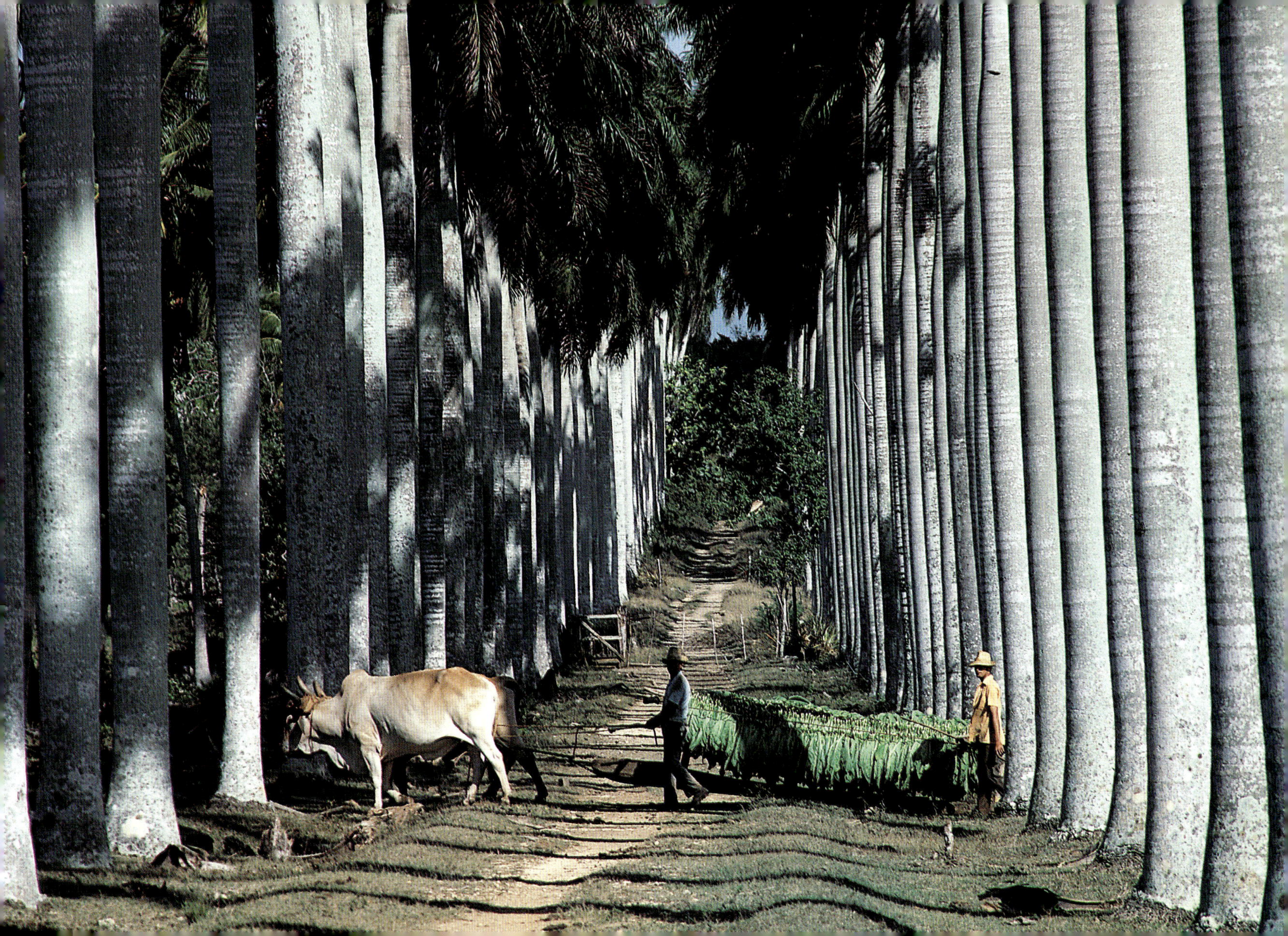

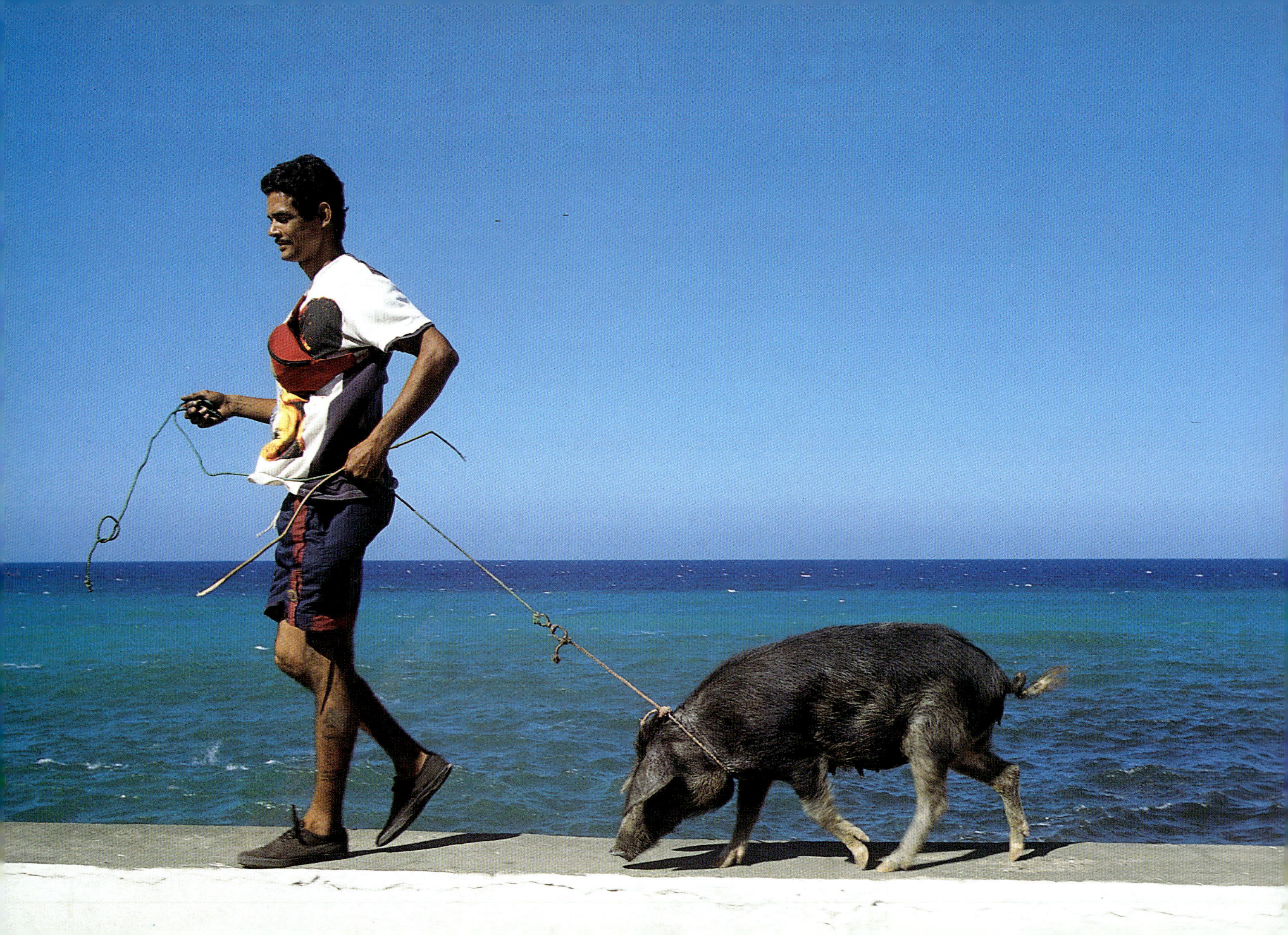

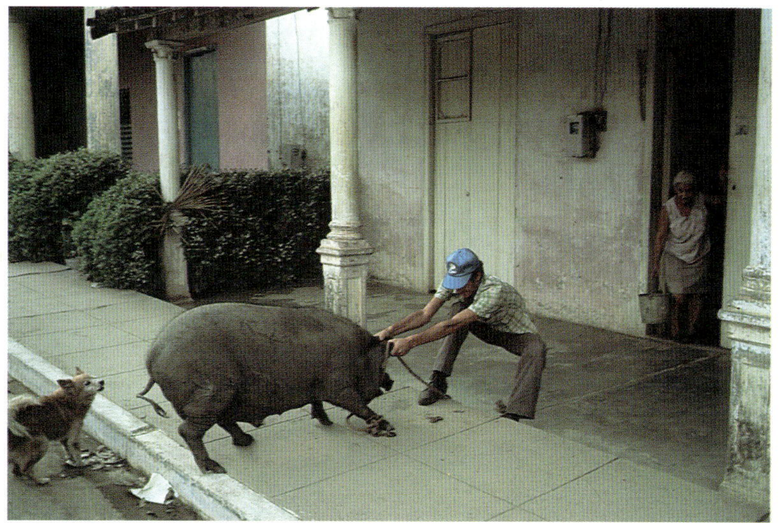

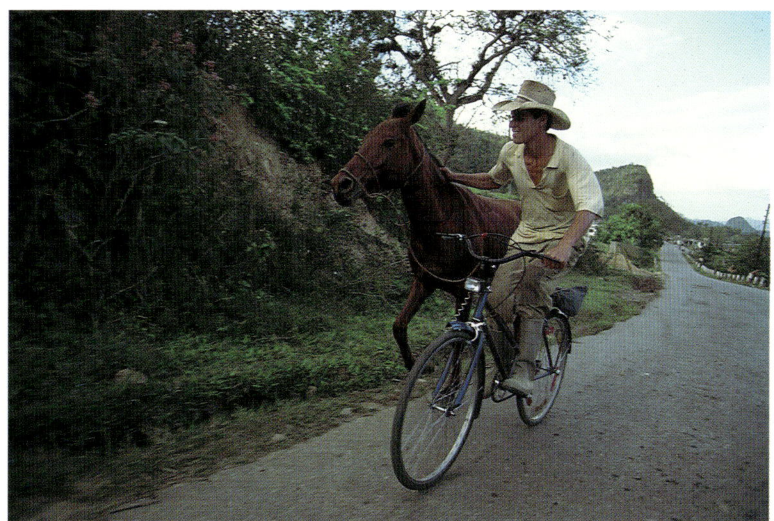

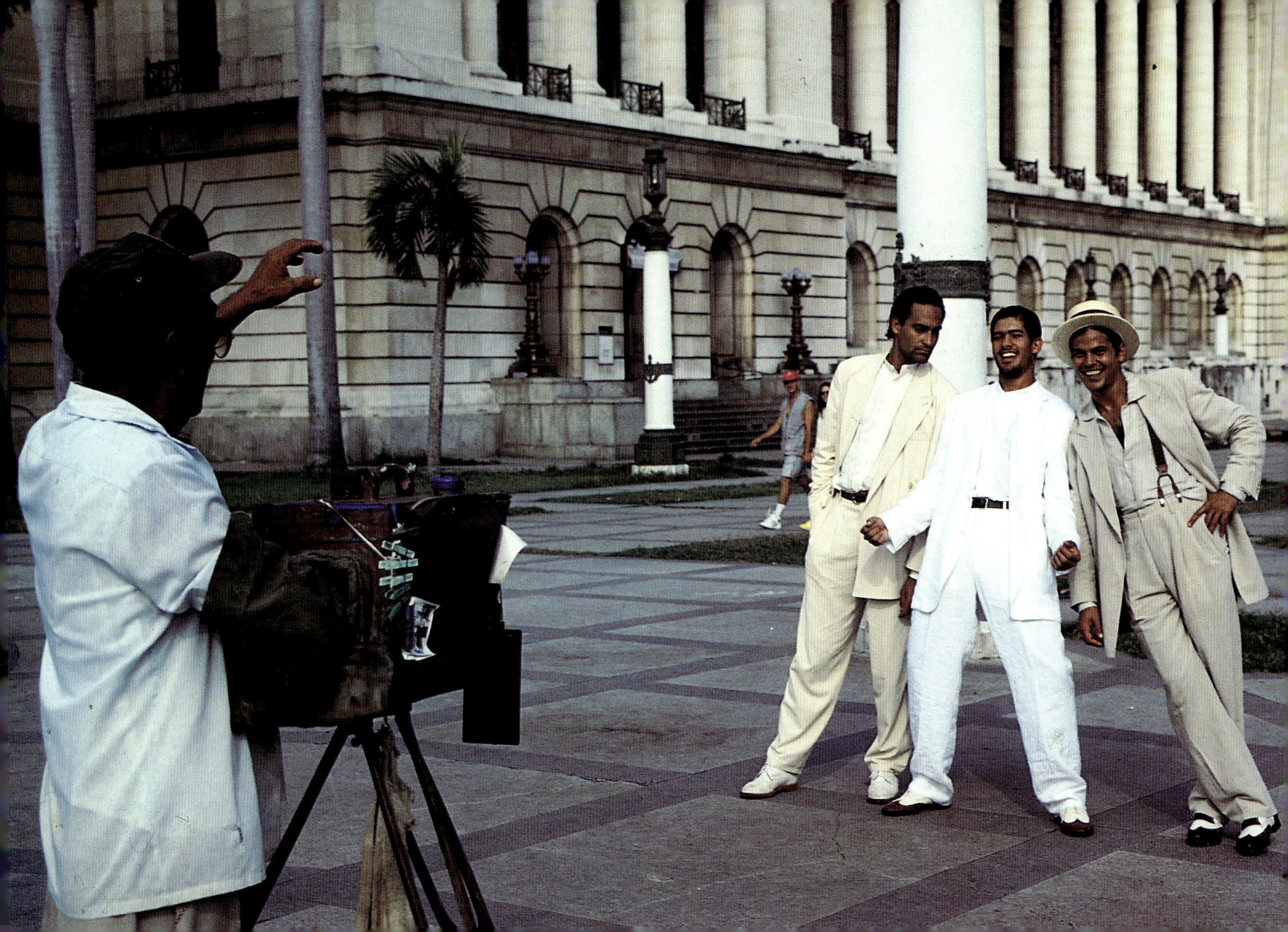

Street photographers in the vicinity of the Capitolio Nacional

Una tradición: los fotógrafos ambulantes en los alrededores del Capitolio Nacional

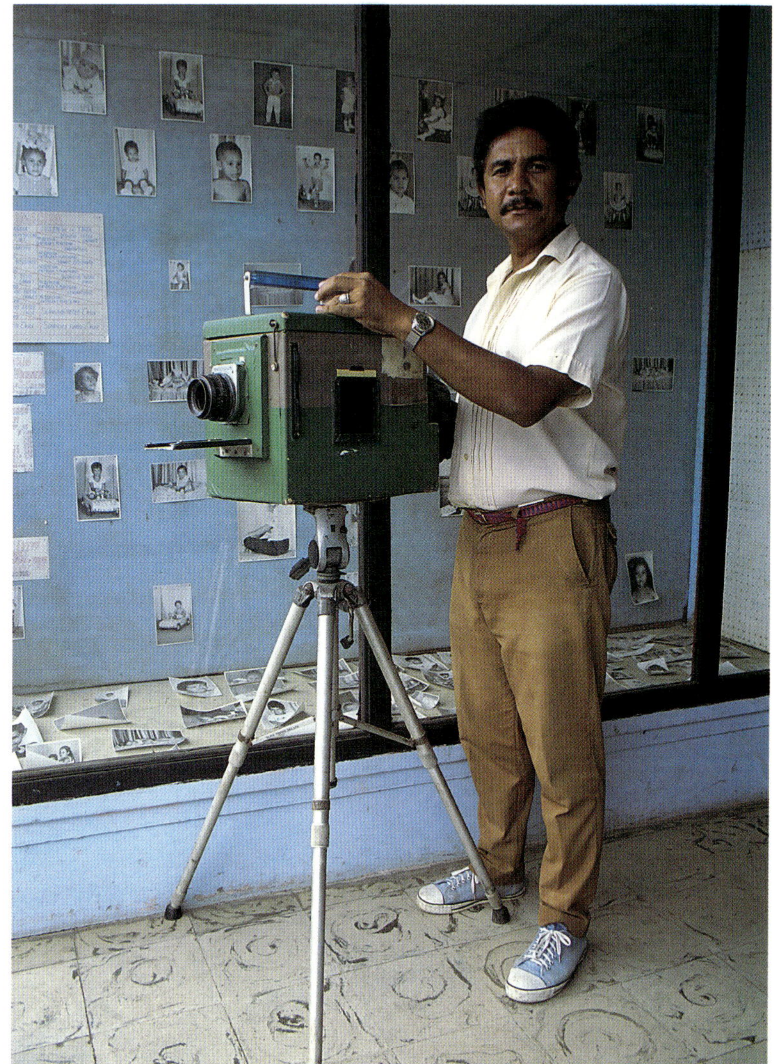

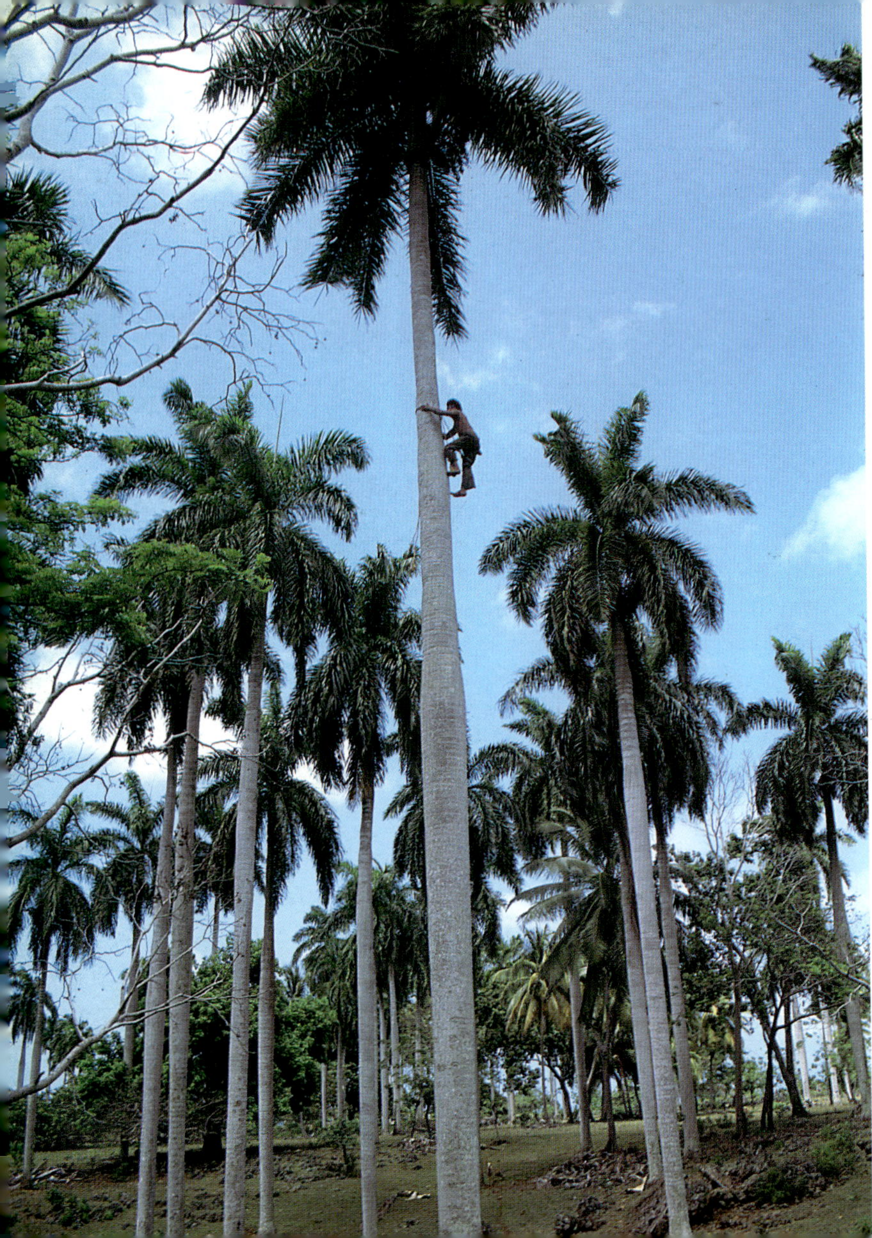

The royal palm is the symbol of Cuba and, apart from occupying a central position in the national coat of arms, its fruit is used as pig fodder

La palma real, símbolo de Cuba, colocada al centro de su Escudo Nacional, también da sus frutos para la alimentación de los cerdos

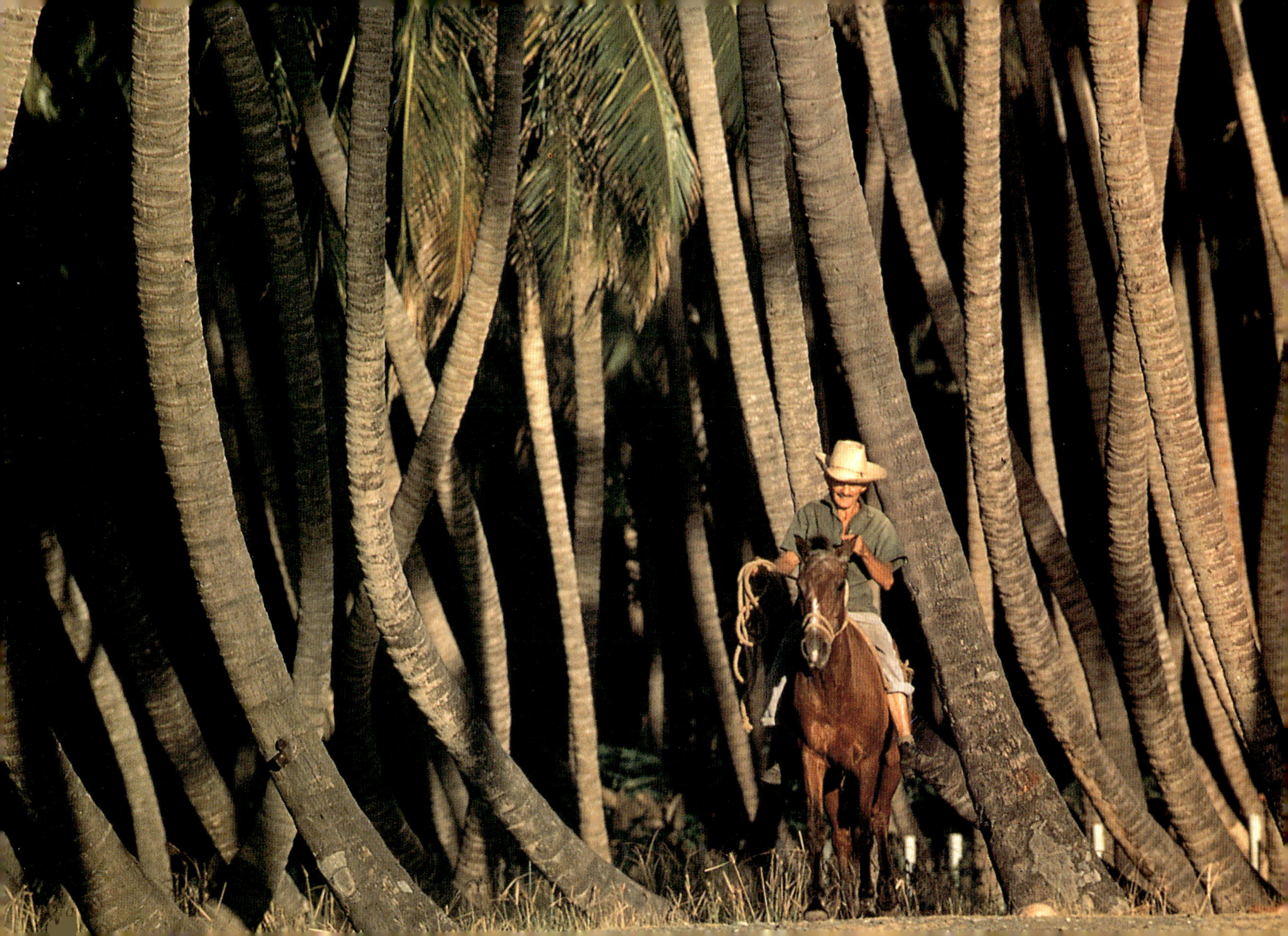

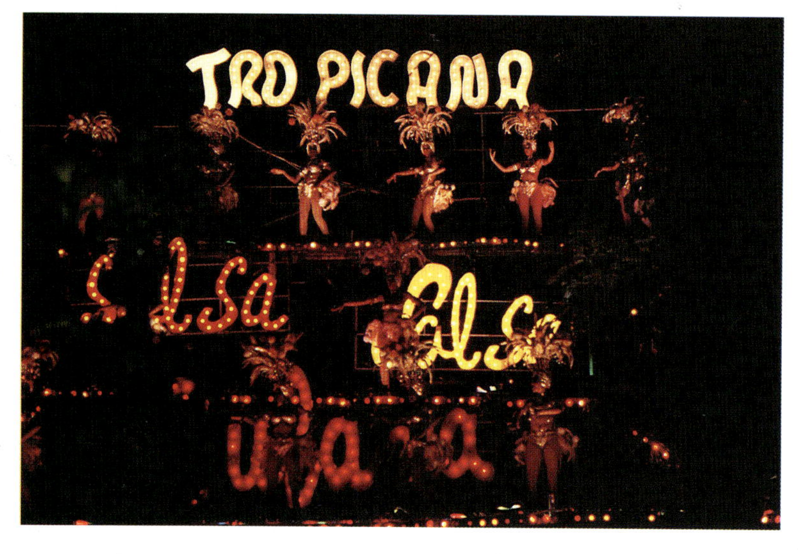

Considered a "paradise under the stars" the Tropicana nightclub has always drawn those who want to experience Havana night life. Nat King Cole, Edith Piaf, Josephine Baker, Dizzy Gillespie, Liberace and a host of other famous personalities have watched its floorshows and listened to the orchestras that set the whole world dancing. Here have their home the bolero, the guaracha, the mambo and all the rhythms that originated in Cuba, in an exciting mix of rhum and rumba, with beautiful mulatto girls among the palms and the wild beat of drums.

Considerado un "paraíso bajo las estrellas", el cabaret Tropicana continúa atrayendo a quienes desean conocer La Habana de noche. Sus shows al aire libre han tenido la presencia de Nat King Cole, Edith Piaf, Josephine Baker, Dizzy Gillespie, Liberace y toda una constelación de divas internacionales junto a orquestas del país que han hecho bailar al mundo. Allí reinan el bolero, la guaracha, el mambo y todos los ritmos que ha dado Cuba, en una encendida mezcla de ron y rumba, con un desfile de bellas mulatas entre palmeras y bajo el ritmo frenético de los tambores.

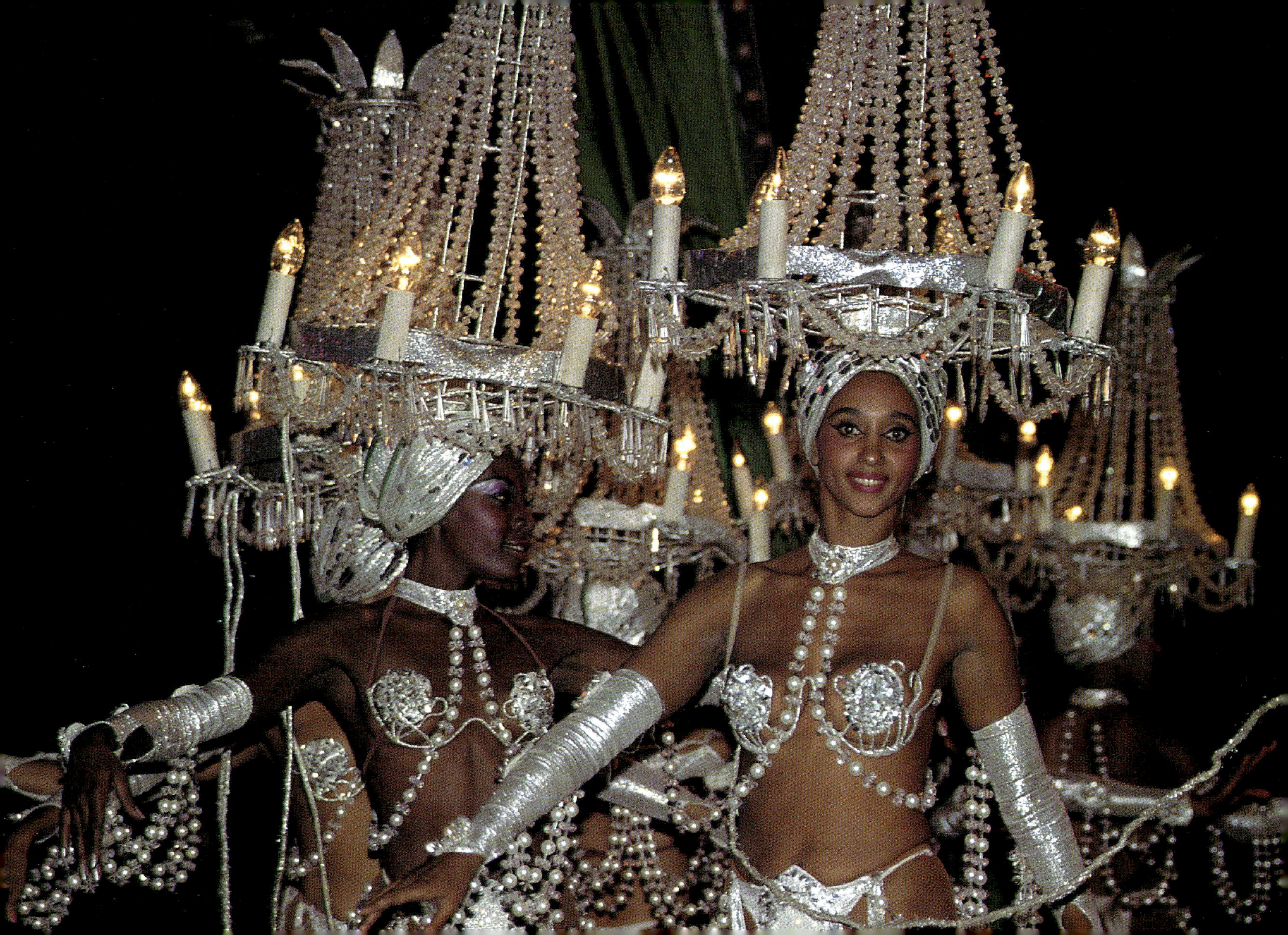

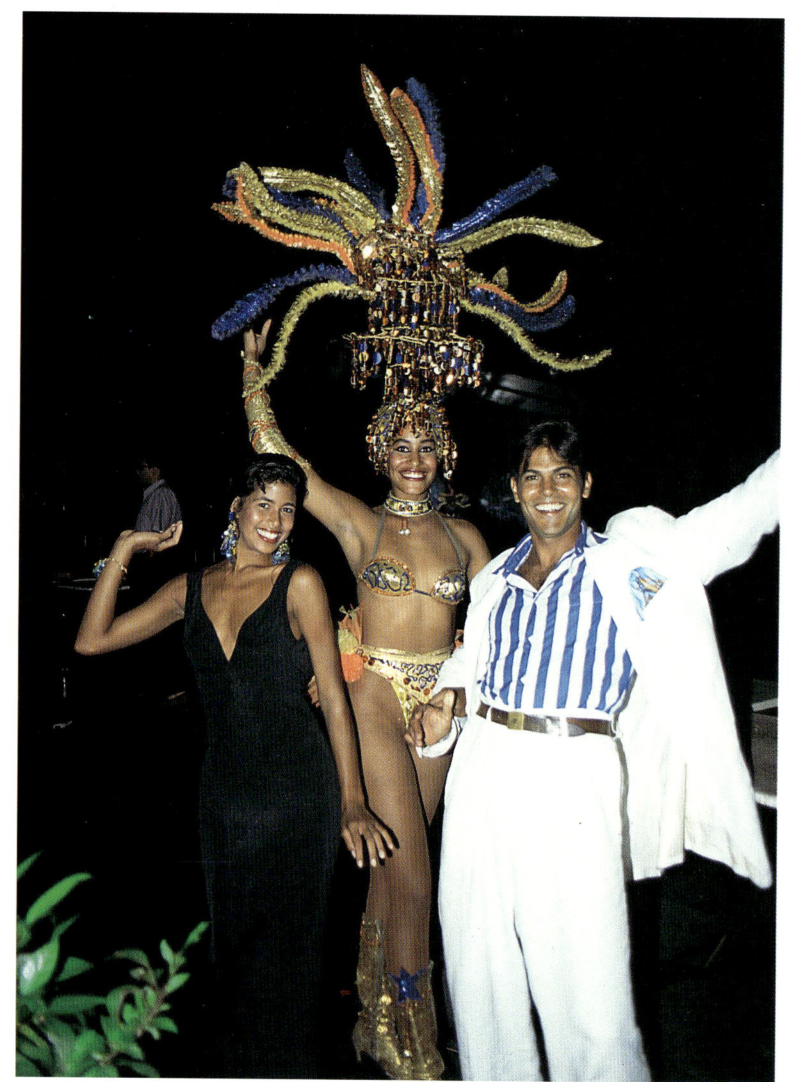

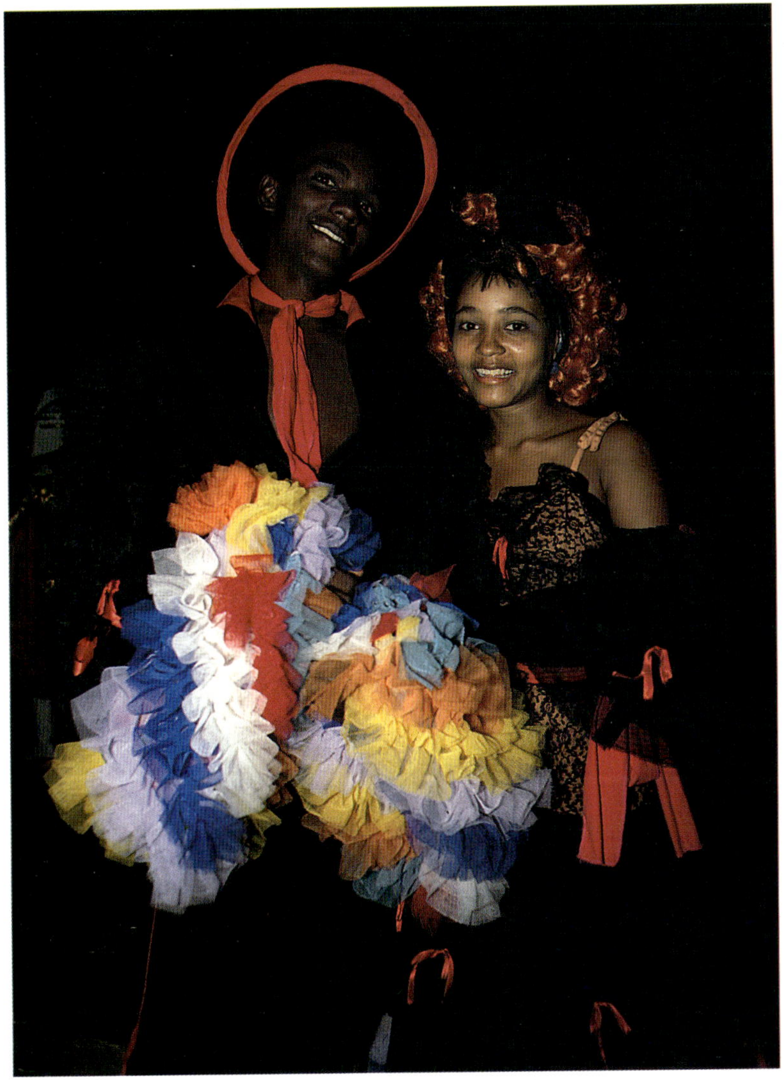

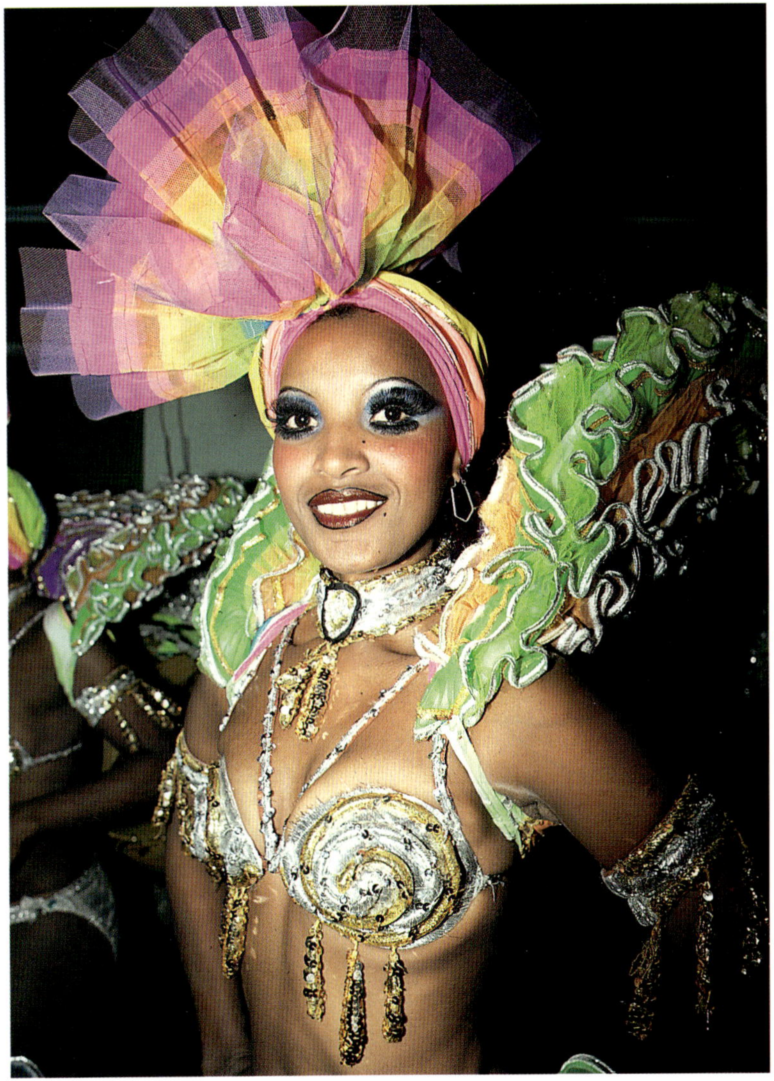

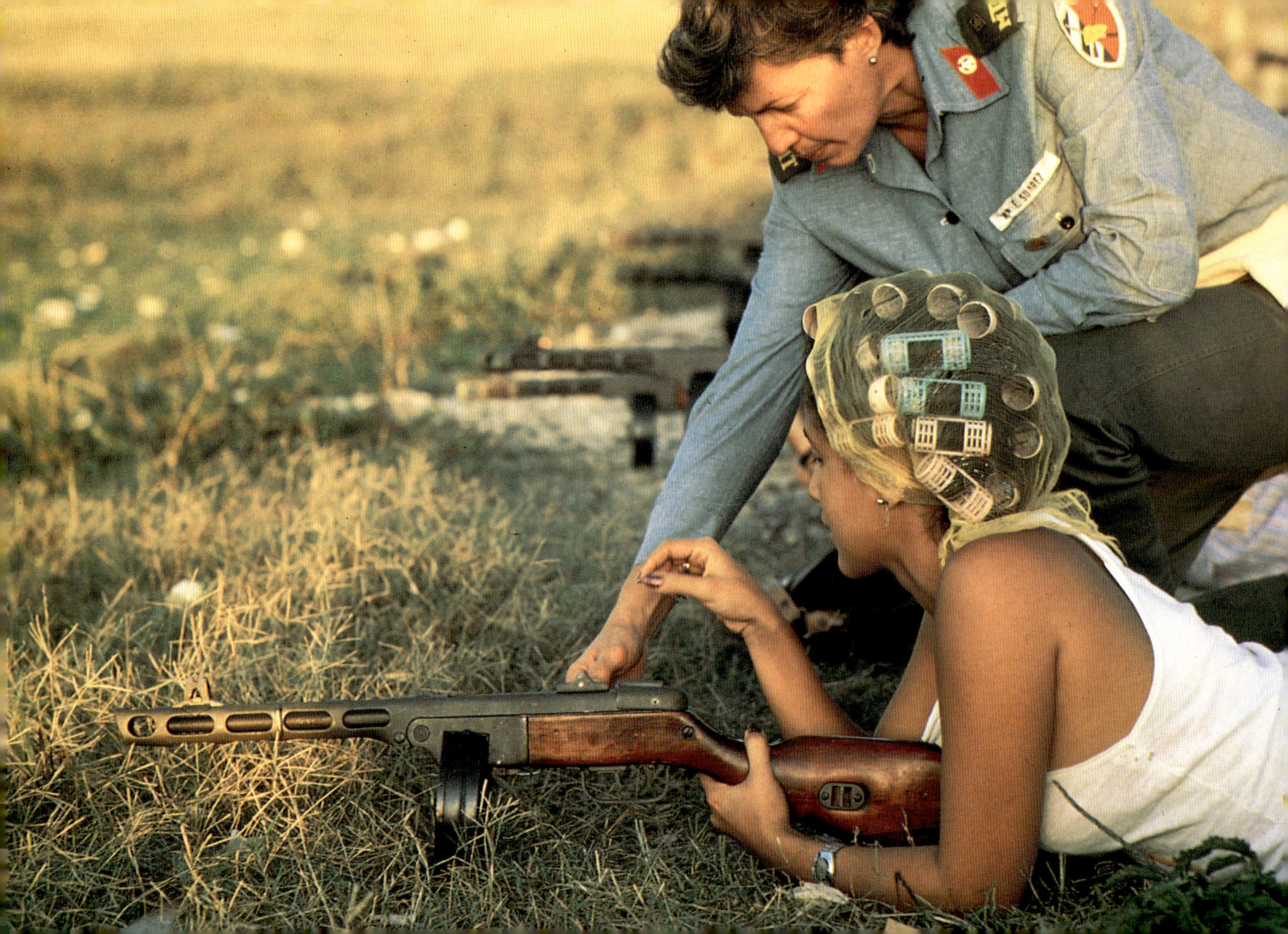

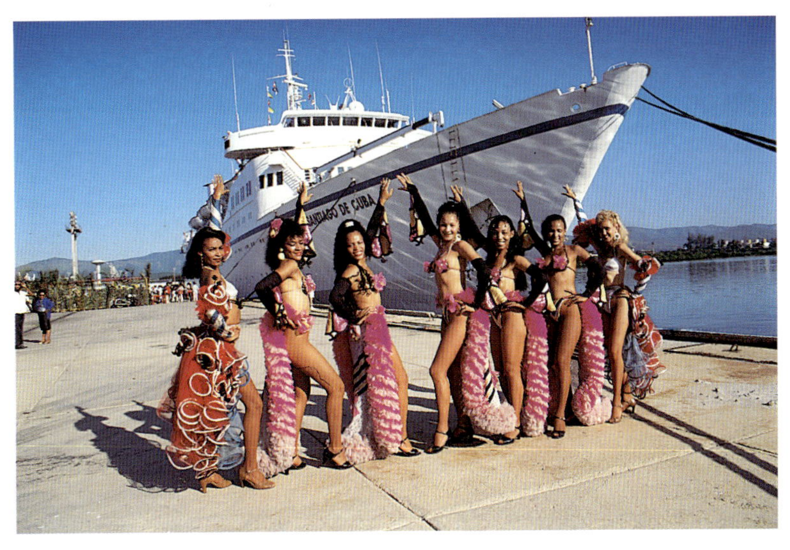

Two restaurants that have become legendary for visitors to Havana: La Bodeguita del Medio, near the Plaza de la Catedral and La Floridita, near the Parque Central. They combine traditional creole cuisine with two famous cocktails. At La Bodeguita they make the mojito with white rhum, fresh lemon juice, sugar, soda water and fresh mint leaves. At La Floridita Ernest Hemingway's cocktail, the daiquiri, is a must. This consists of white rhum, sugar and fresh lemon juice in crushed ice (if brown rhum is used it's called a mulatto daiquiri). The secret of both these cocktails lies in the ingredients – you must use Cuban rhum and local lemons, which have a very strong flavour and a distinctive perfume. That's why they don't taste the same anywhere outside Cuba. Hemingway made La Floridita his headquarters; this is where he read, wrote and received visitors. When he was forced to choose which of the two cocktails was the best, like Solomon he compromised and said "My mojito at La Bodeguita, my daiquiri at La Floridita". His advice is followed by thousands of tourists who visit these restaurants on a kind of pilgrimage to the Mecca of good taste.

Dos restaurantes míticos para quienes visitan La Habana: La Bodeguita del Medio, junto a la Plaza de la Catedral, y El Floridita, vecino al Parque Central. Reúnen la tradición de la comida tropical y de dos tragos que les han dado renombre. En La Bodeguita preparan el mojito: ron blanco, zumo de limón, azúcar y agua efervescente con ramitas de hierbabuena maceradas. En El Floridita es obligado probar el trago que brindaba Ernest Hemingway, el daiquirí: ron blanco, azúcar y zumo de limón en hielo frappé. (Una variante con ron añejo dorado da el daiquirí mulata.) El secreto de la calidad de ambos está en los ingredientes: el ron debe ser cubano y los limones criollos, una variedad de intenso y peculiar aroma. Por eso no tienen competidores en otras partes del mundo. Hemingway, que hizo de El Floridita su cuartel general, prefería recibir a sus amigos en la barra donde también leía y escribía. Puesto en la disyuntiva de decidirse por una de las dos delicias, optó por un juicio salomónico: "Mi mojito en La Bodeguita, mi daiquirí en El Floridita." Su consejo lo siguen miles de turistas que cada día los visitan, como en peregrinación a la Meca del buen gusto.

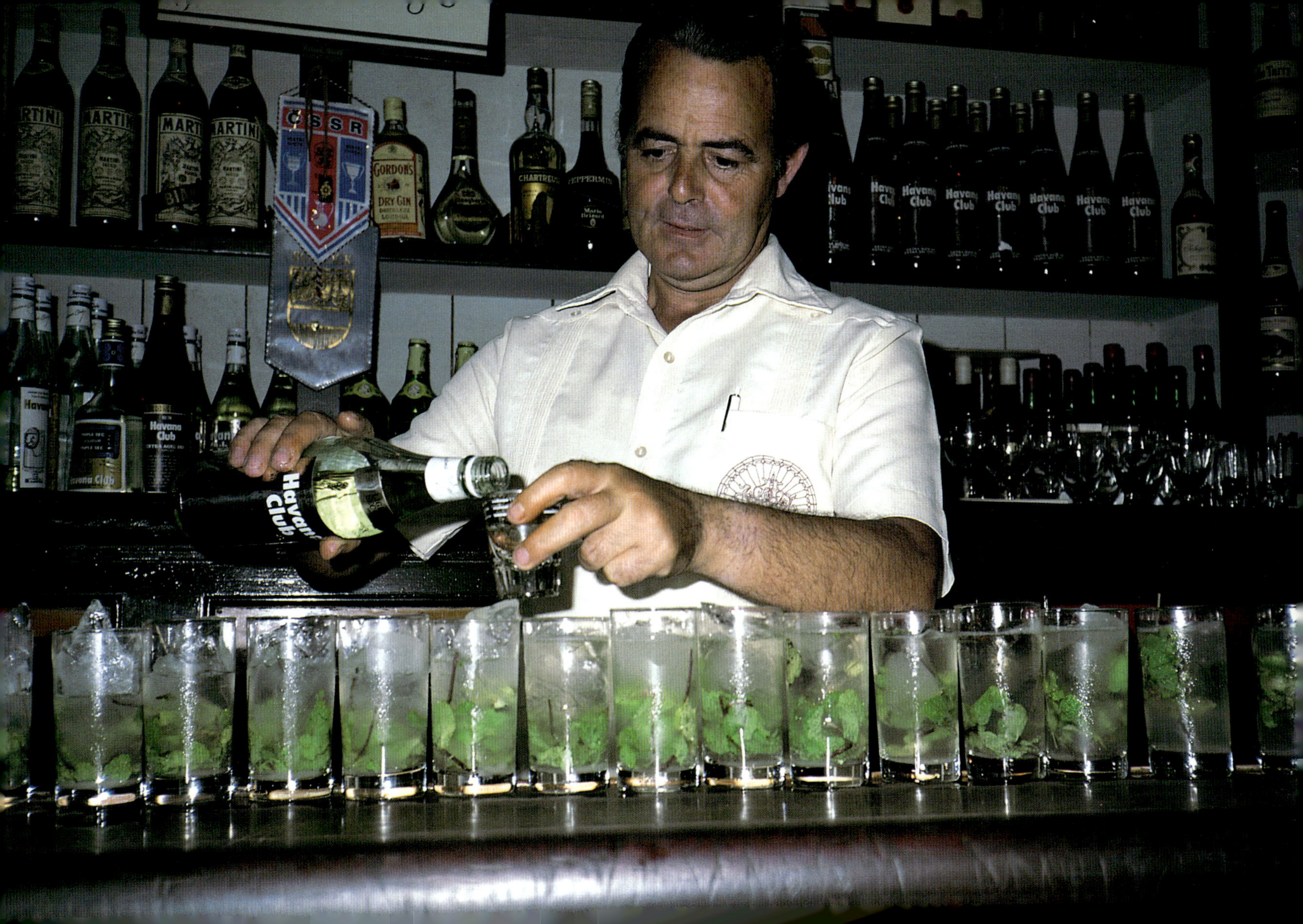
MARTINI
MARTINI
MARTINI
MARTINI
CSSR
GORDON'S
DRY GIN
CHARTREUSE
PEPPERMINT
Havana Club
Havana Club
Havana Club
Havana Club
Havana Club
Havana Club
Havana Club
Havana Club
Havana Club

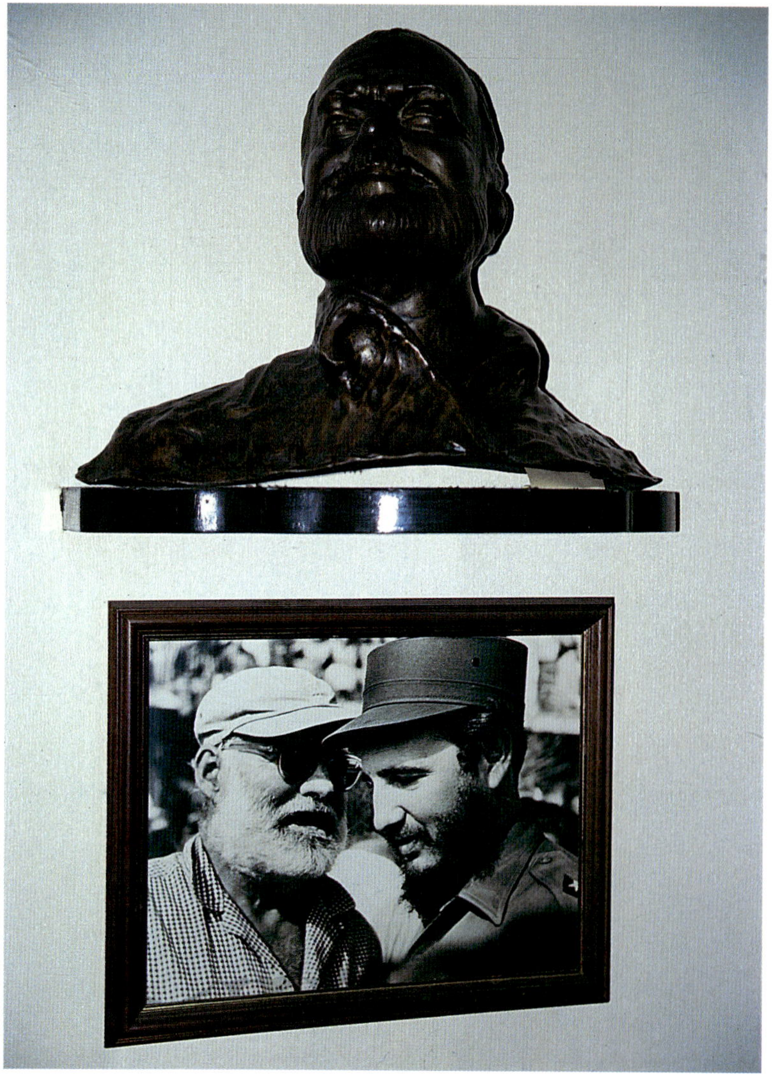

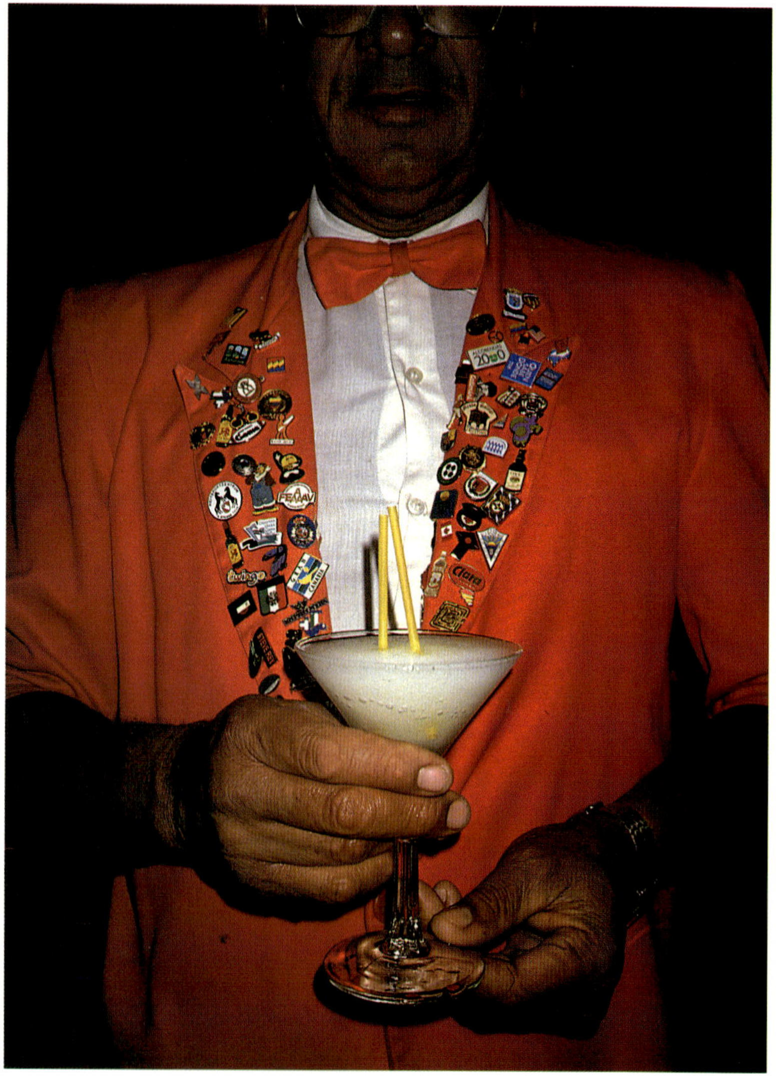

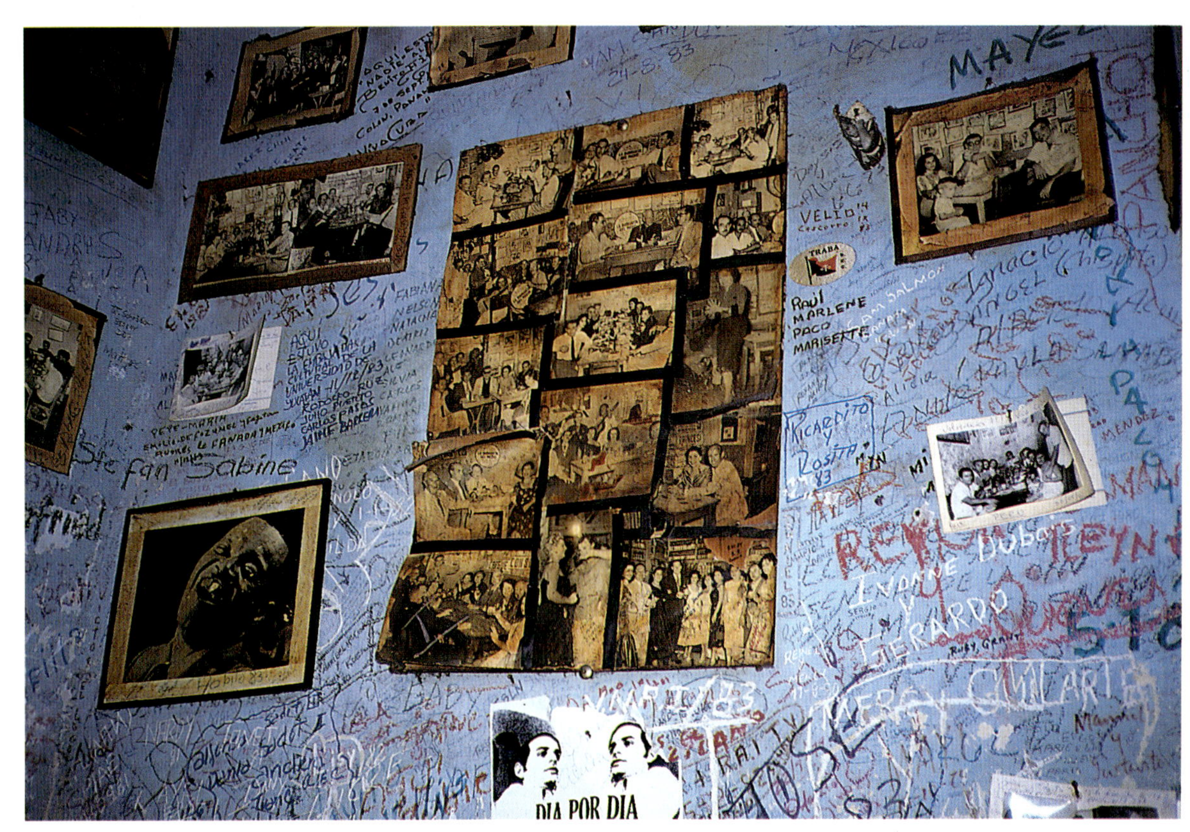
DIA POR DIA

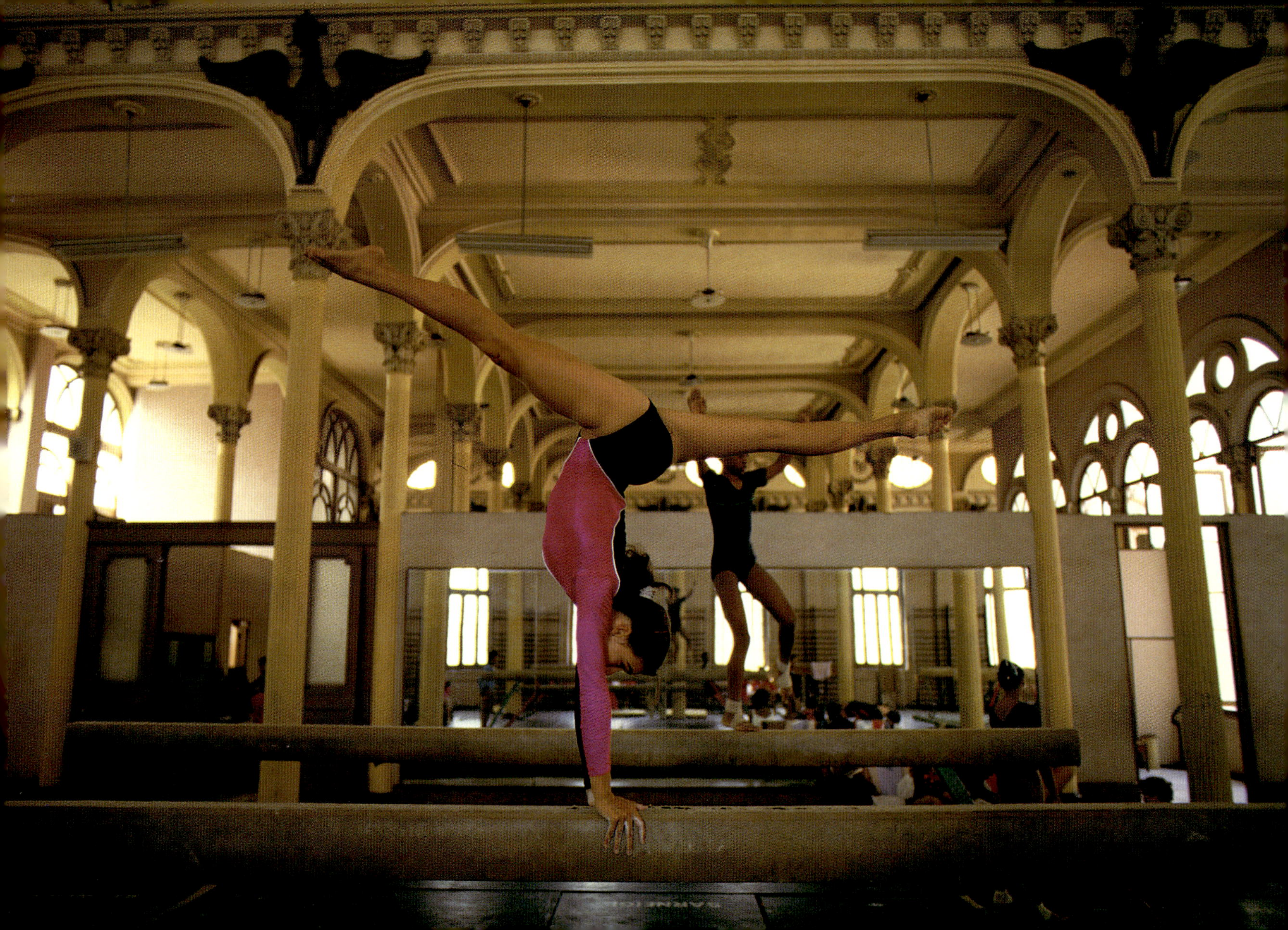

As well as having an excellent health service and education system, the Cubans also excel at sport. It's amazing that such a small country has managed to turn out so many champions and win so many medals in the Olympics and other sporting events. Cubans have devoted their time and resources to this field, because they are convinced that exercise keeps you fit and also, as they say, "the people have a right to it".

Junto a la salud y a la educación, entre las grandes conquistas de los cubanos está el deporte. Asombra que un país tan pequeño tenga tantos campeones y ocupe un lugar tan destacado en las olimpiadas y otros eventos deportivos. Lo han conseguido dedicando recursos y tiempo, convencidos de que el ejercicio es una fuente de salud y, como afirman, "un derecho del pueblo".

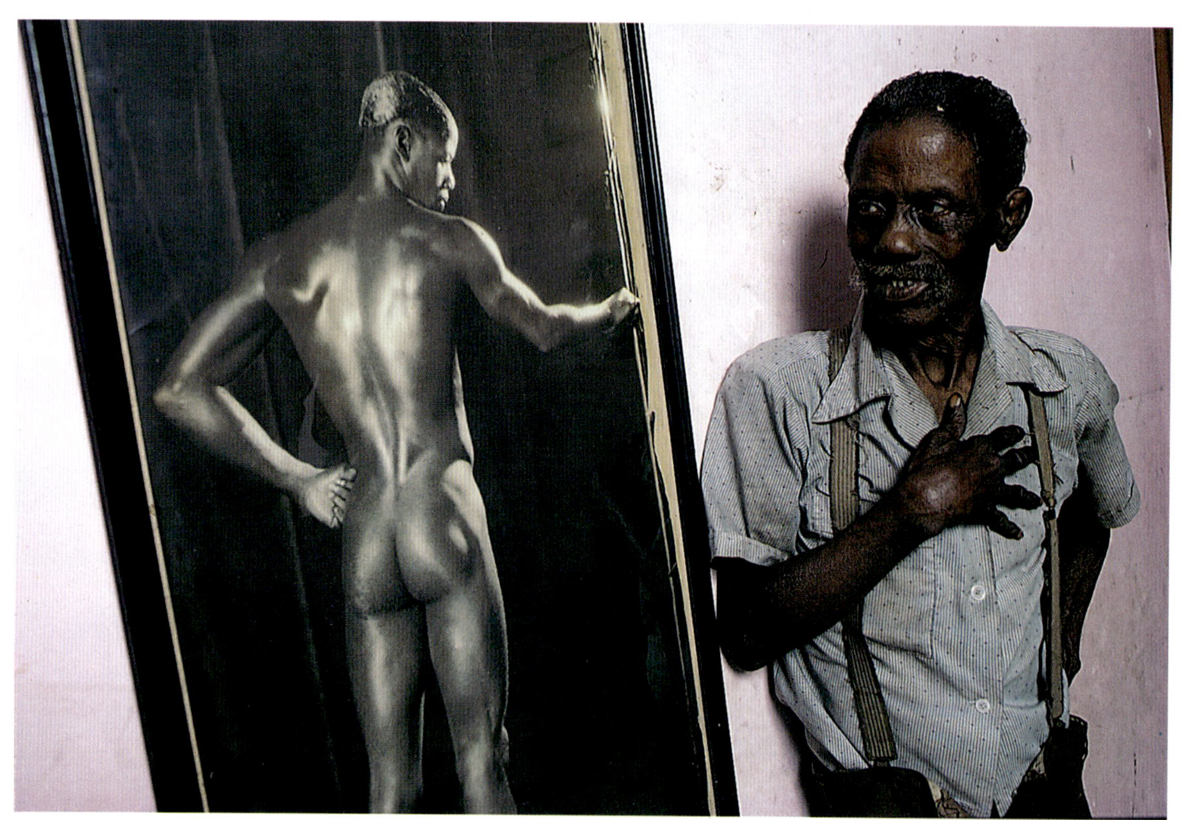

Kid Chocolate, world boxing champion, remembering his youth in Havana

Kid Chocolate, el campeón mundial de boxeo, recordaba su juventud. La Habana

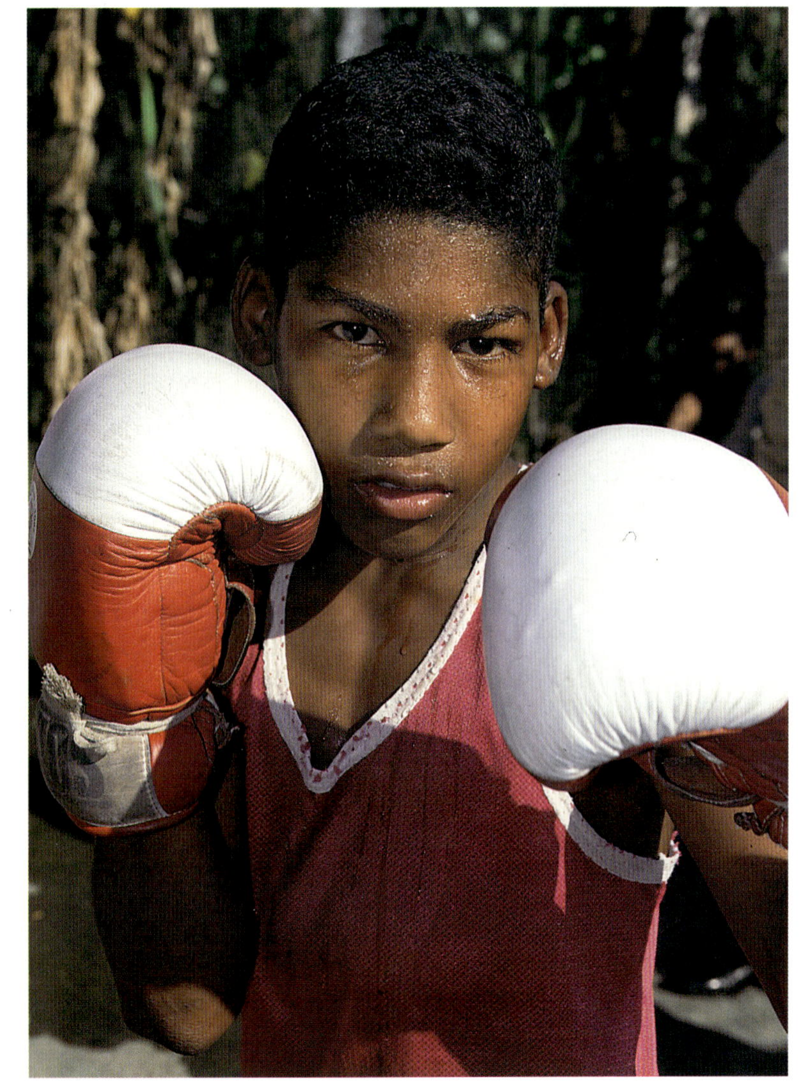

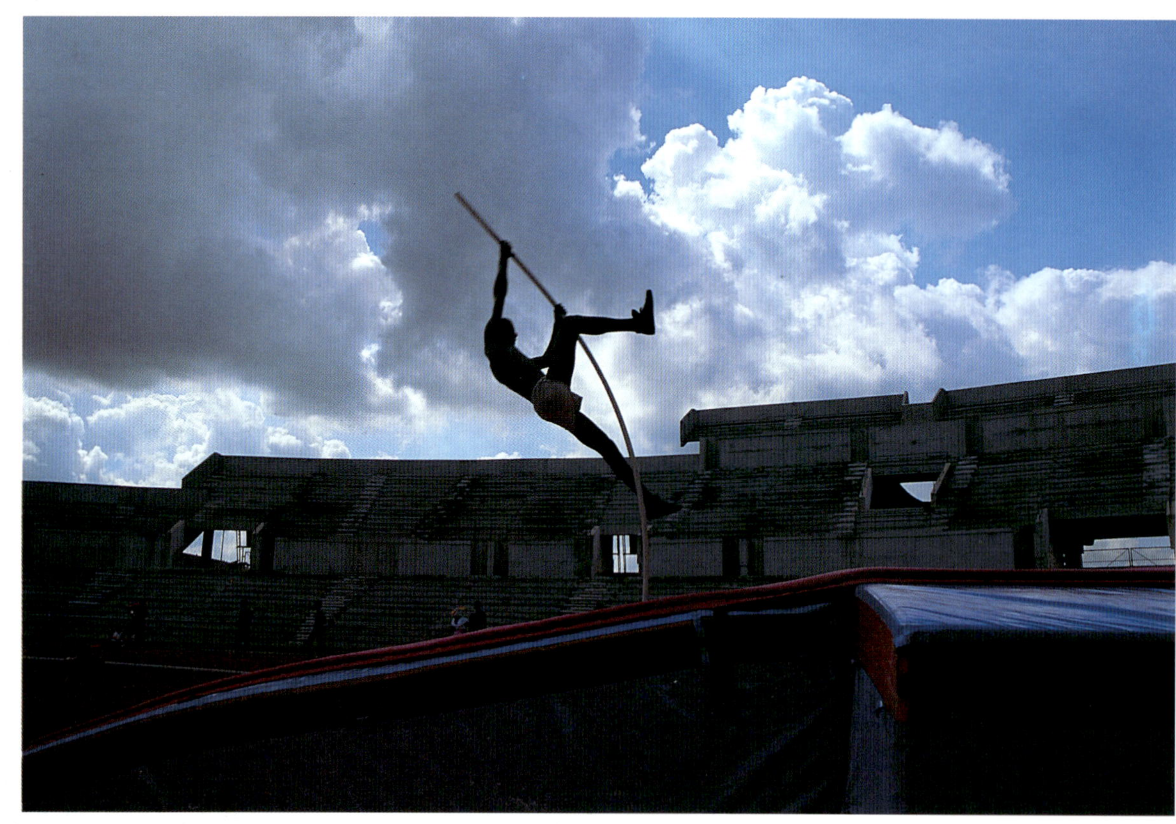

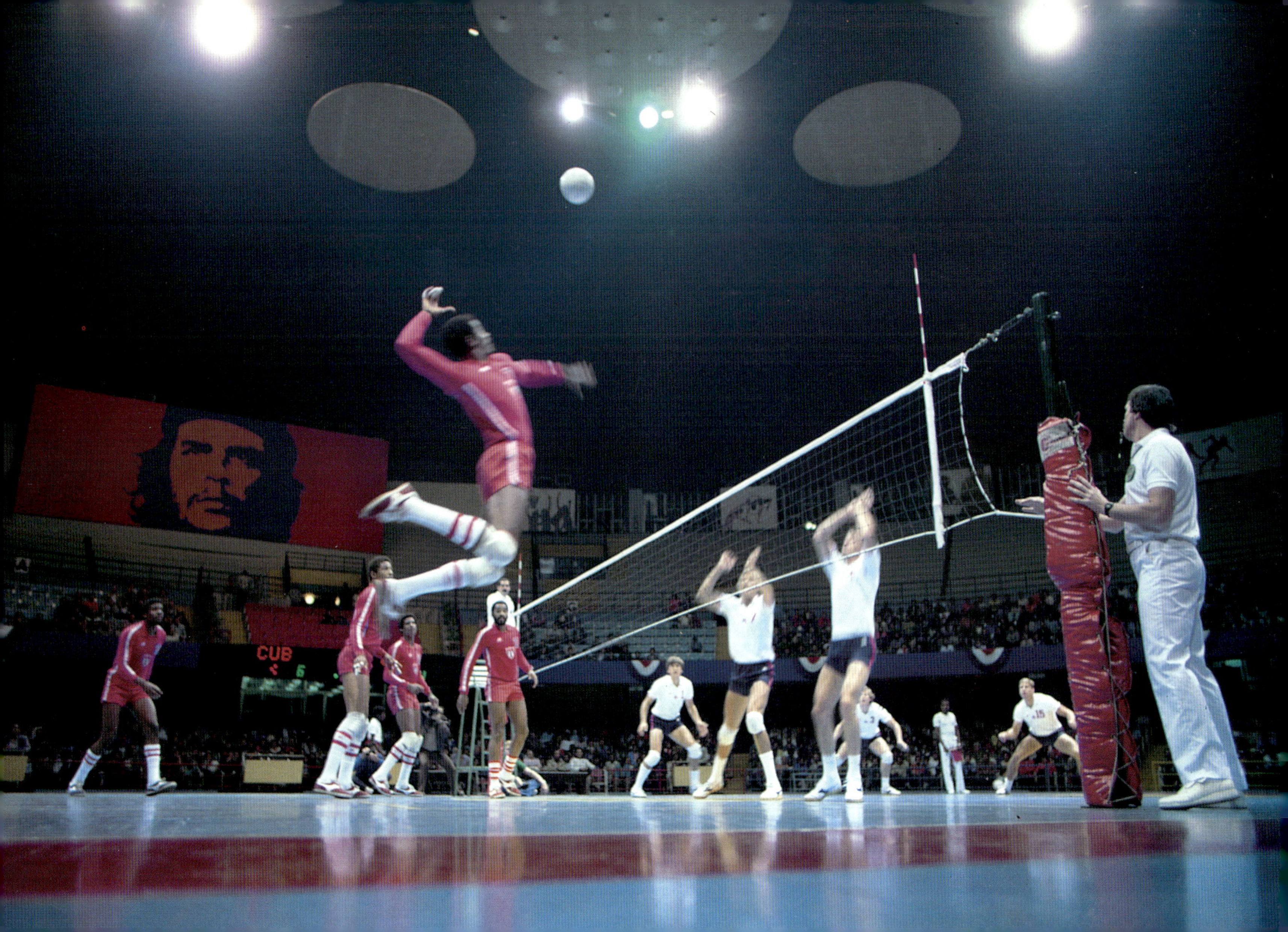
CUB

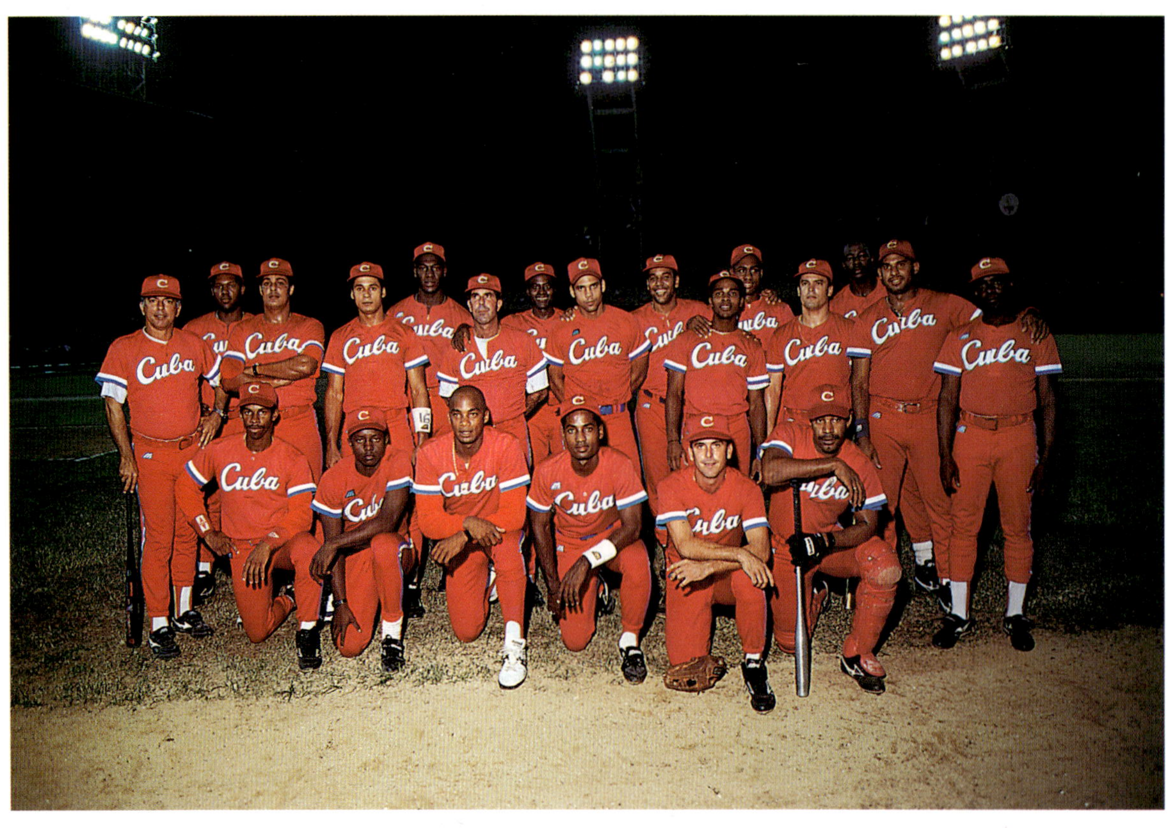
Cuba

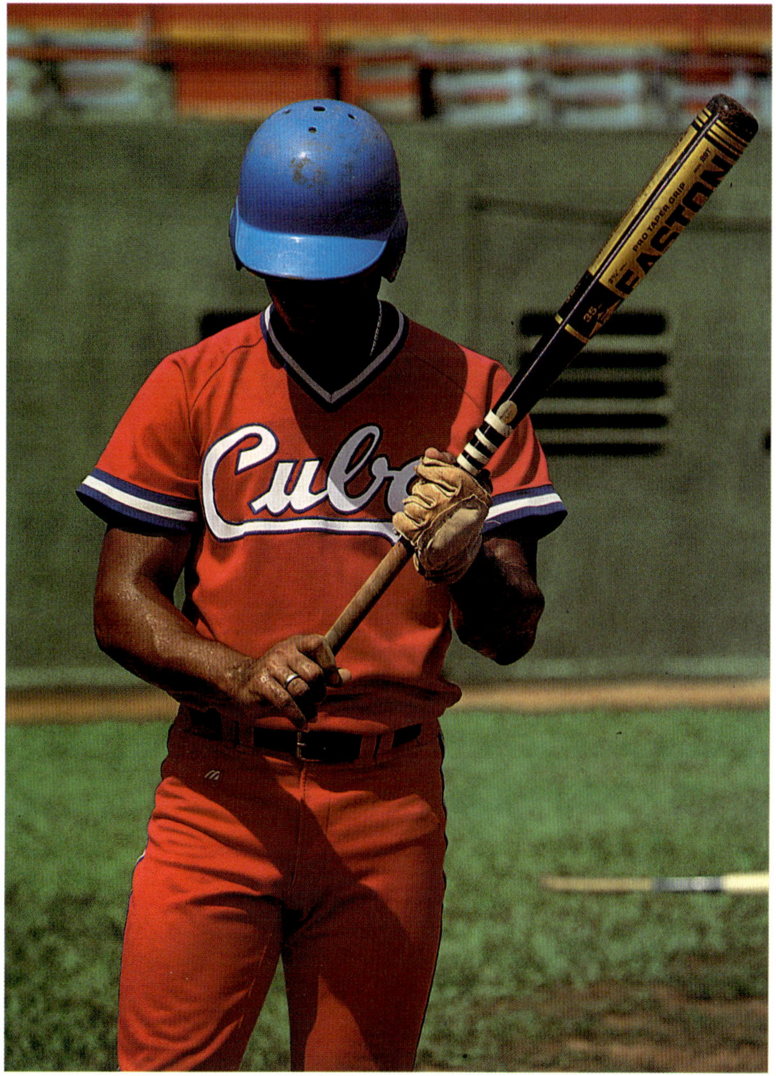
Cuba
PRO TAPER GRIP
EASTON

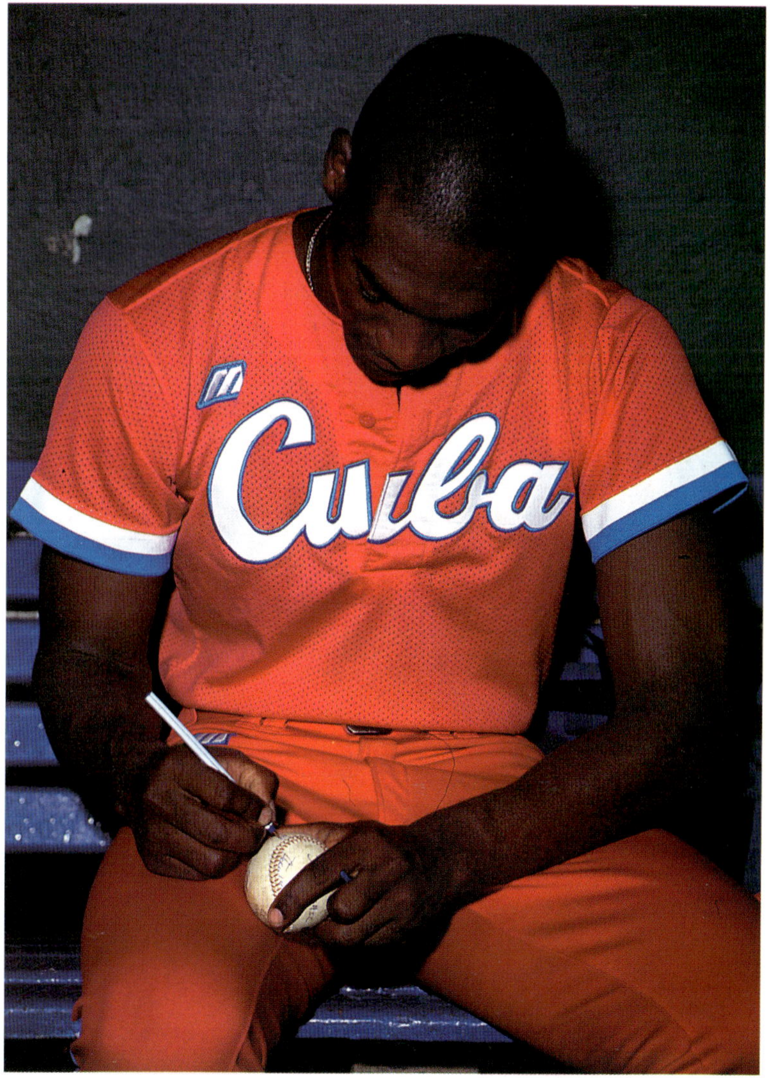
Cuba

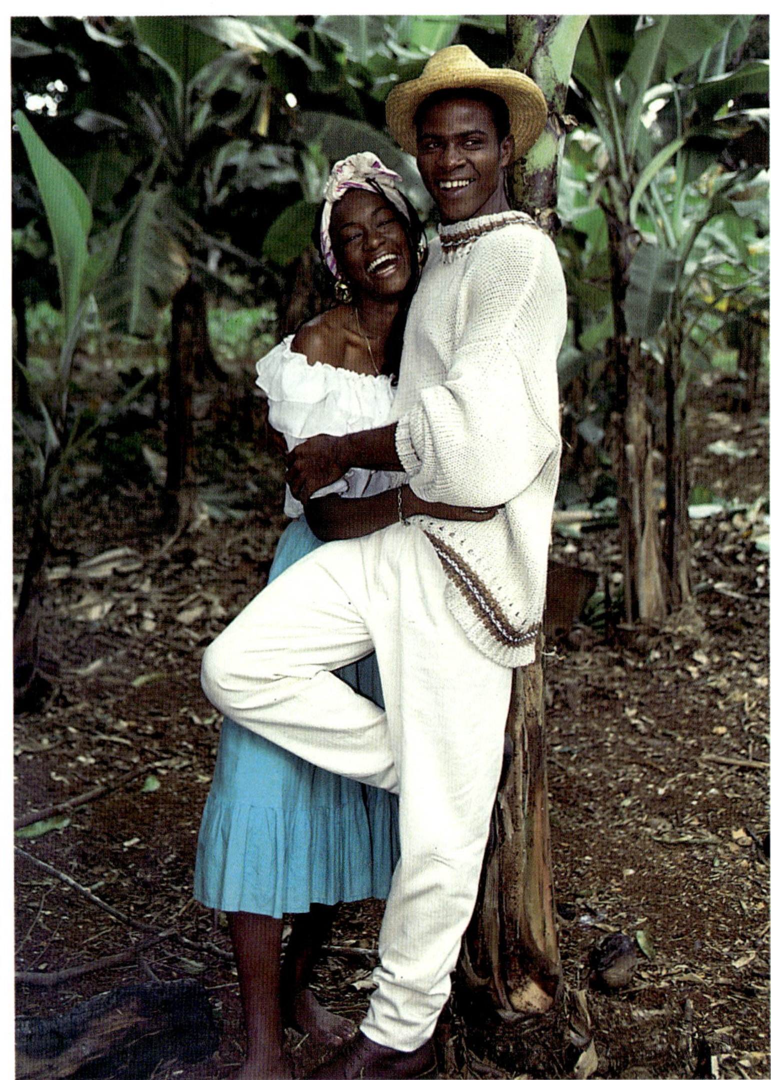

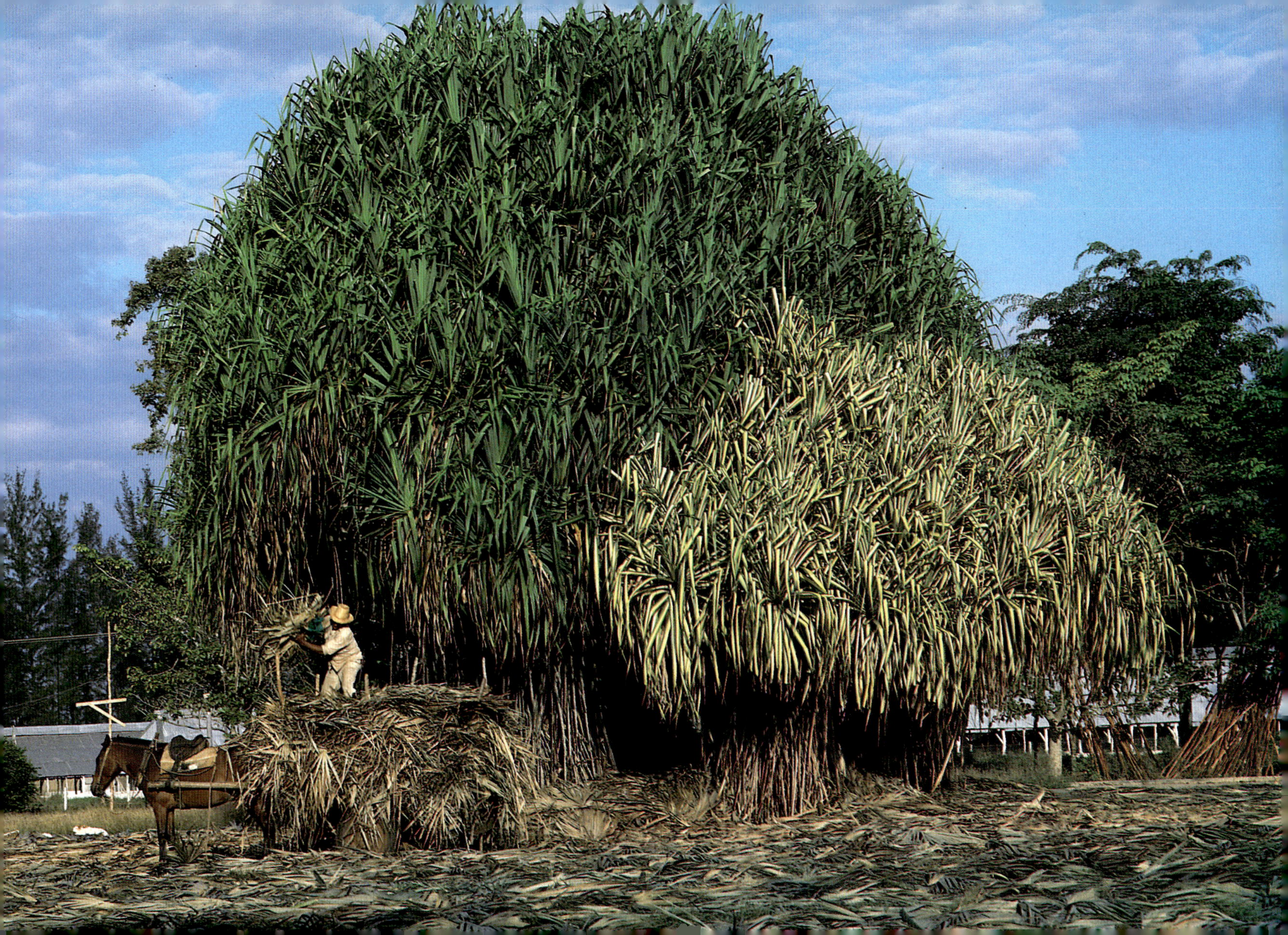

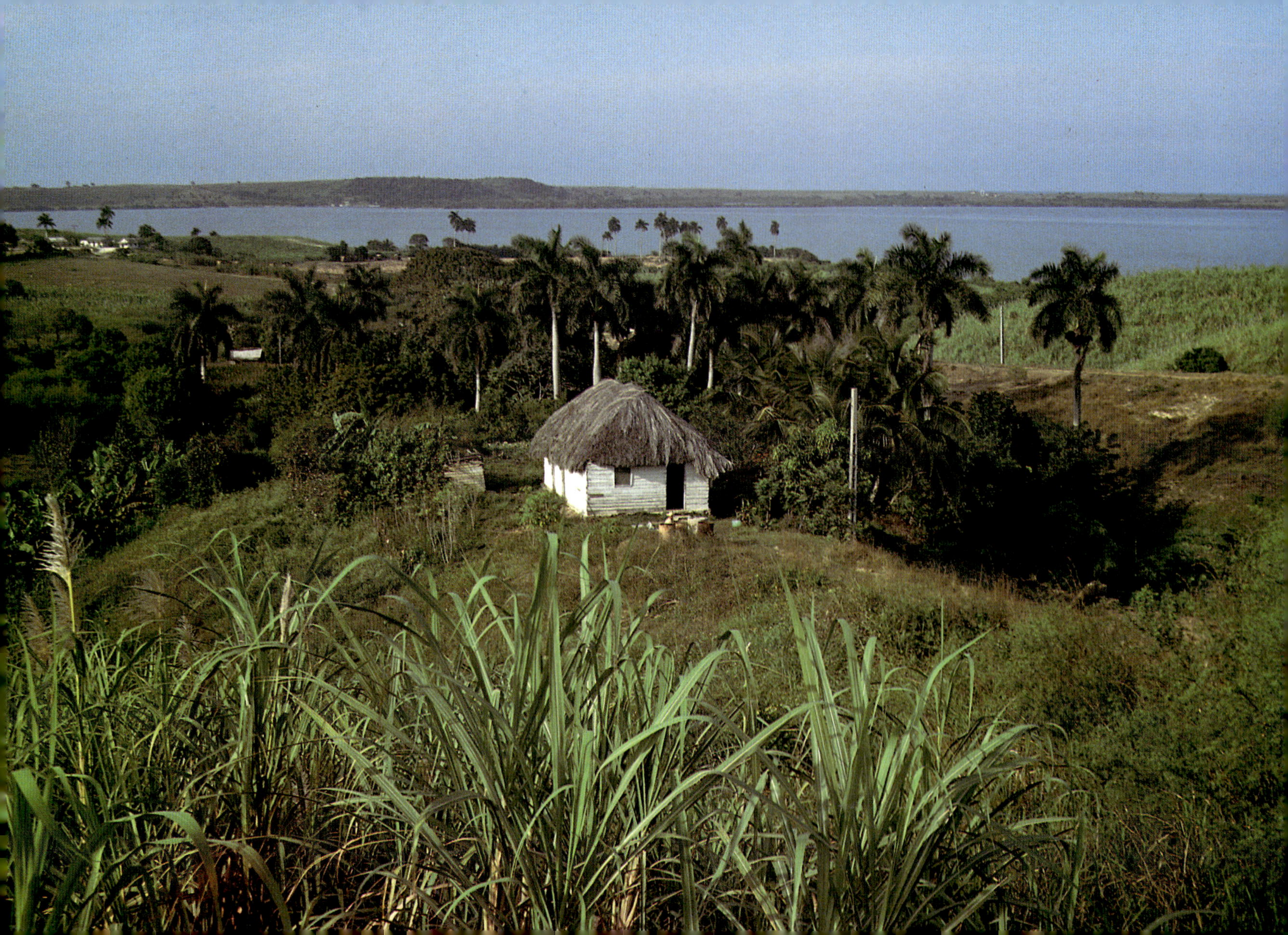

A traditional Cuban *bohío.* This is a palmwood hut with a roof of palm leaves, the materials used by the early inhabitants of Cuba

El tradicional bohío cubano. Es una construcción rústica, hecha con tablas de palmas y techos de guano, materiales que servían a los primitivos habitantes de Cuba

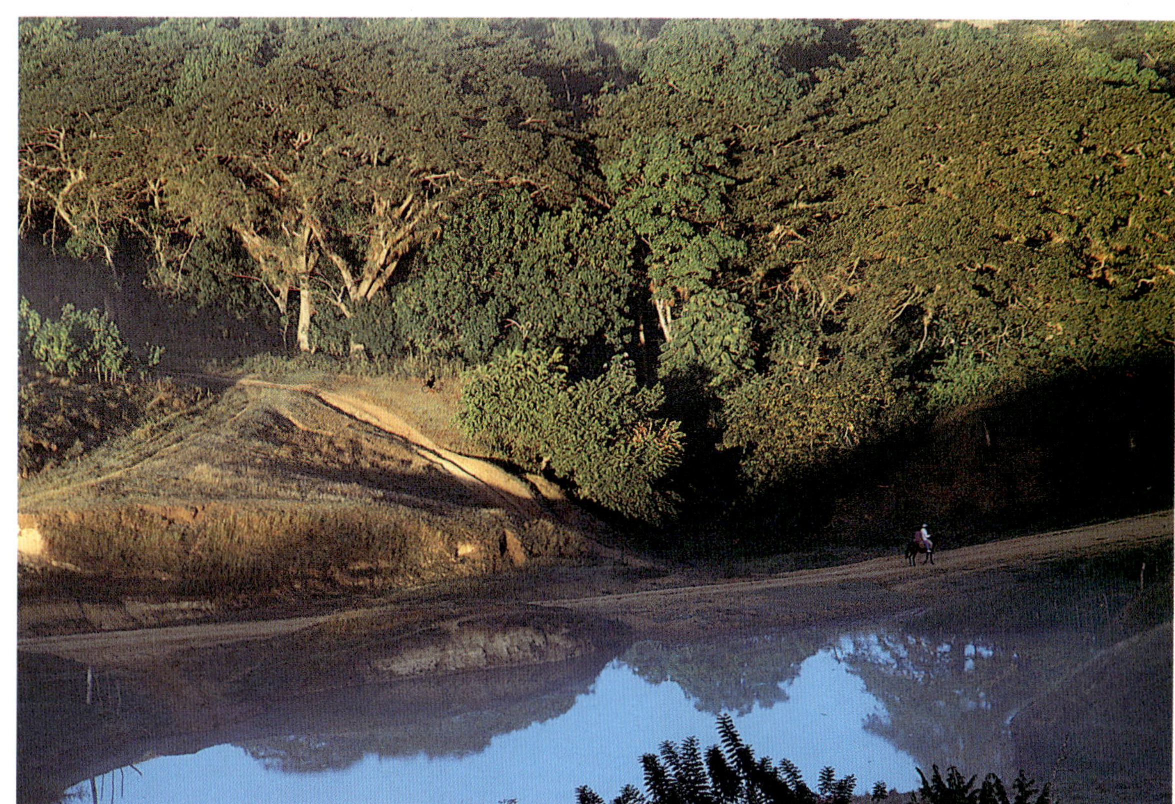

128

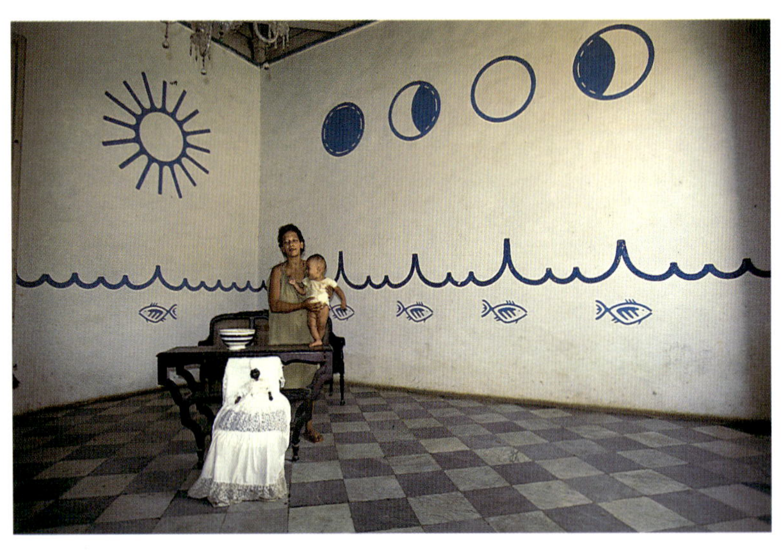

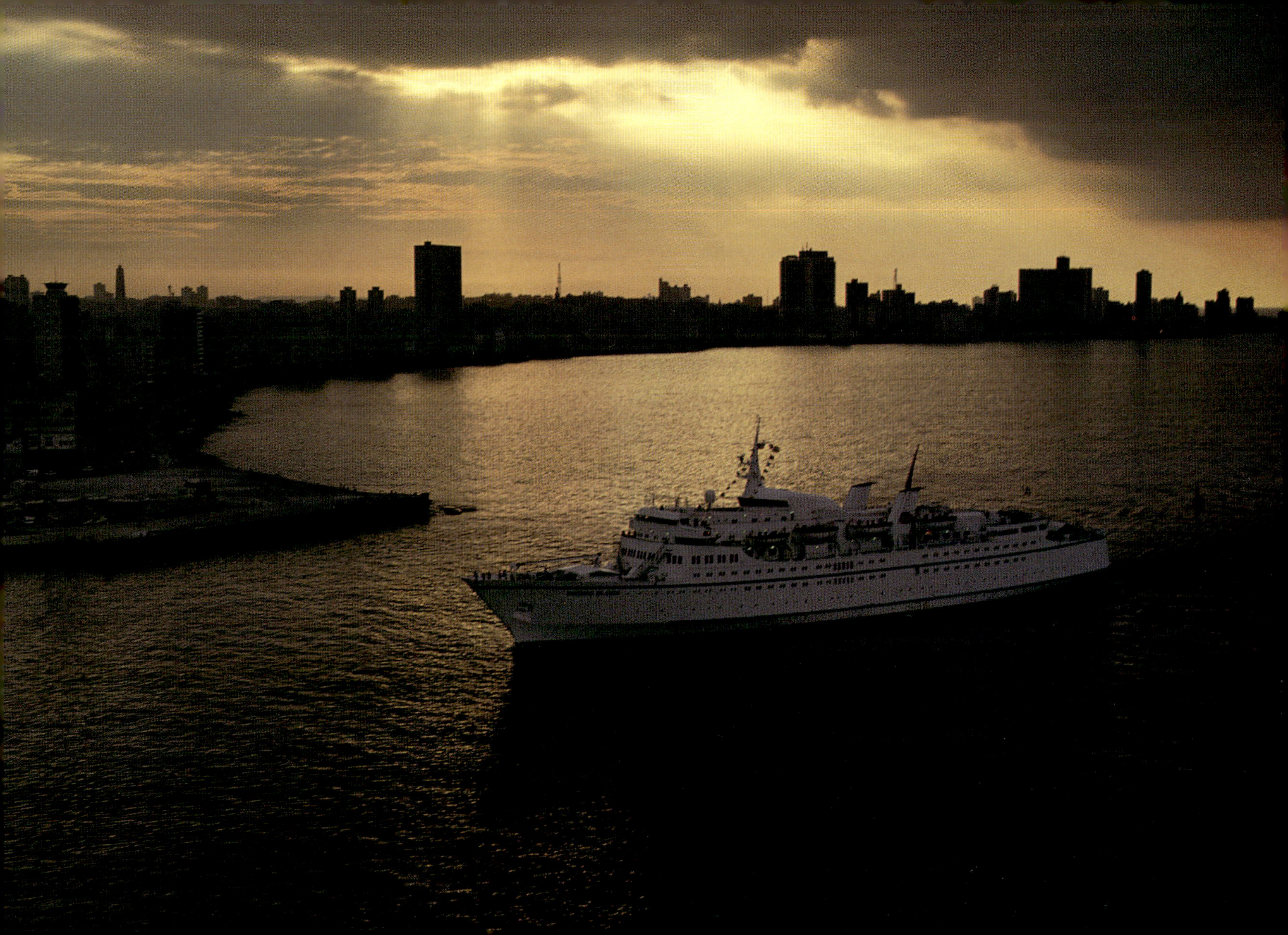

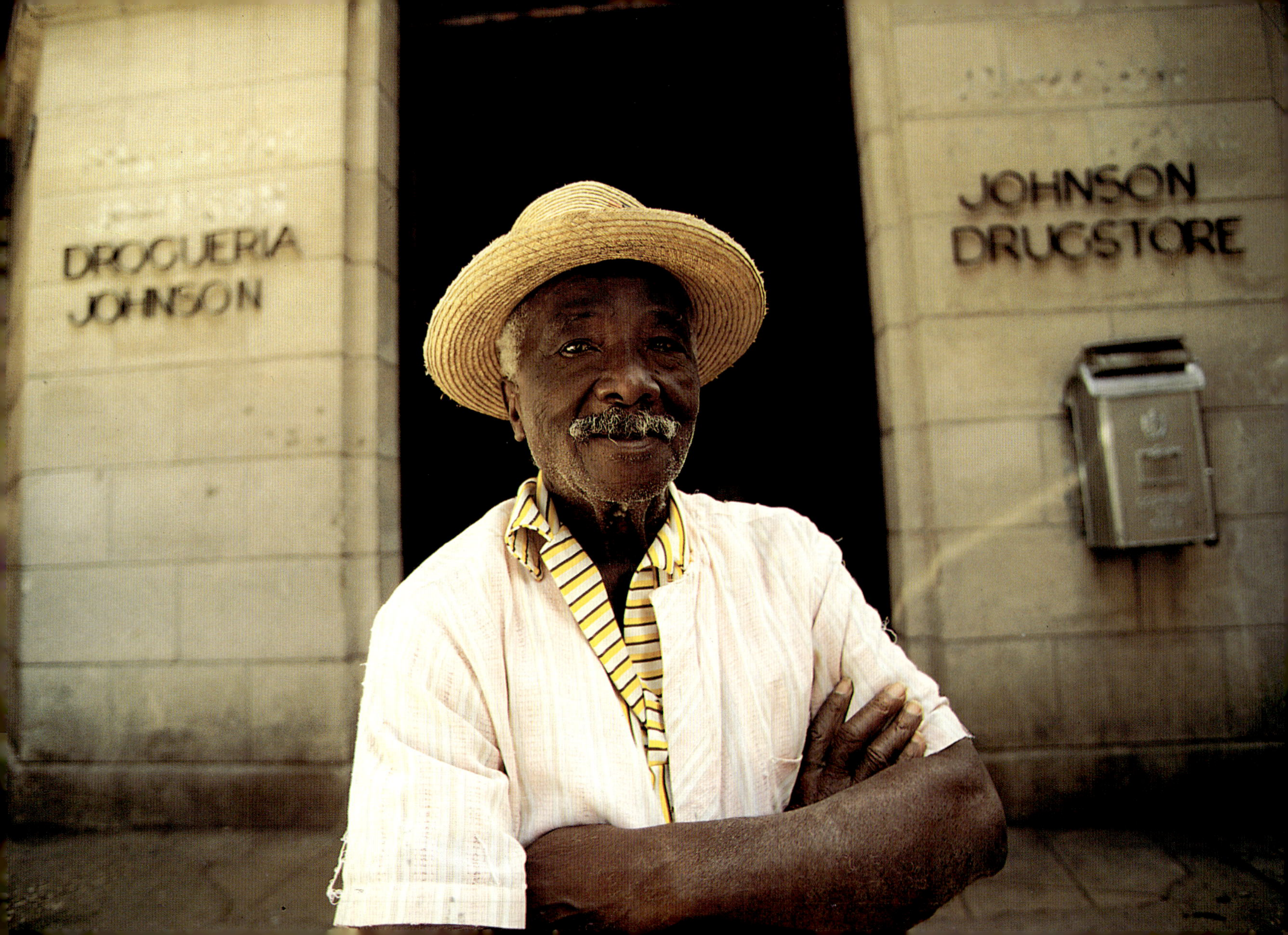
DROGUERIA
JOHNSON
JOHNSON
DRUGSTORE

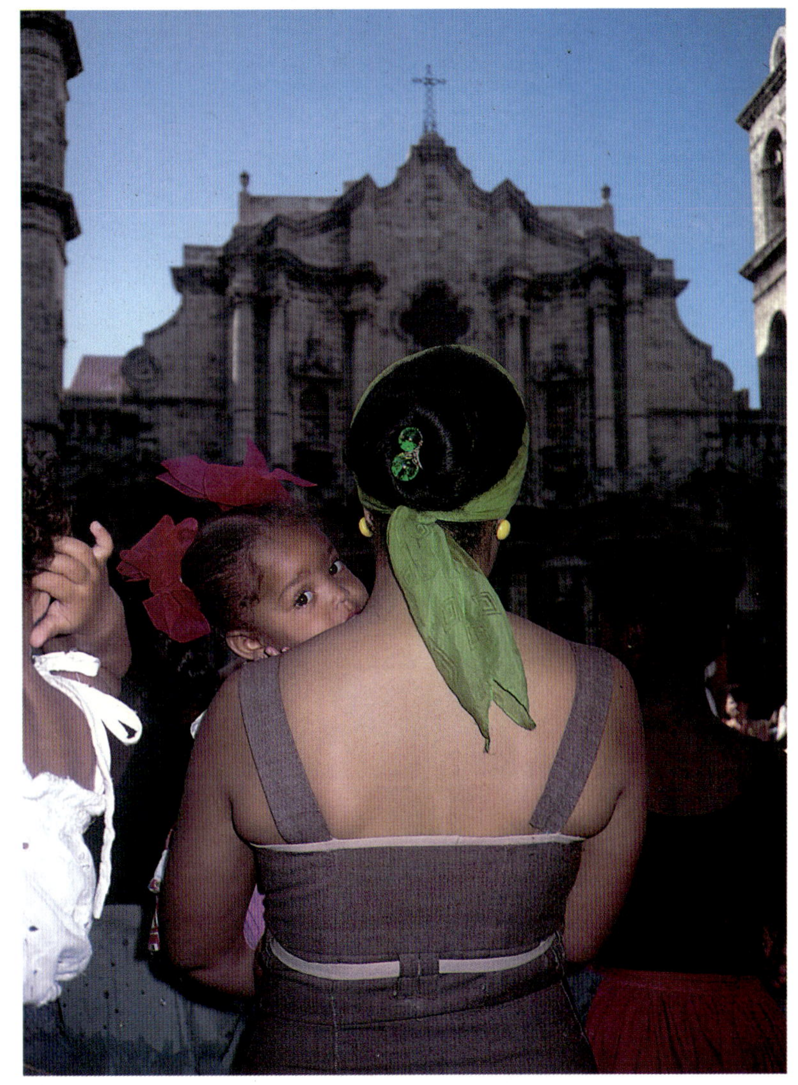

132

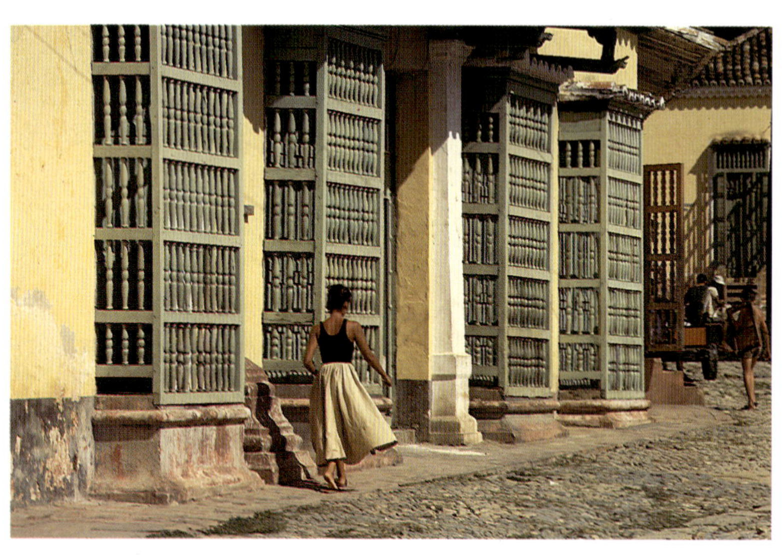

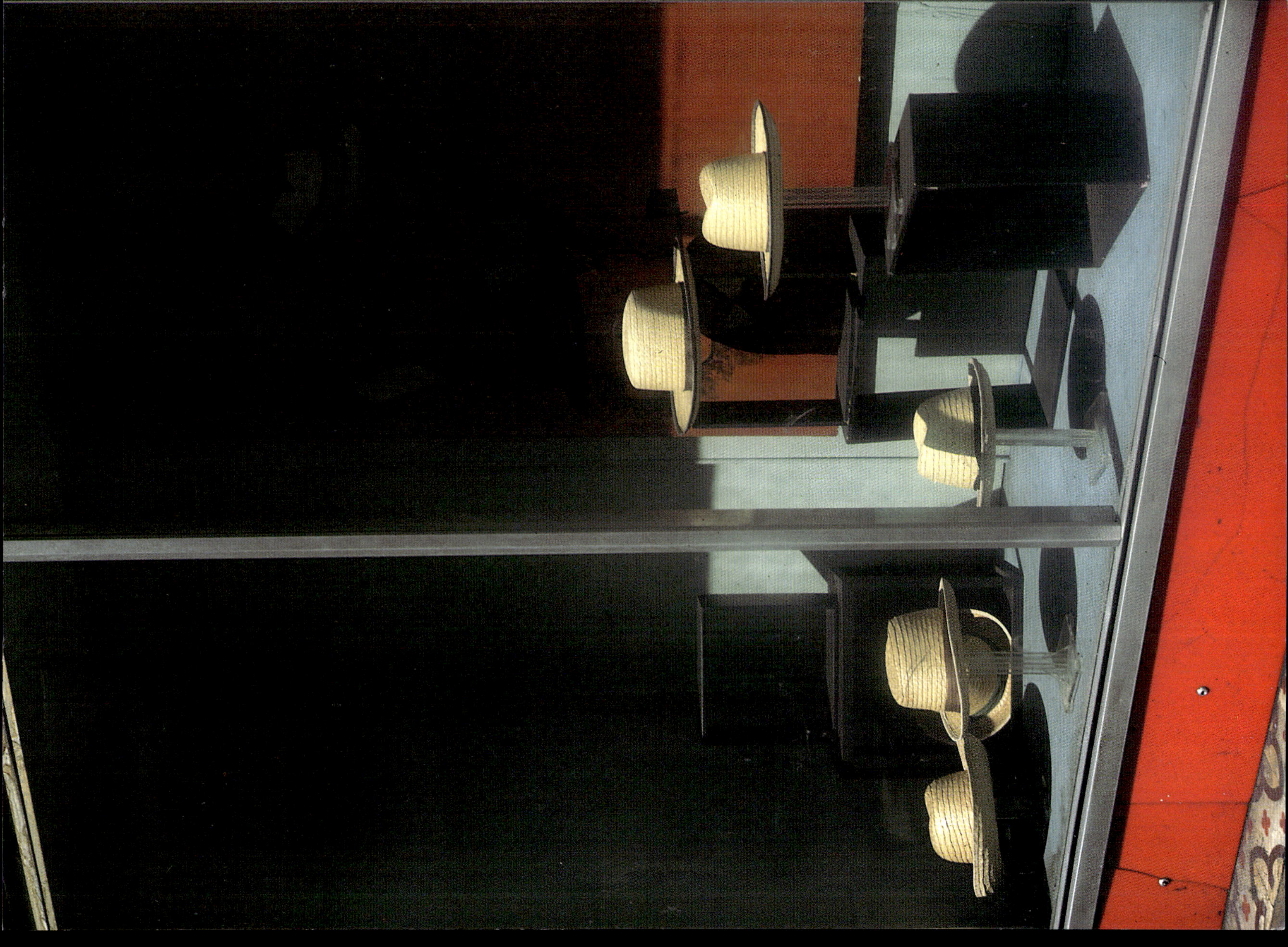

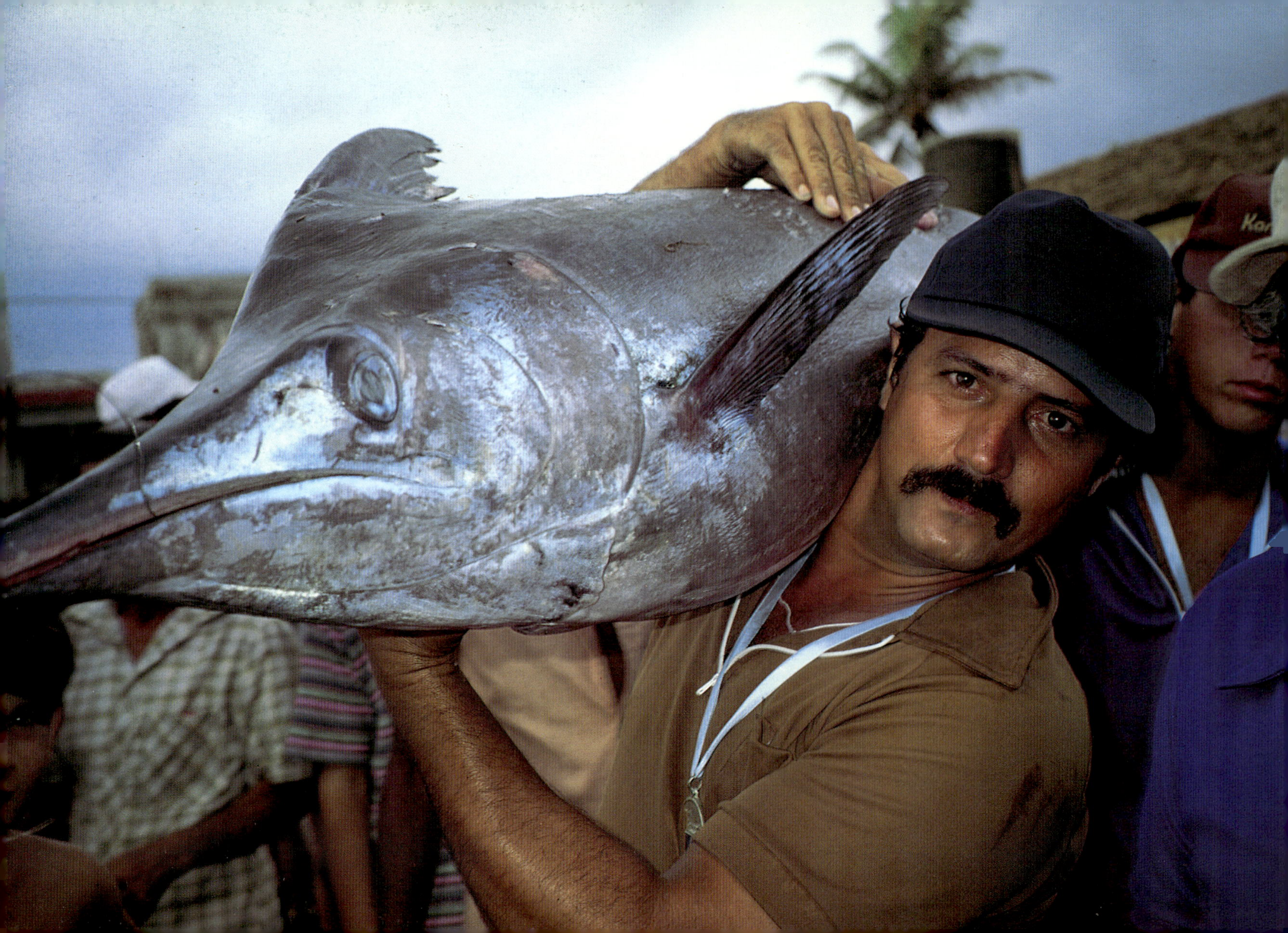

The Hemingway marlin fishing contest, which is held every May at Cojimar

Torneo Hemingway de pesca de la aguja. Ocurre cada año en mayo, en Cojímar

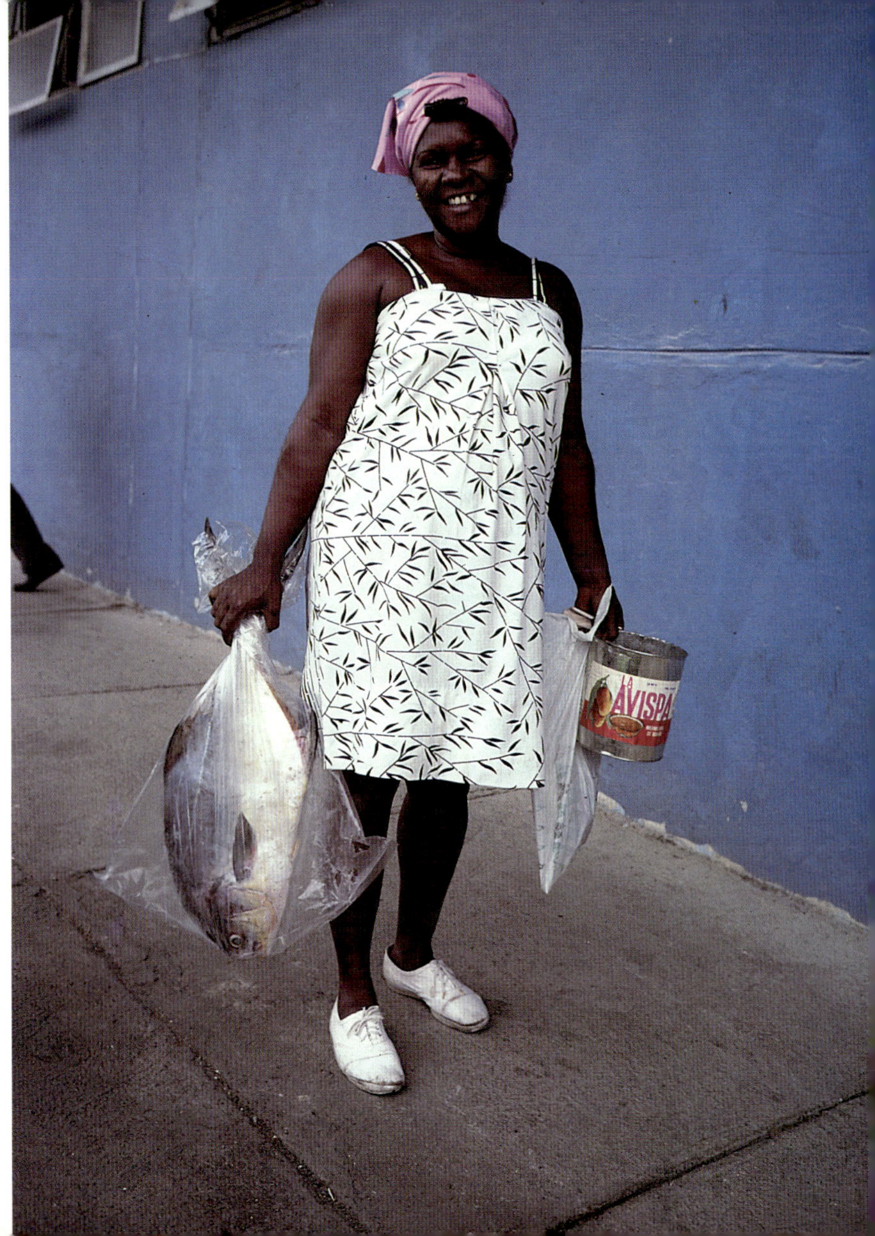

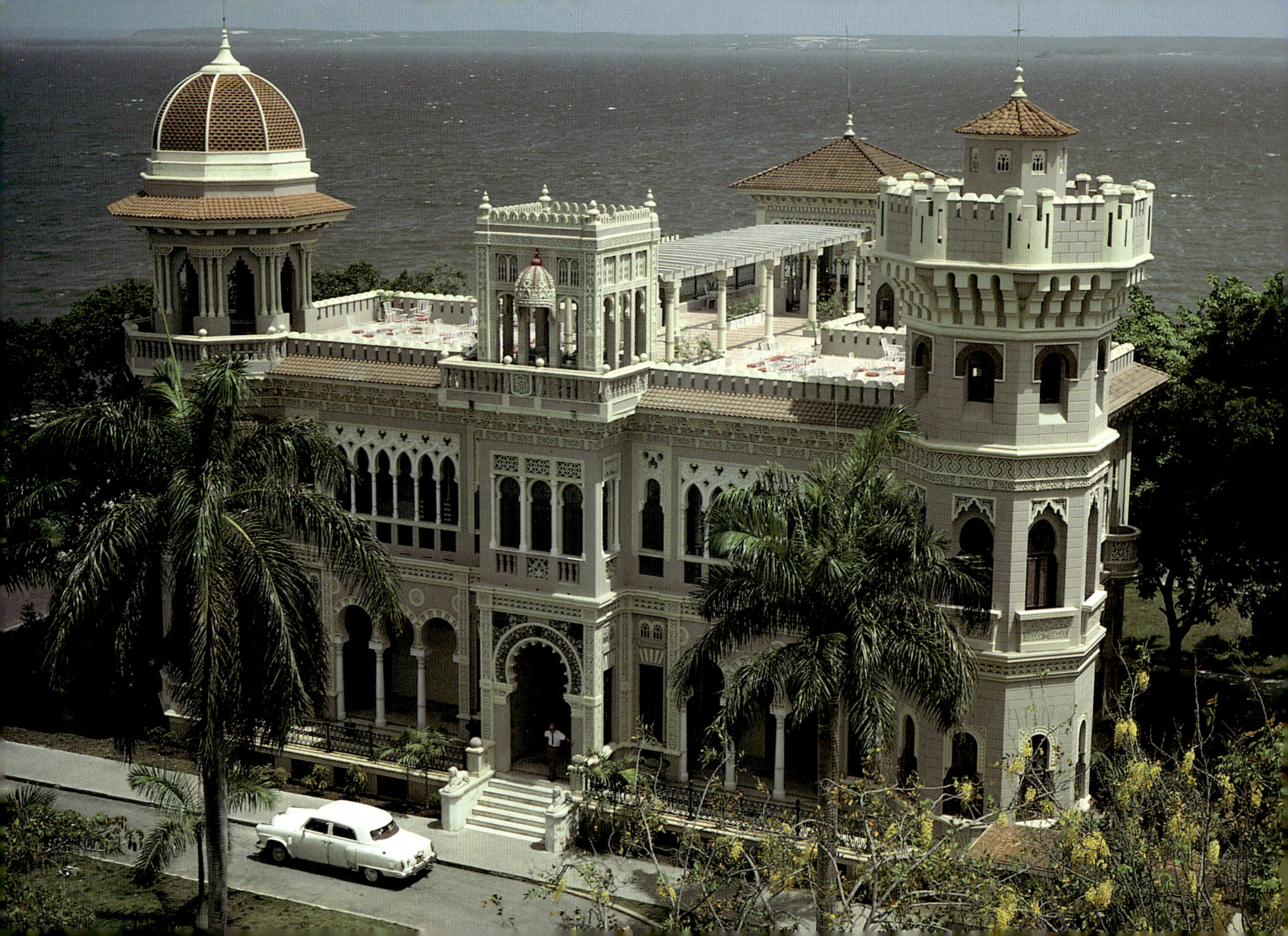

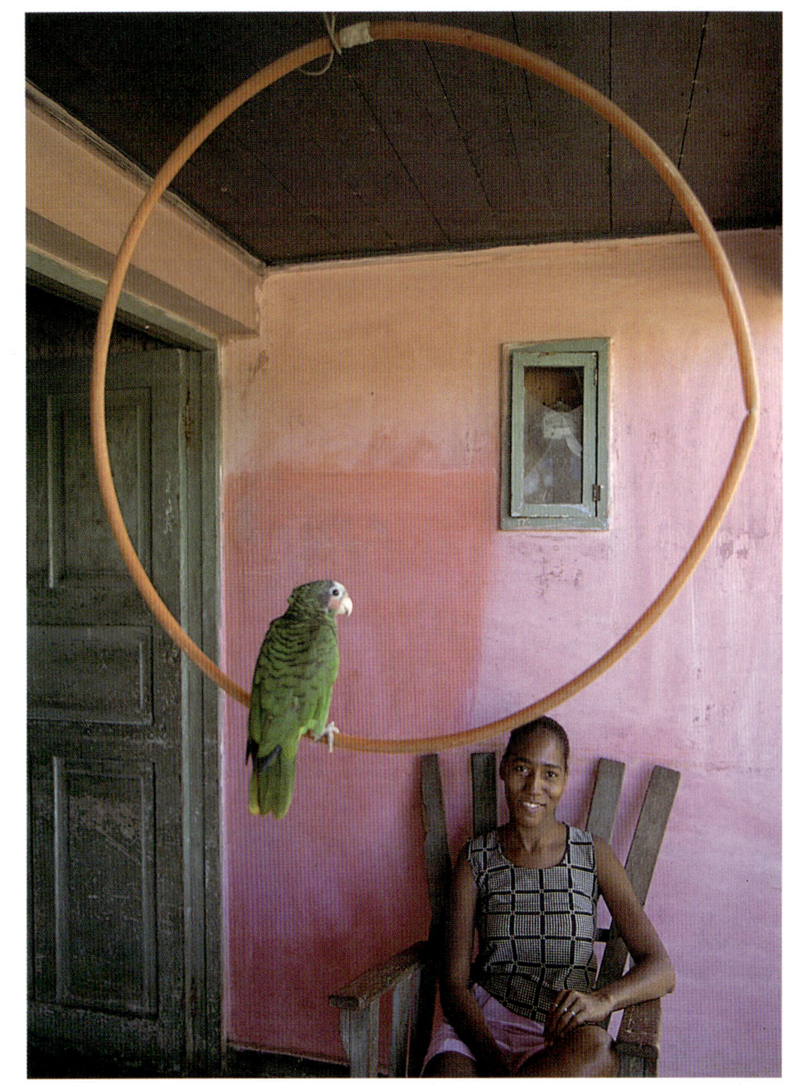

137

The old American cars survive in Cuba thanks to the know-how of expert mechanics. The streets of Havana and other cities are a real open-air museum on wheels, though these are not actual museum pieces but objects in daily use. Their proud owners prefer them to new cars. They compete in keeping them in perfect running order and preserving their original accessories. Recently competitions and rallies have been organized which demand faithfulness to the original model and a high standard of maintenance.

Los viejos carros de marcas norteamericanas sobreviven en Cuba gracias a los cuidados de expertos mecánicos. Las calles de La Habana y de otras ciudades cuentan con un verdadero museo rodante, pero no son objetos de museo, sino de uso diario. Sus orgullosos dueños los prefieren a las nuevas marcas. Entre ellos existe una tácita competencia para preservarlos no sólo en funcionamiento, sino en sus características originales. En los últimos tiempos organizan exhibiciones y carreras donde cuentan la fidelidad a los modelos y el grado de su mantenimiento.

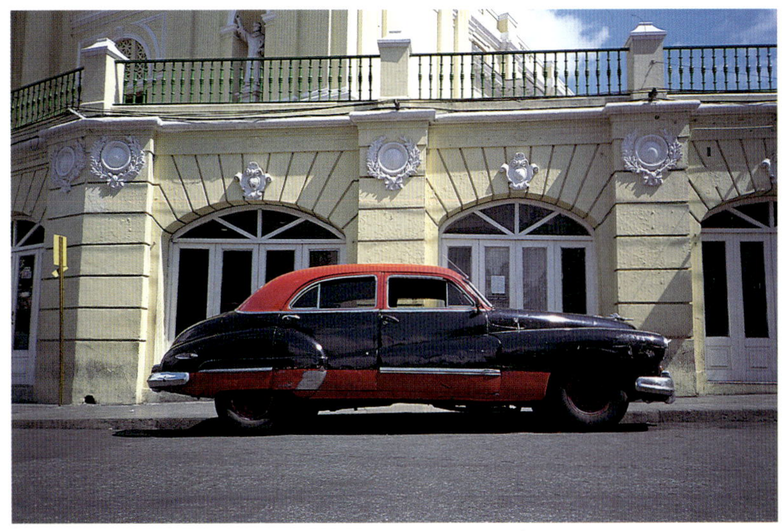

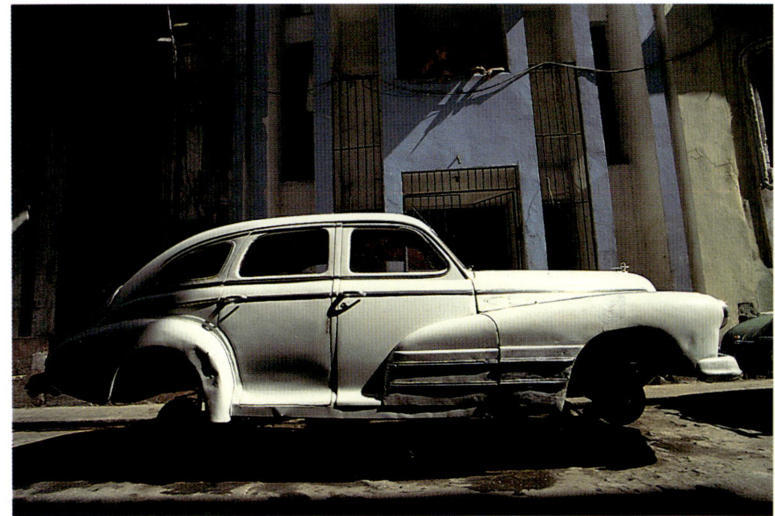

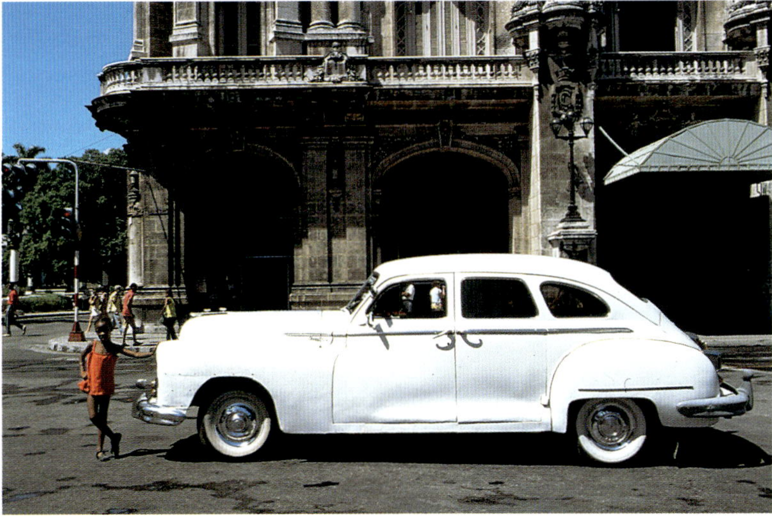

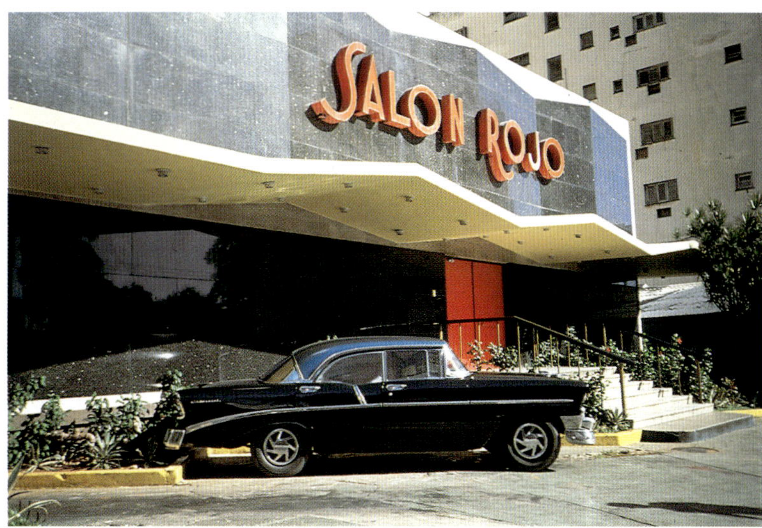
SALON ROJO

140

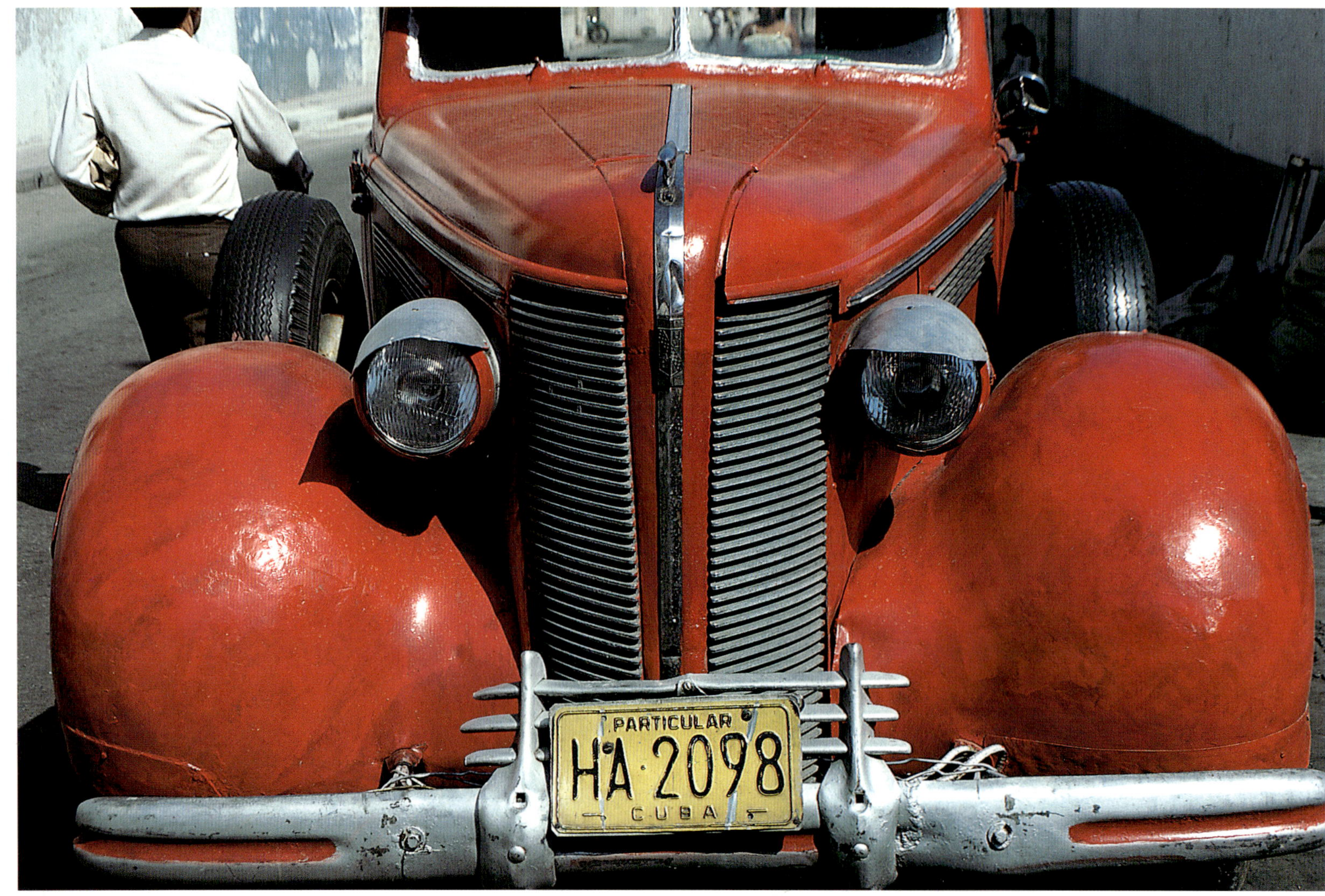

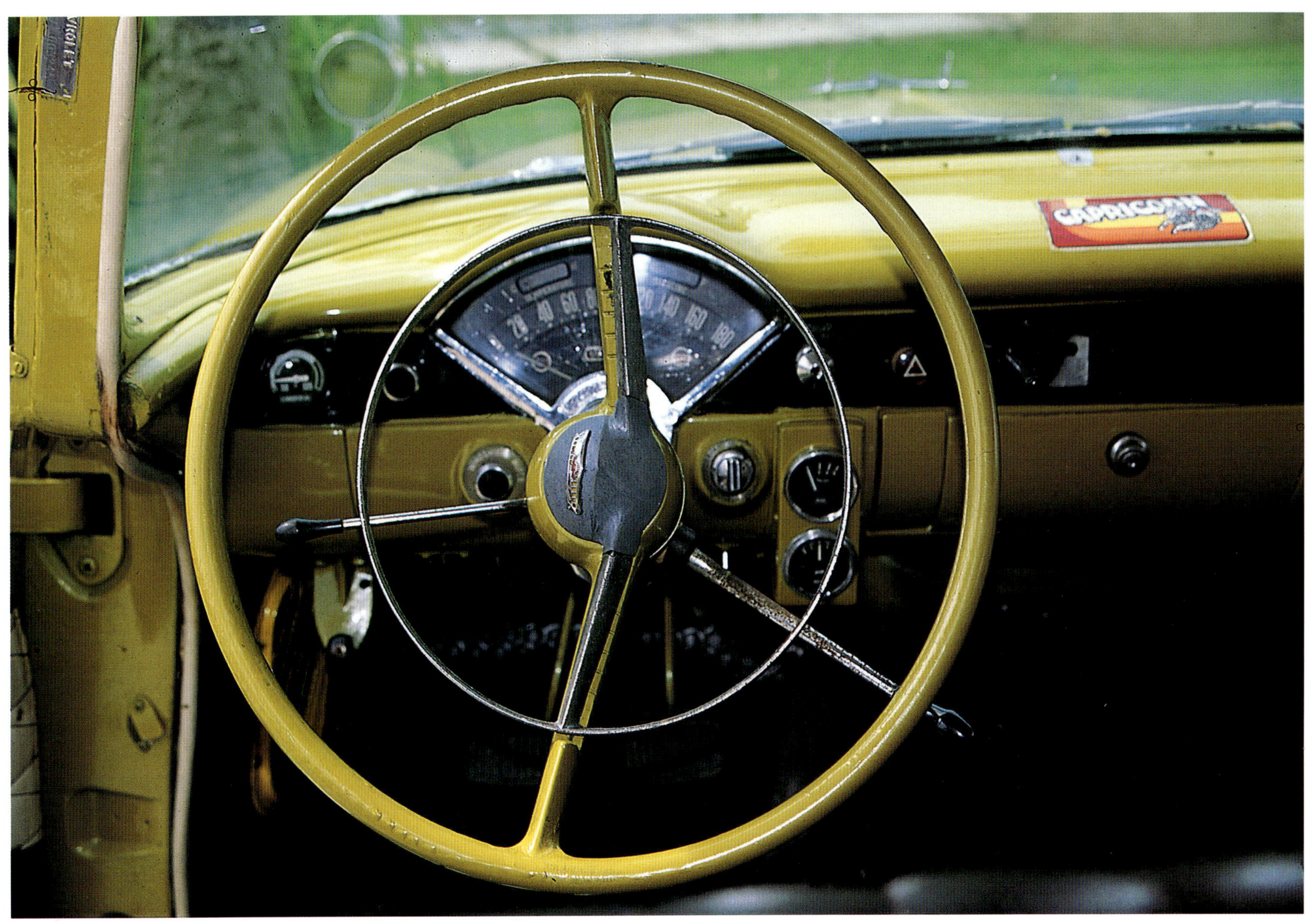
CAPRICORN

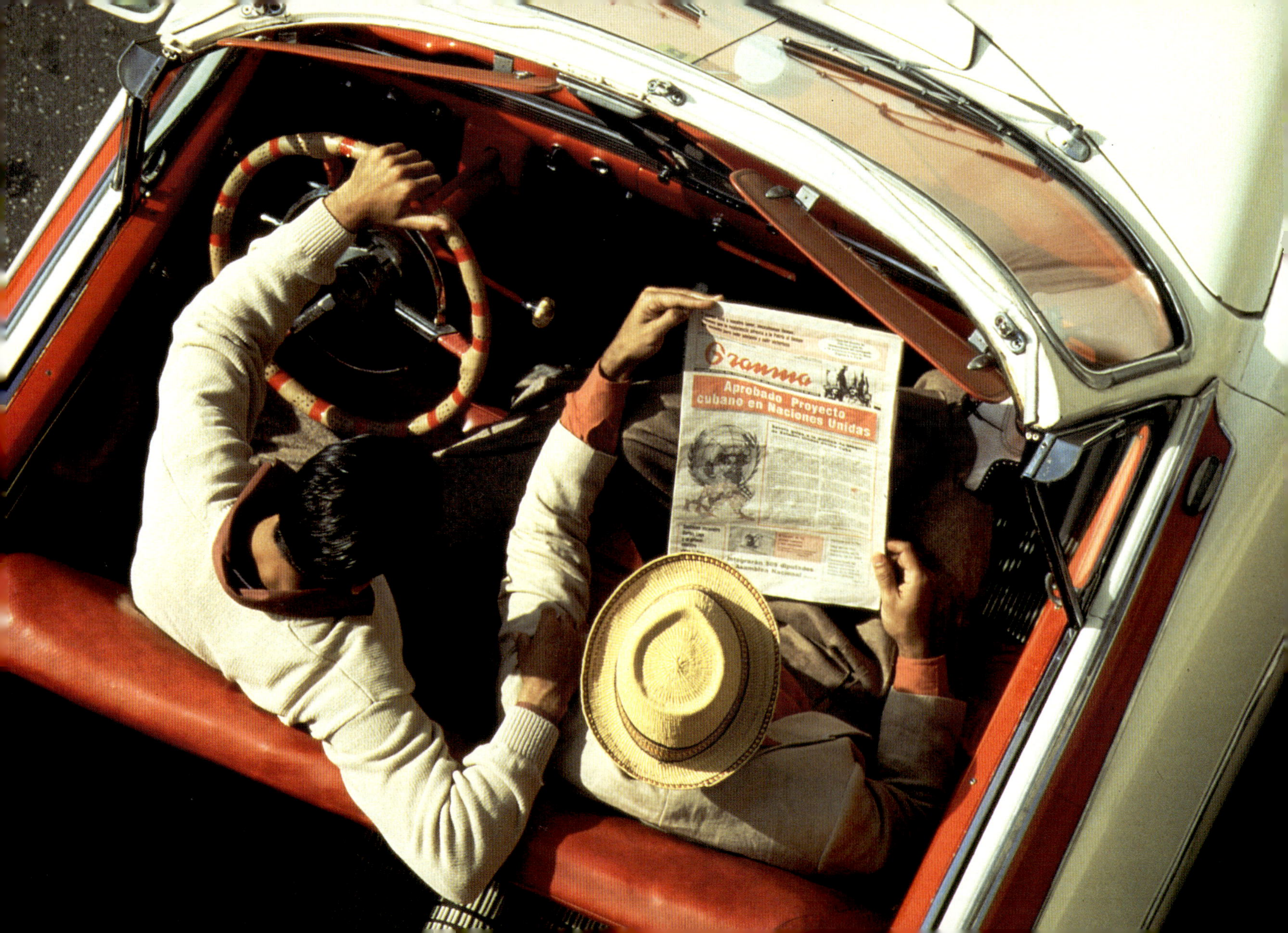
Granma
Aprobado Proyecto cubano en Naciones Unidas

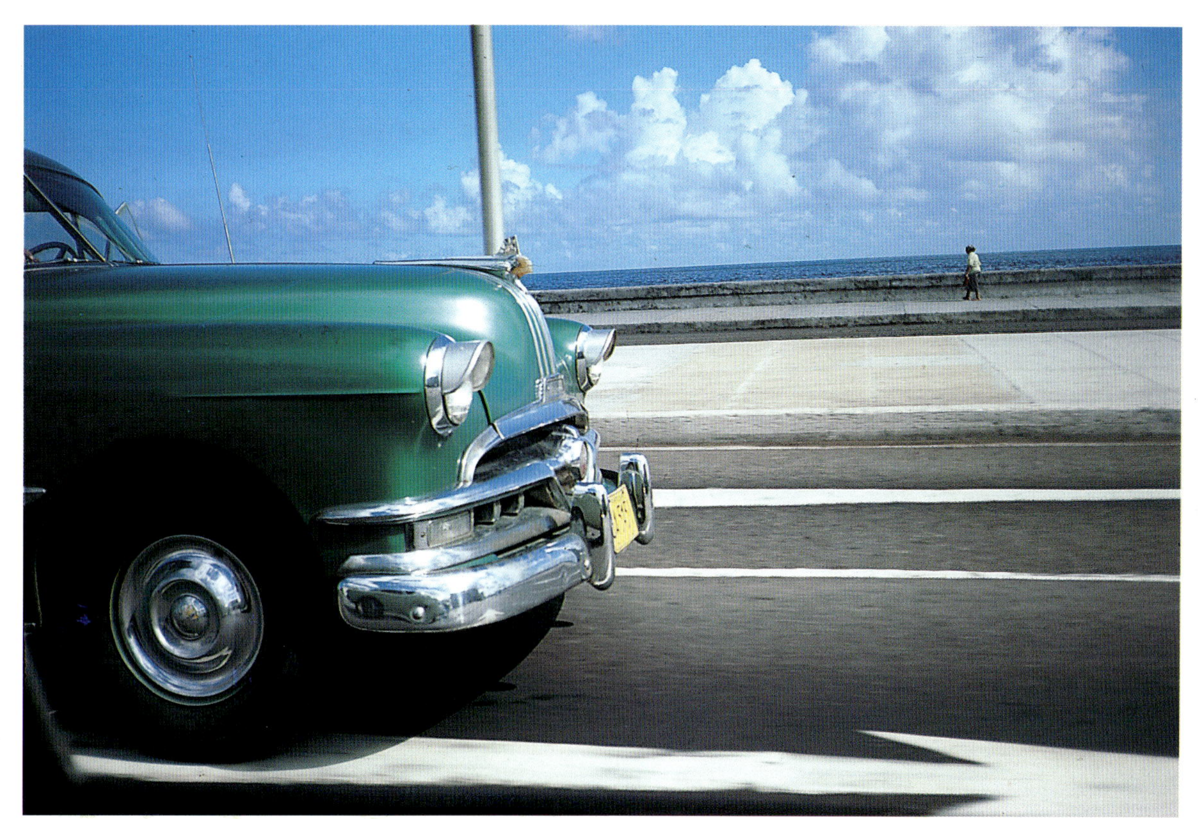

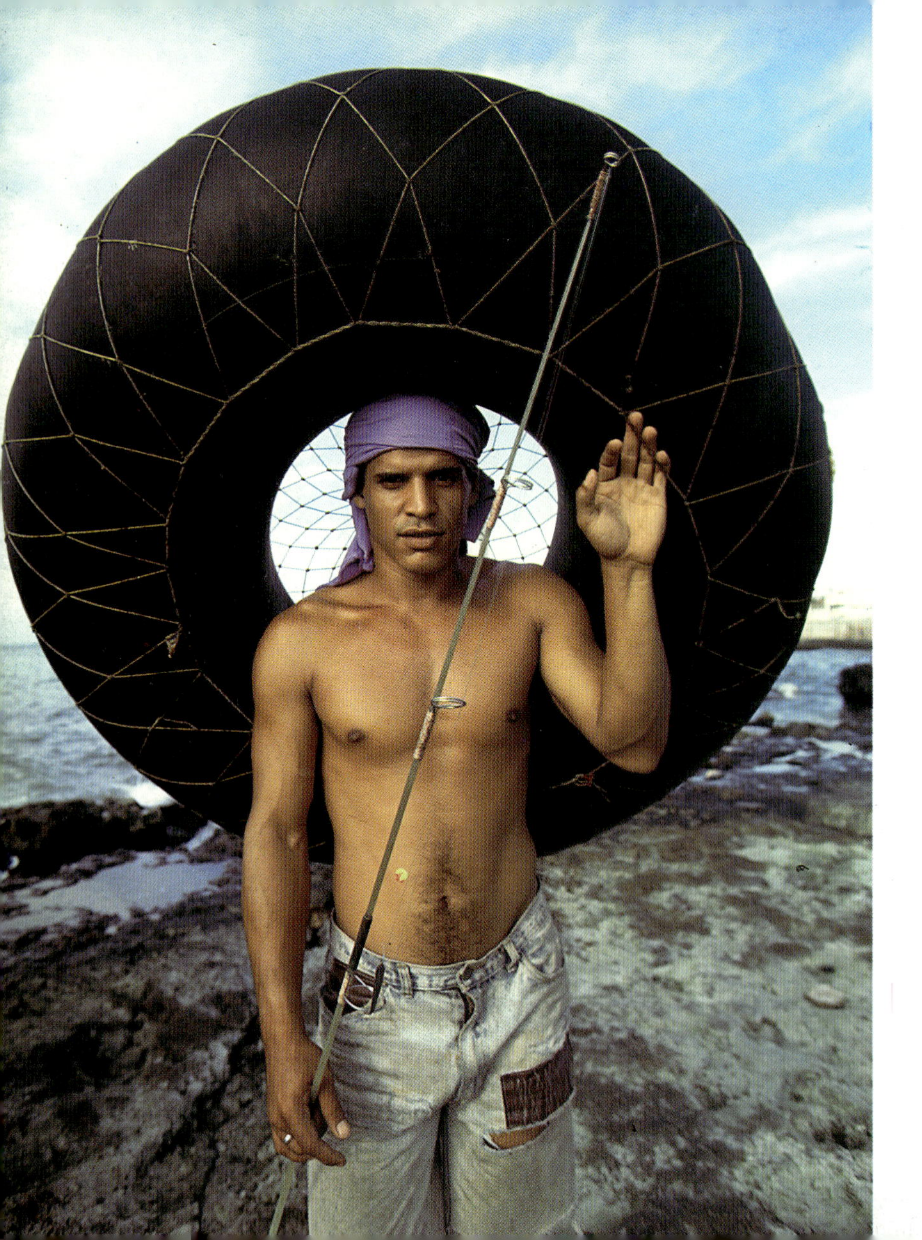

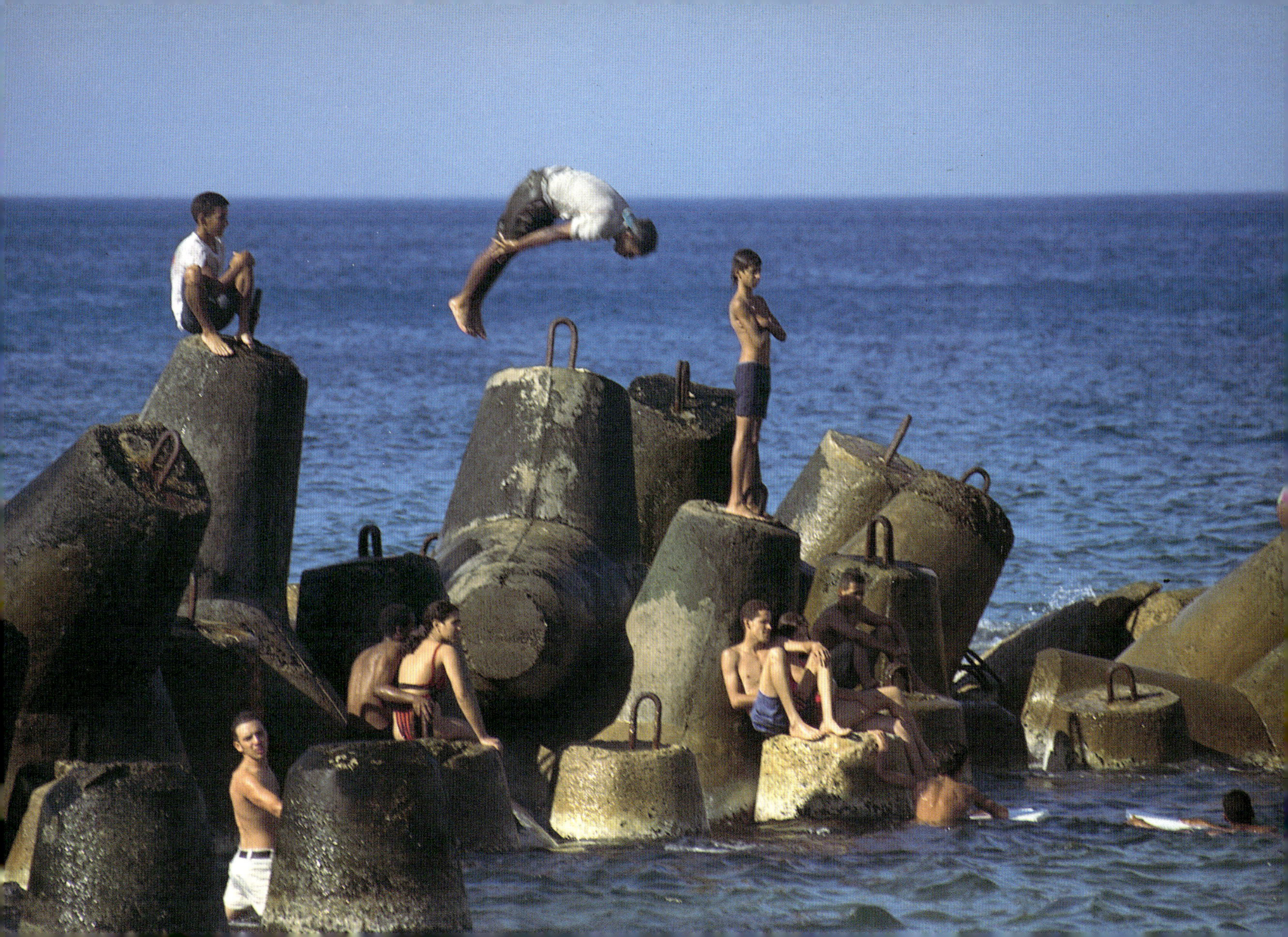

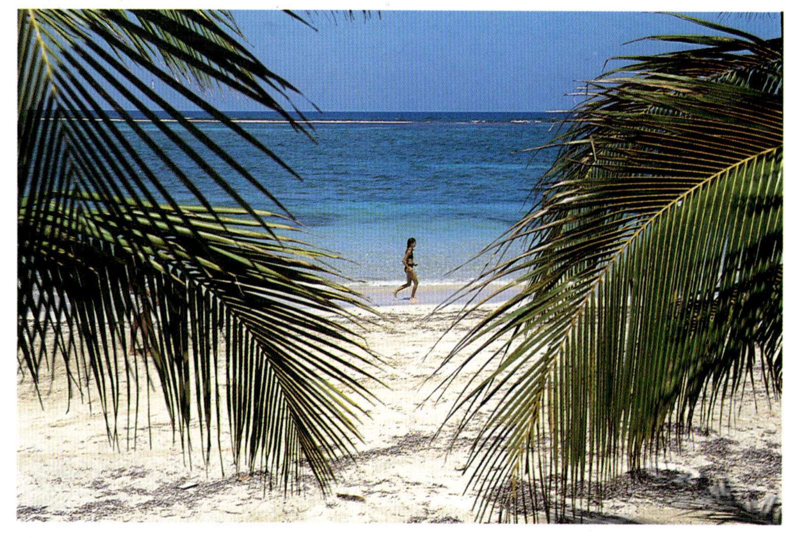

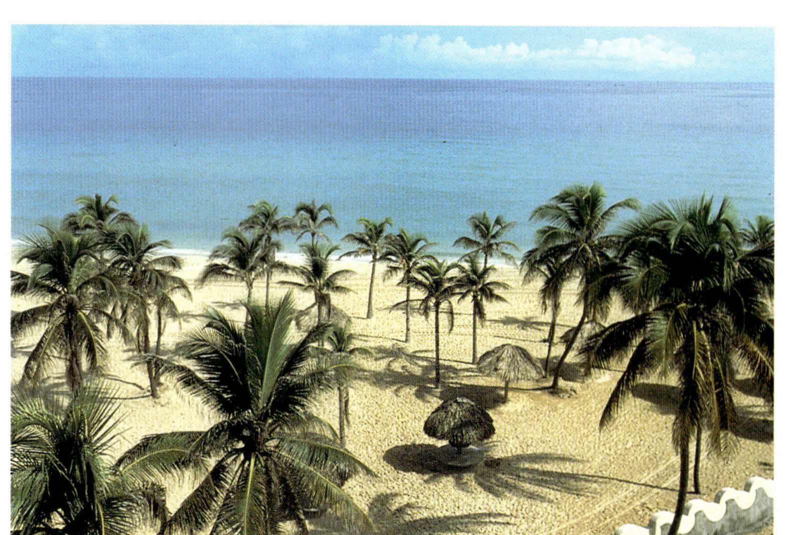

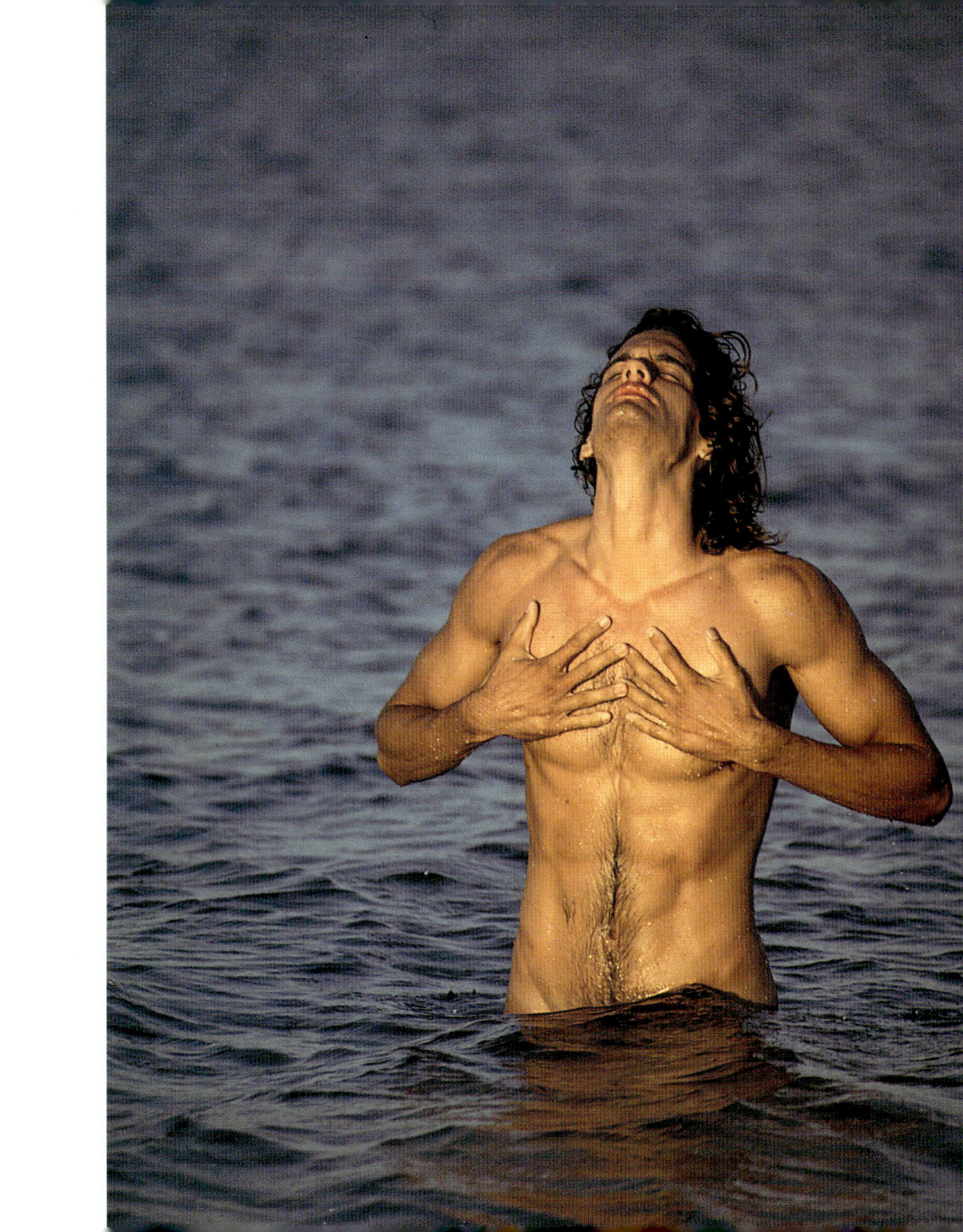

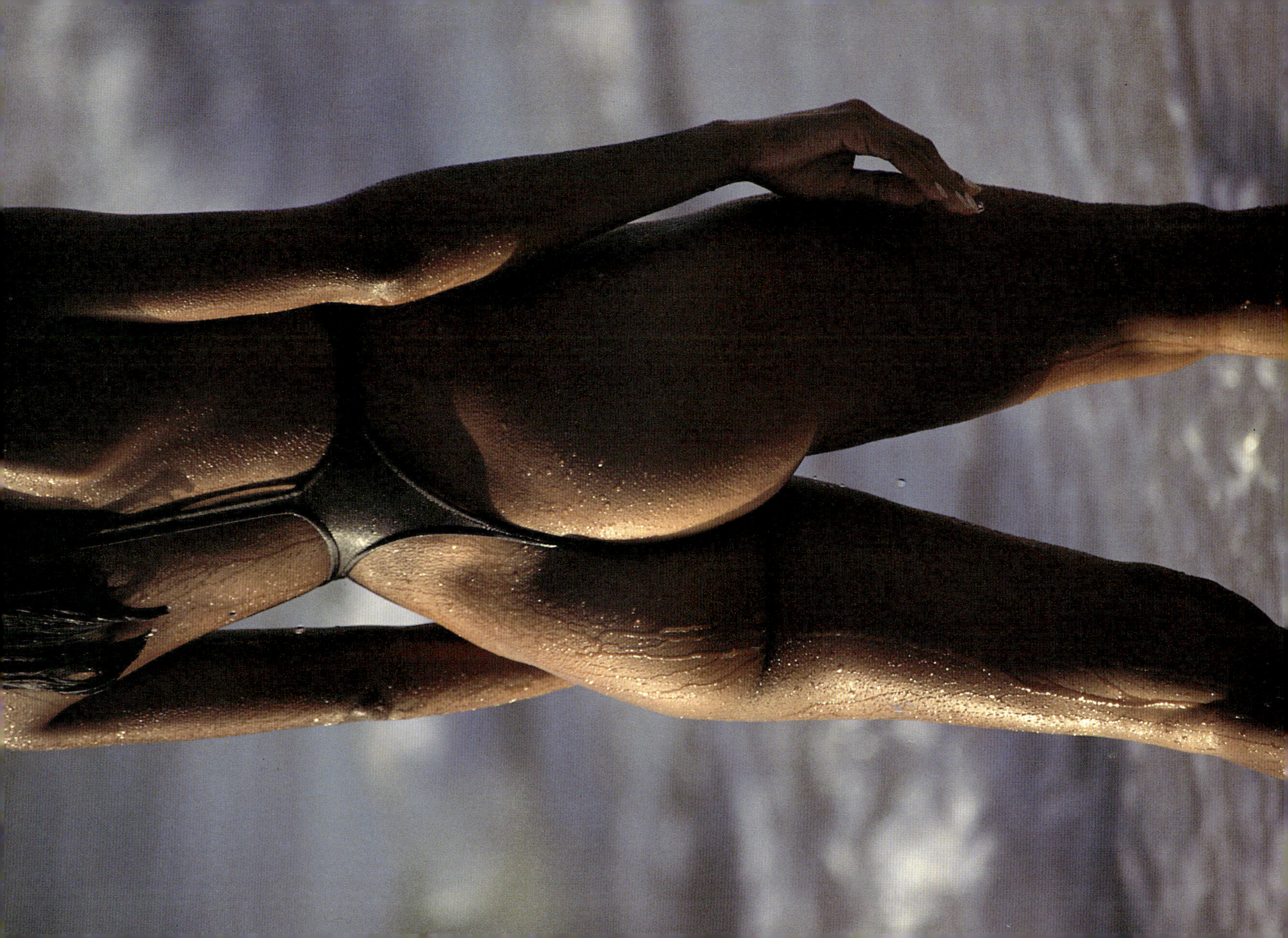

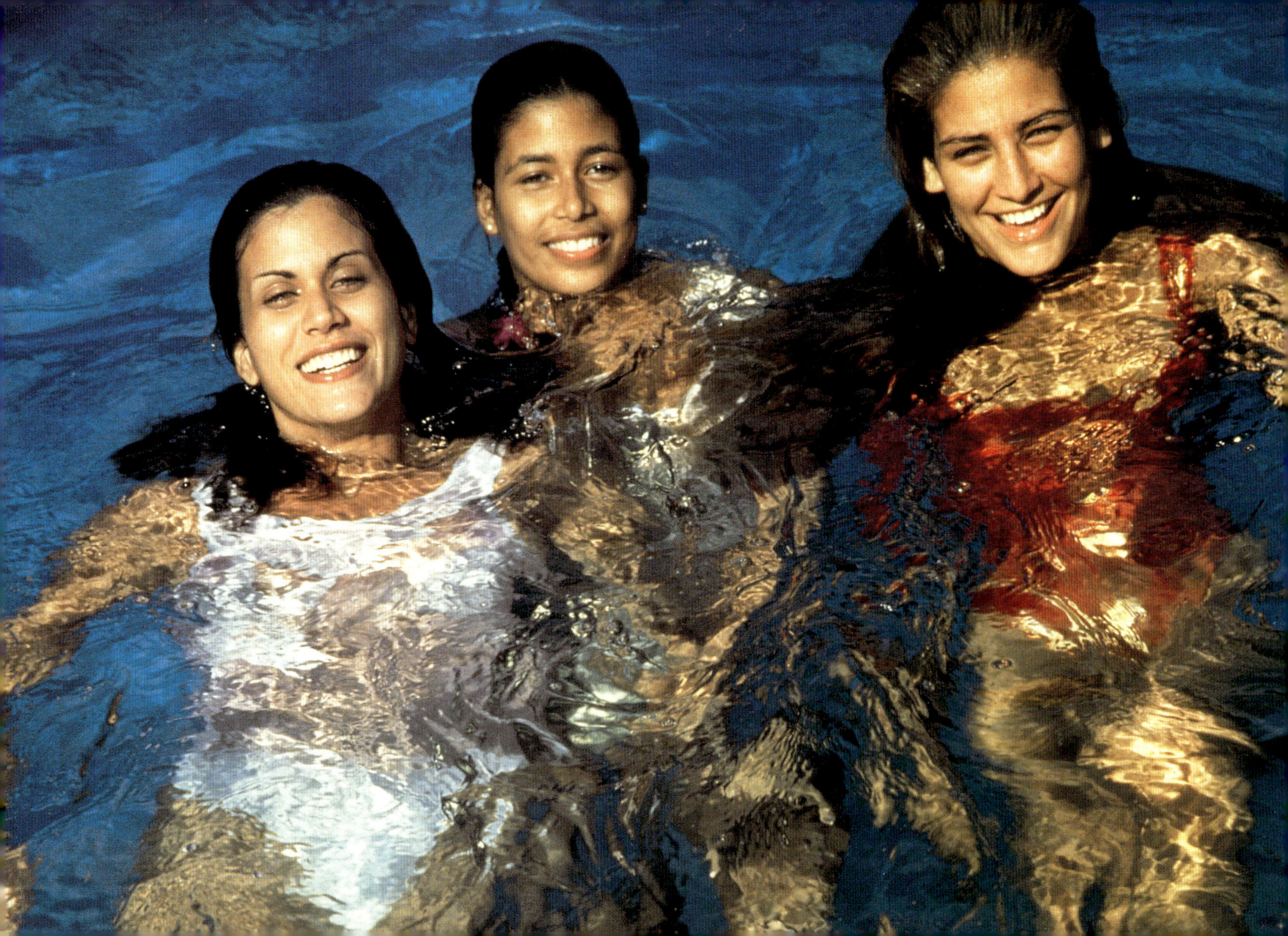

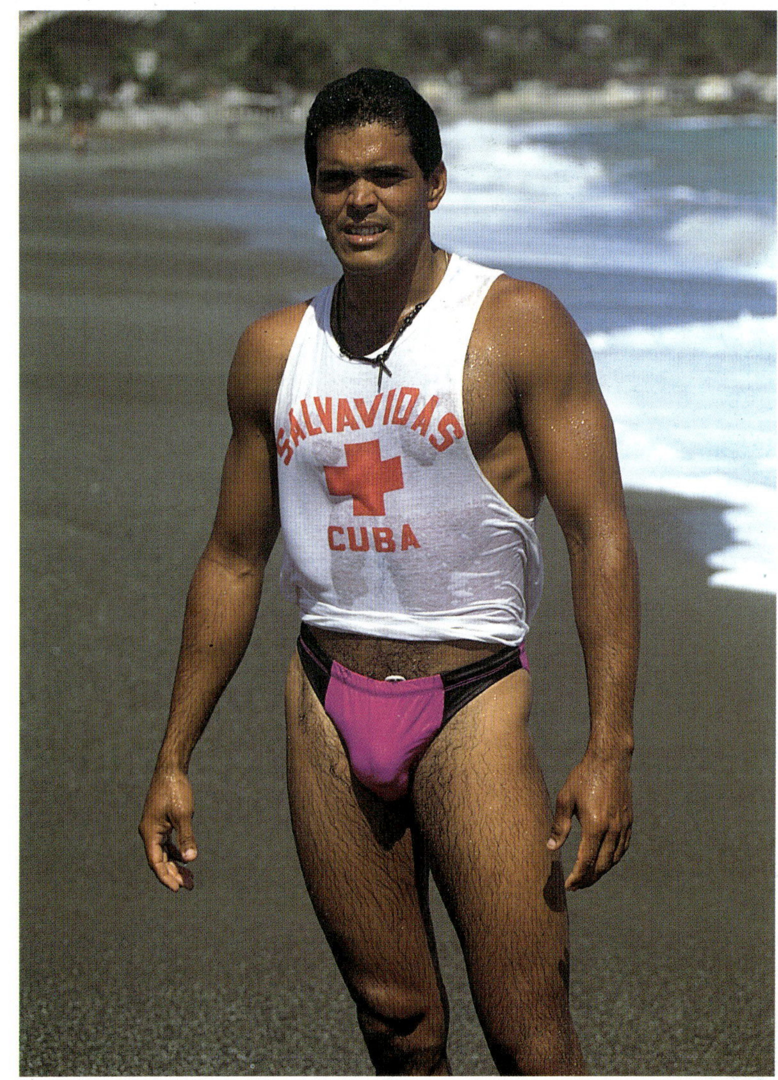
SALVAVIDAS
CUBA

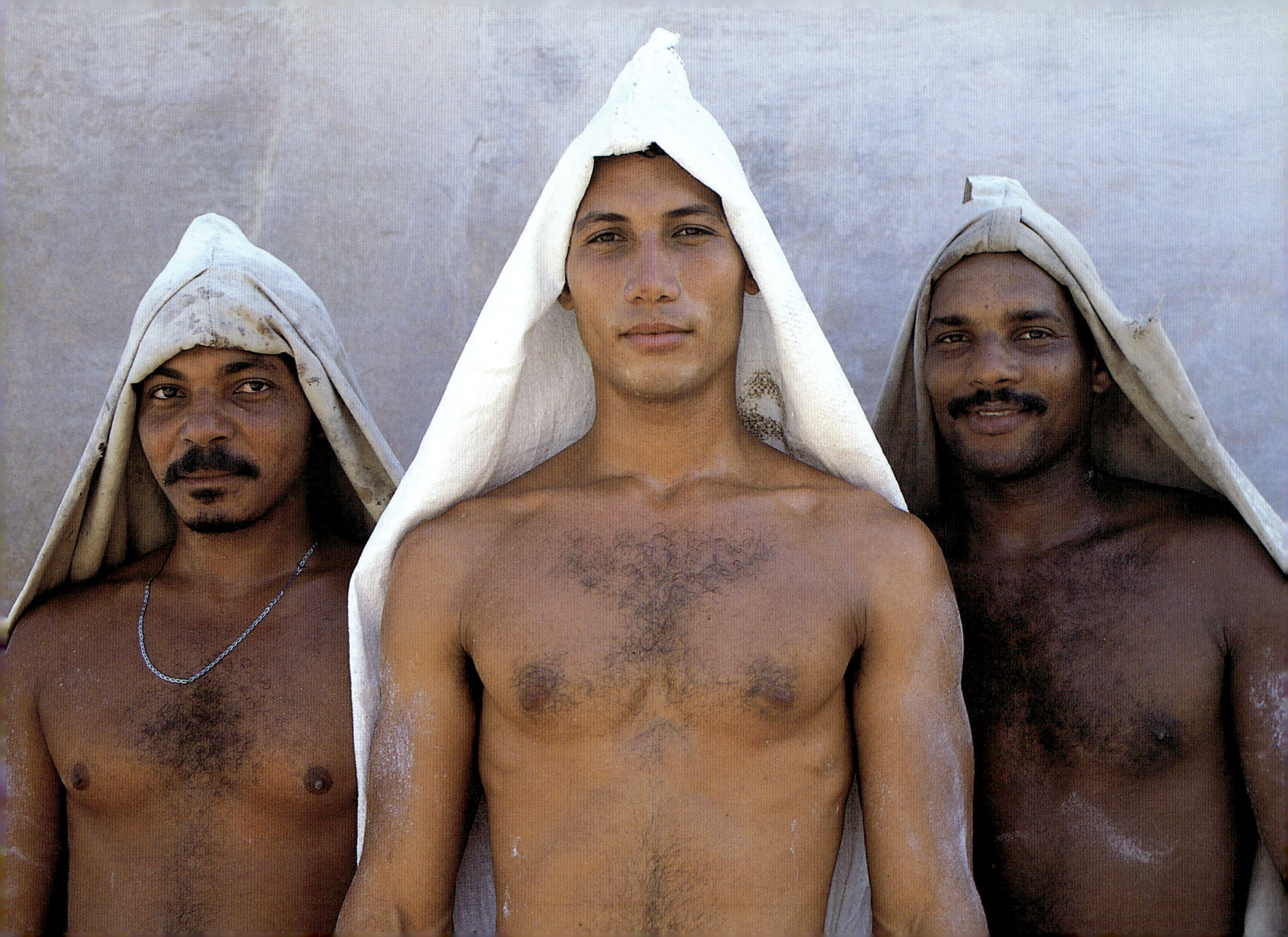

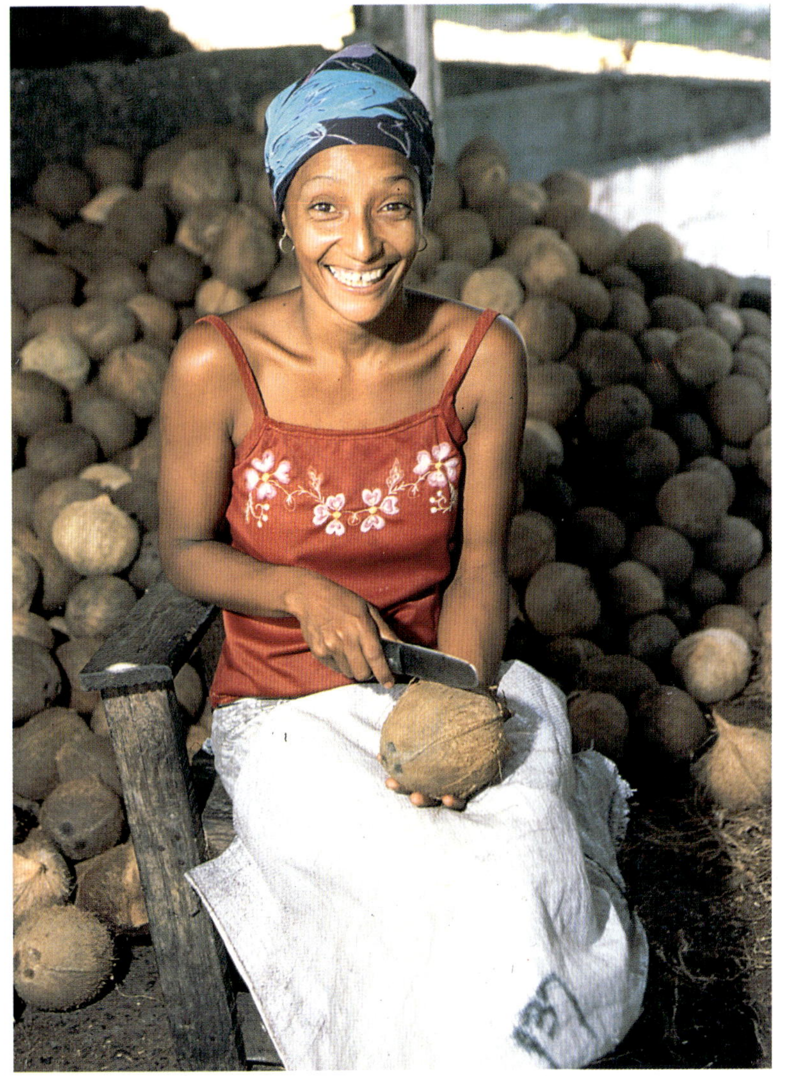

It is said that the best water is cocoanut milk. This woman expertly splitting open the fruit certainly agrees

Se dice que de todas las aguas la mejor es la del coco. Eso piensa esta señora de Baracoa, experta en abrirlos

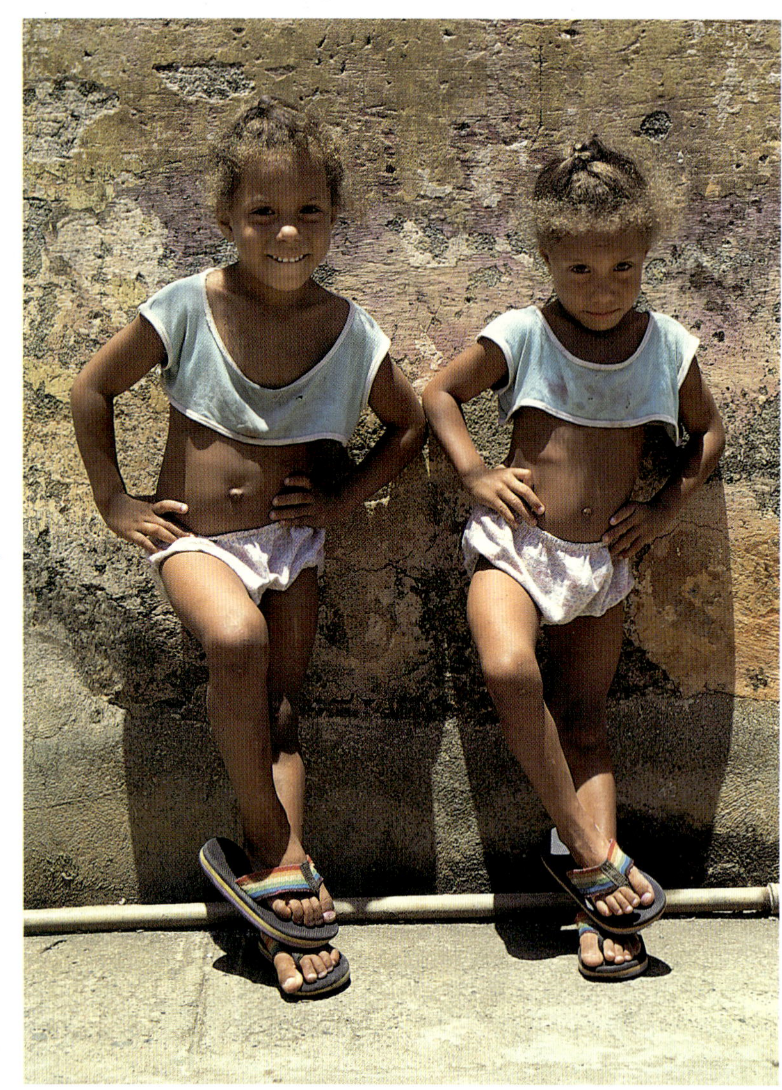

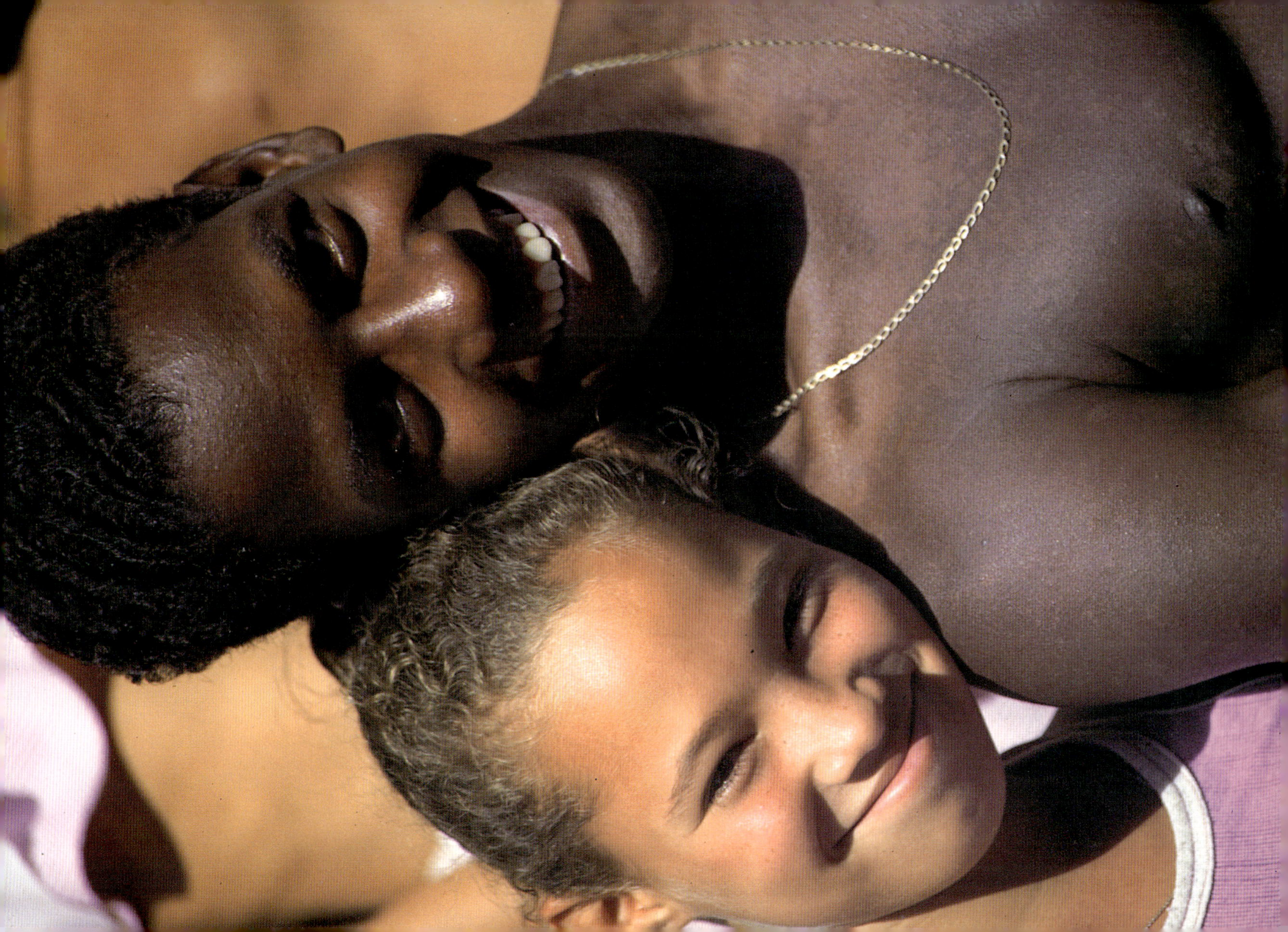

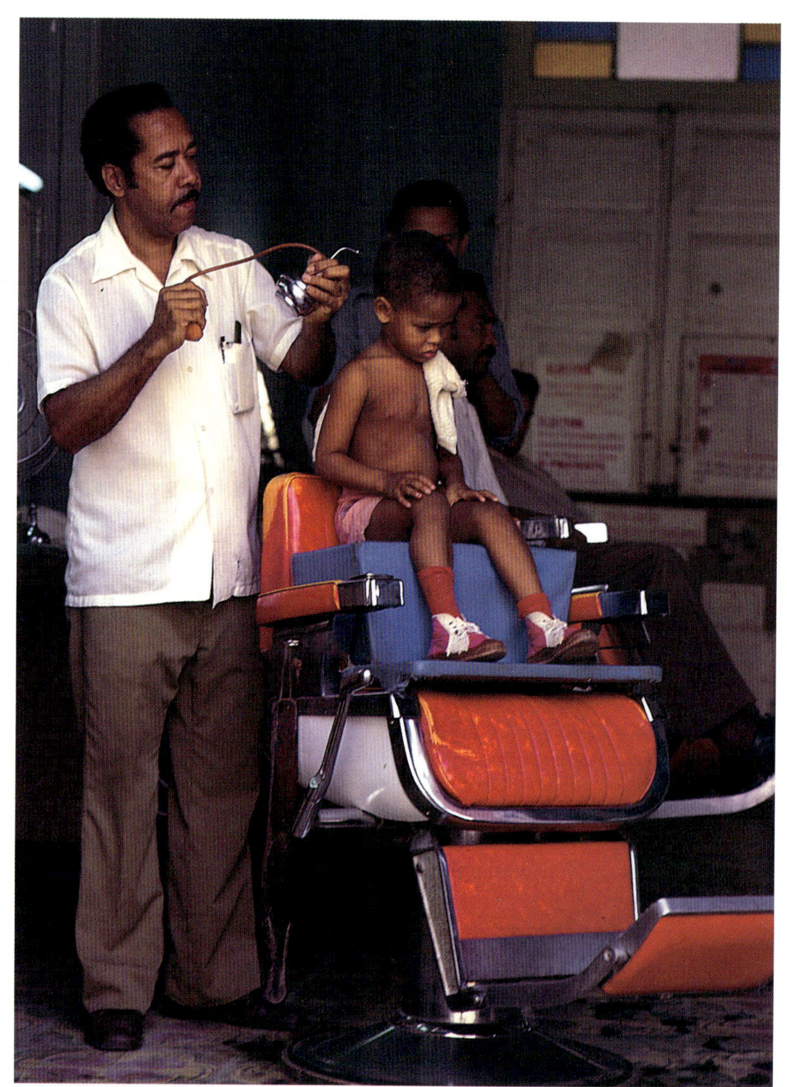

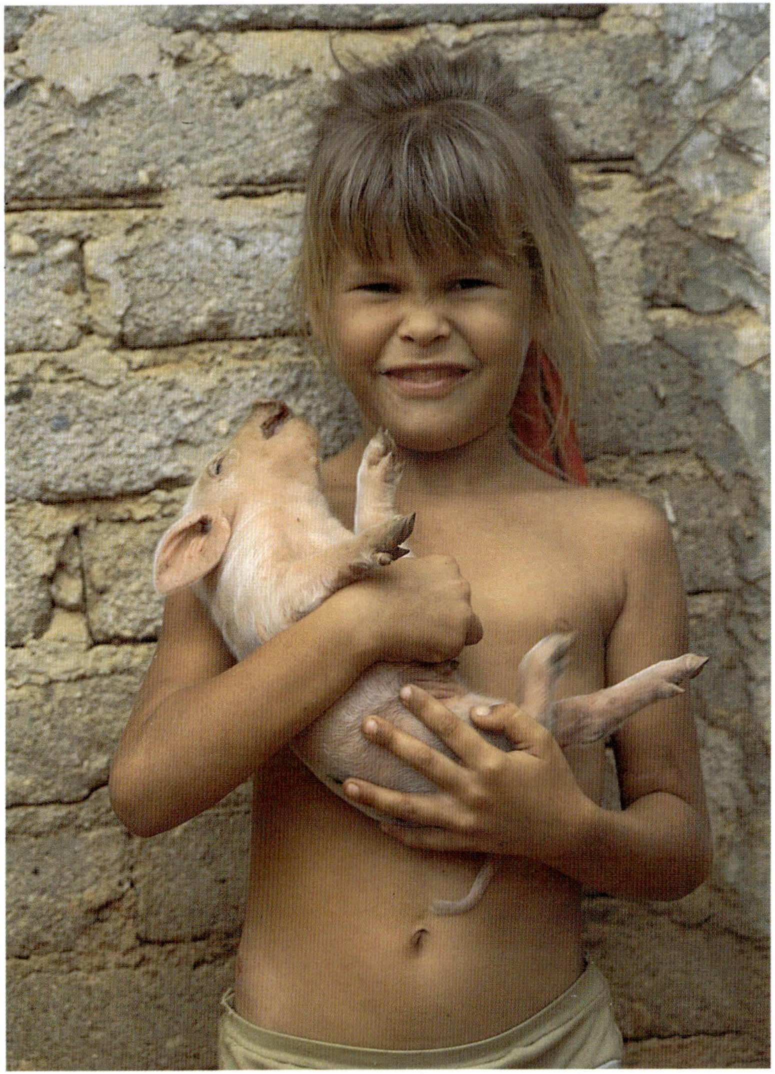

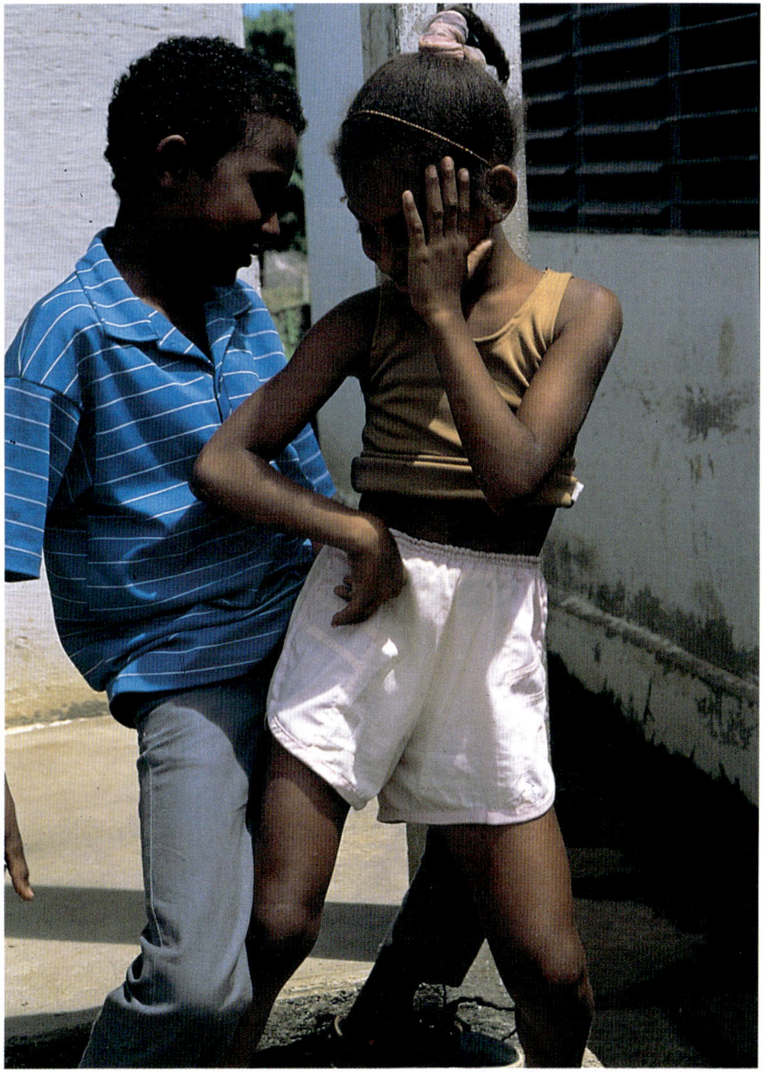

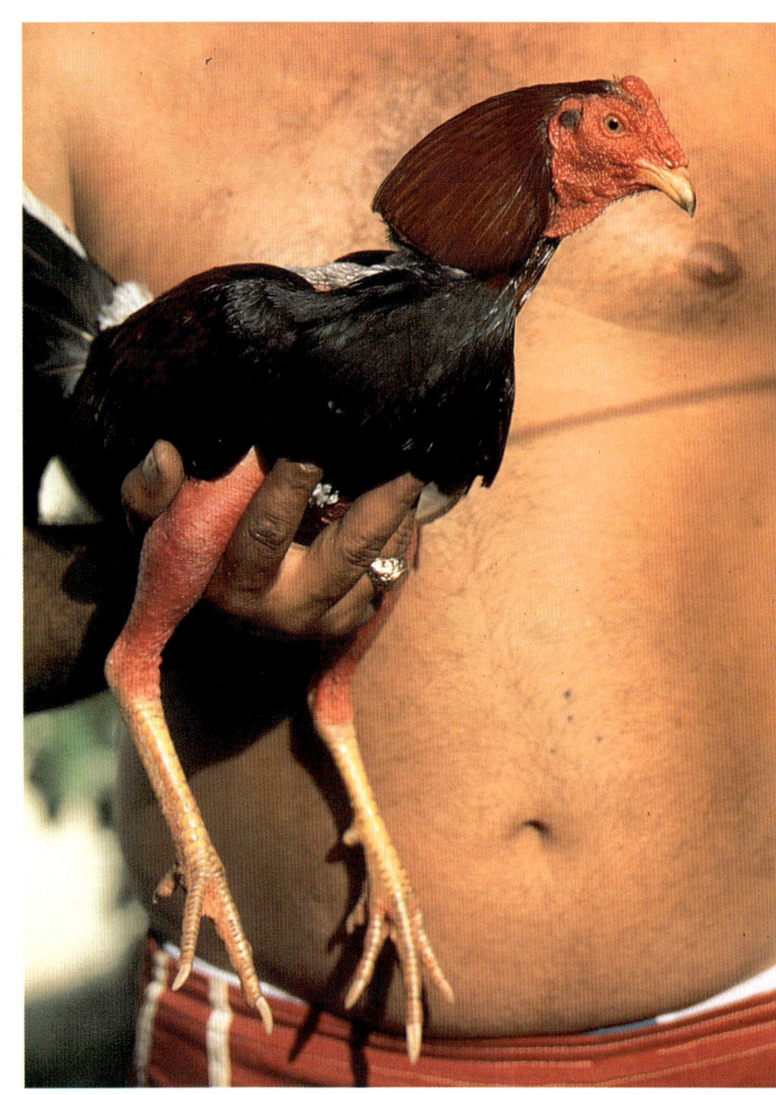

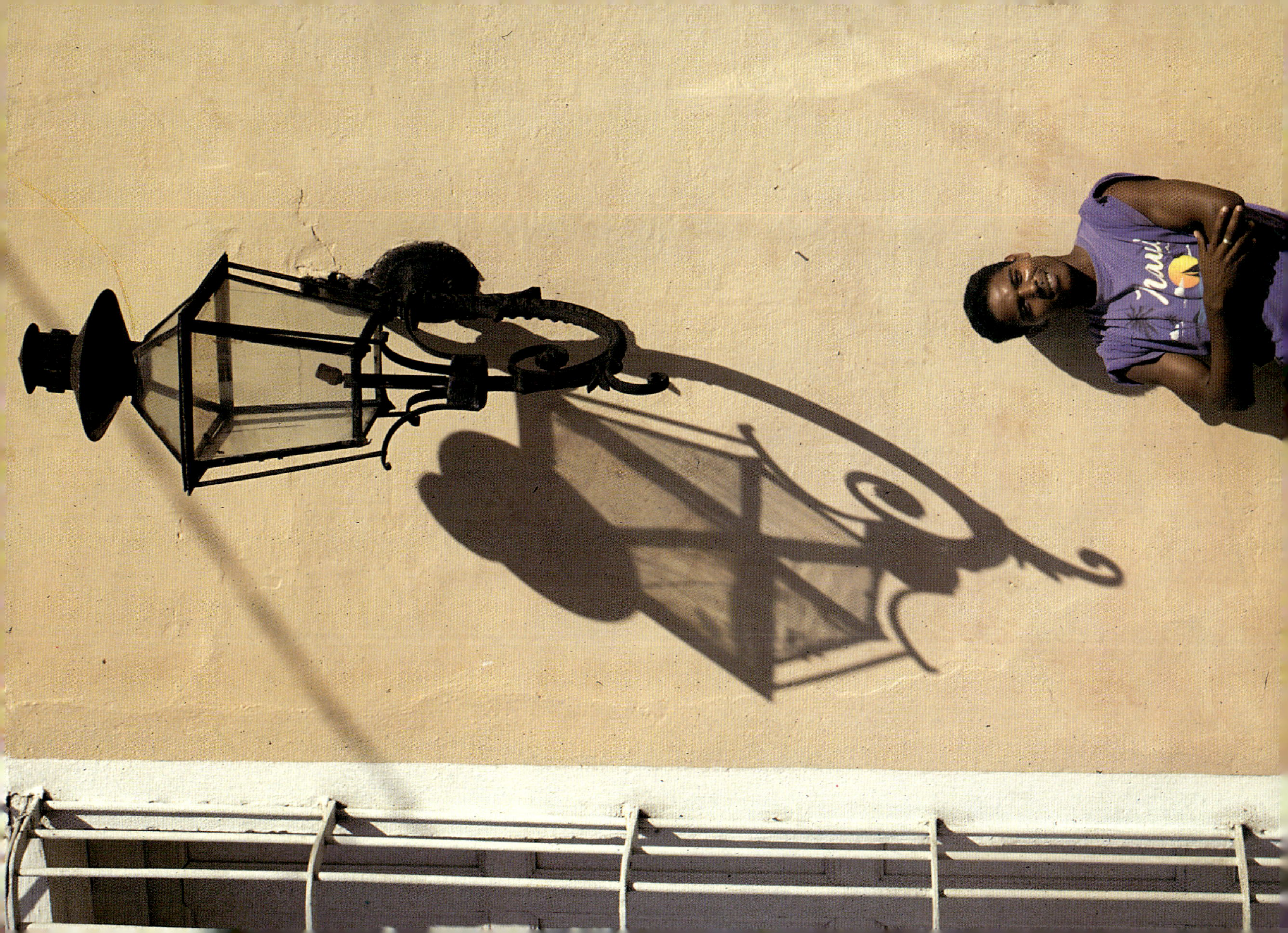

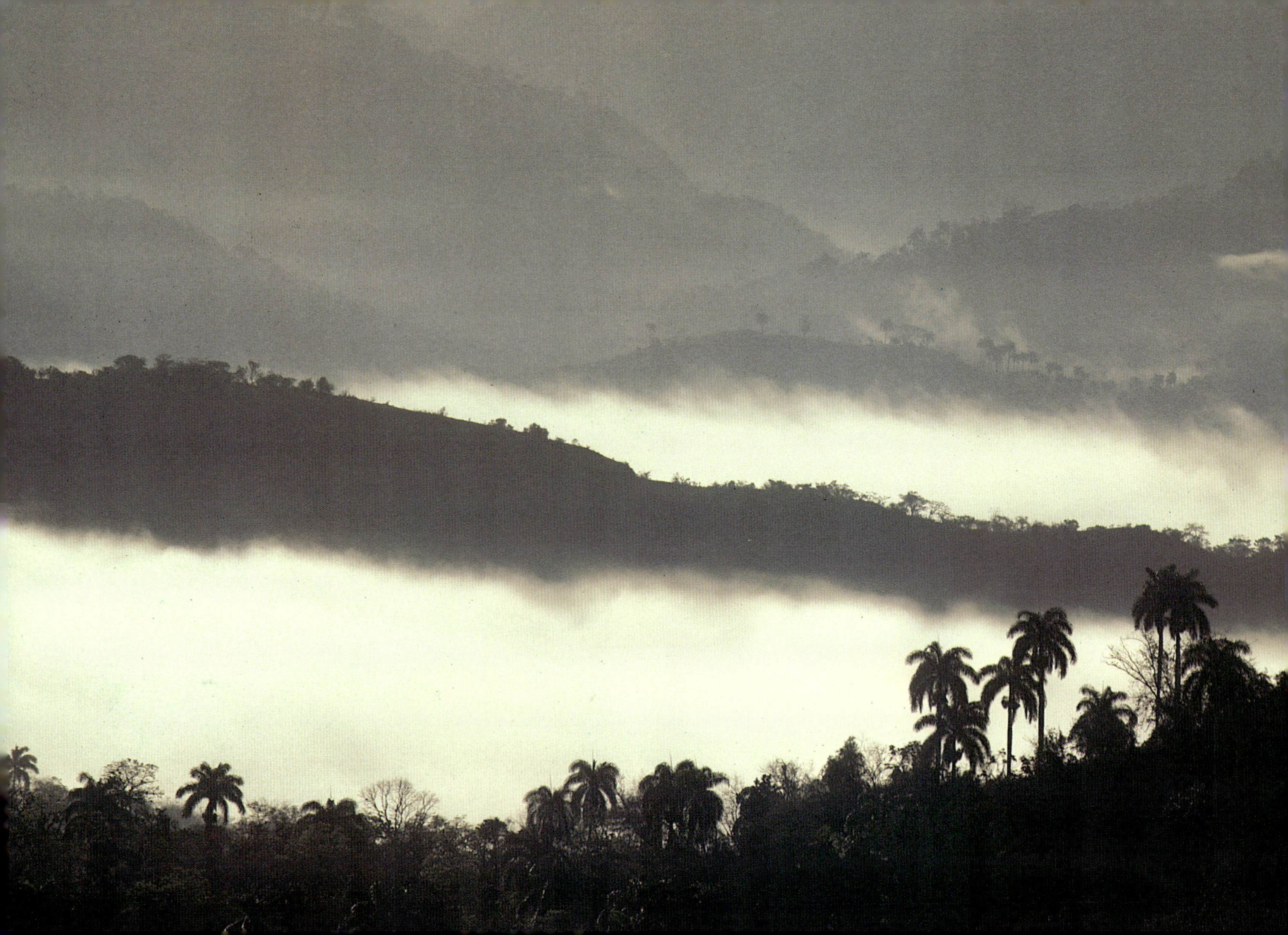

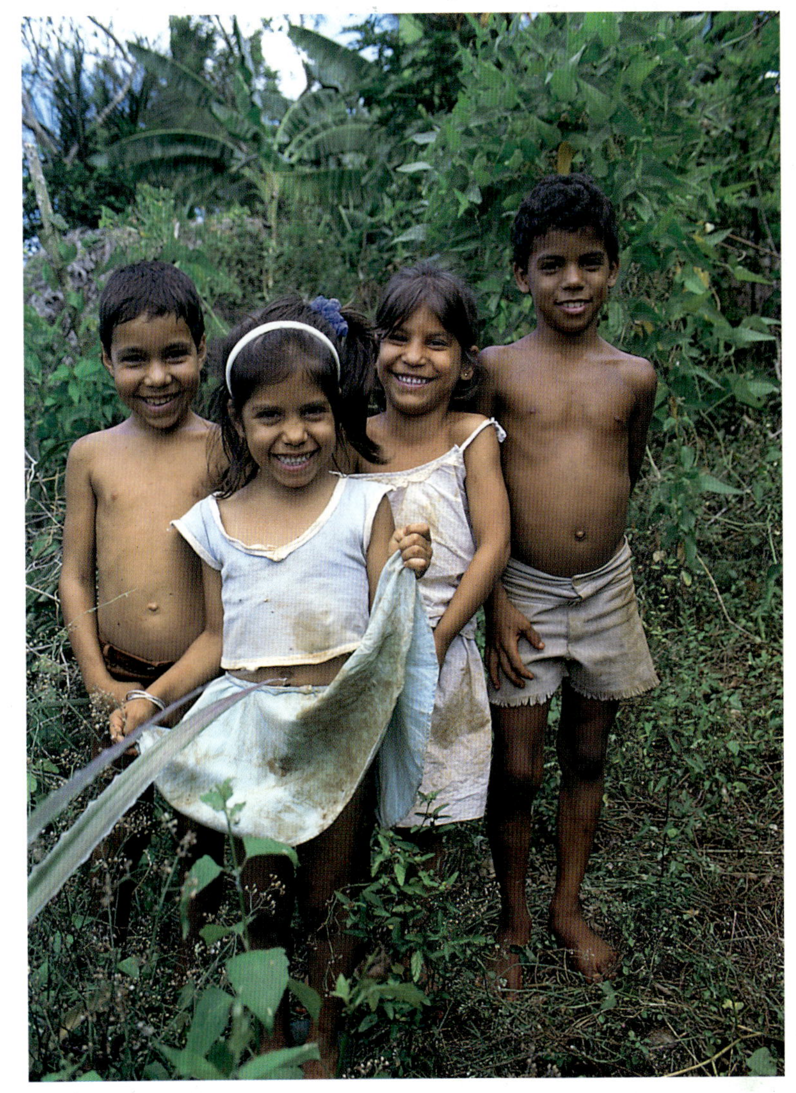

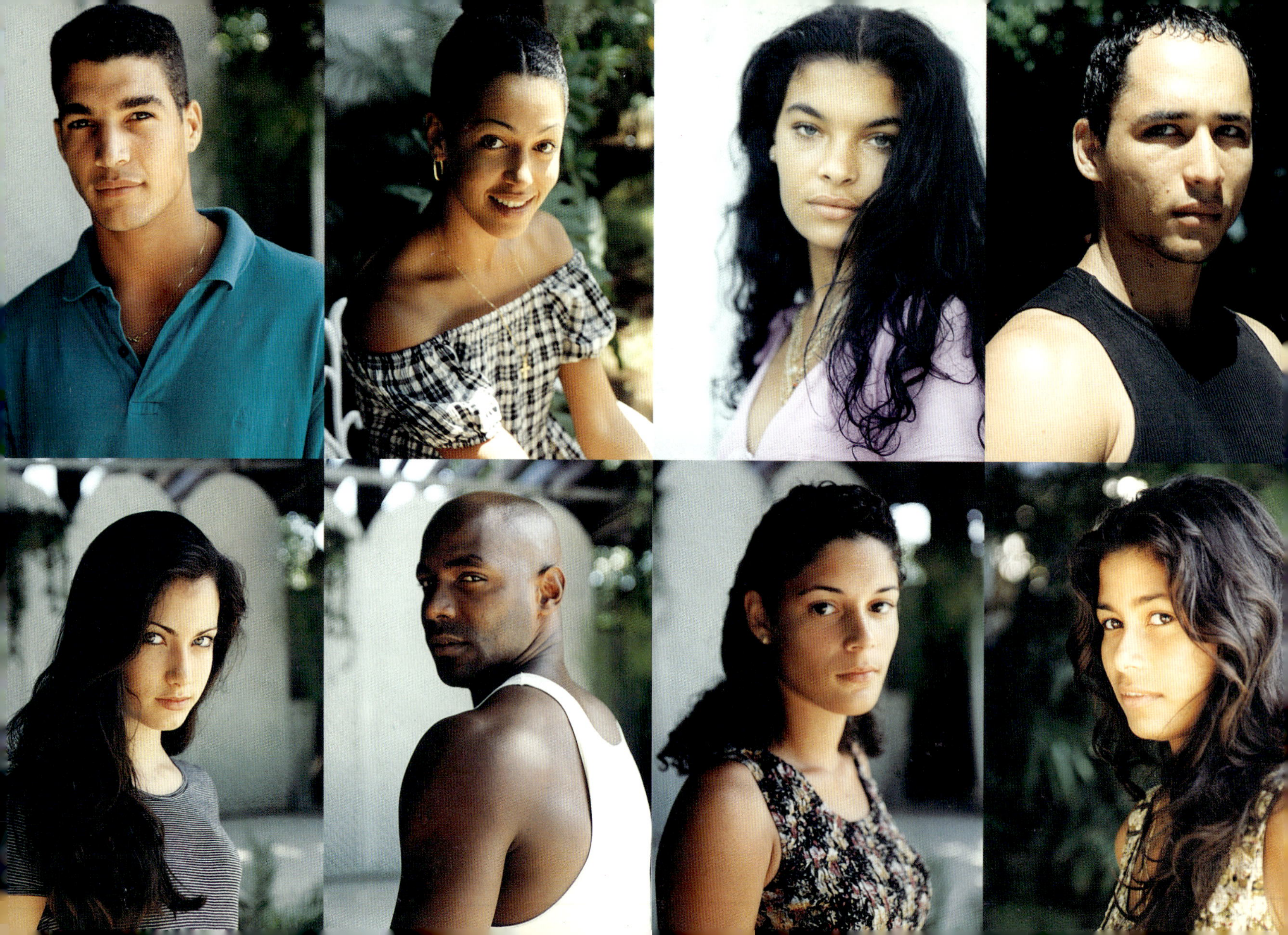

We, who are a people of all colors and of no colors; we, who are a people composed of various racial elements; how can we commit the stupidity and the absurdity of providing shelter for the virus of discrimination?

Nosotros, que somos un pueblo en el que figuran hombres de todos los colores y de ningún color; nosotros, que somos un pueblo constituido por distintos componentes raciales, ¿cómo vamos a cometer la estupidez y el absurdo de dar albergue al virus de la discriminación?

Fidel Castro

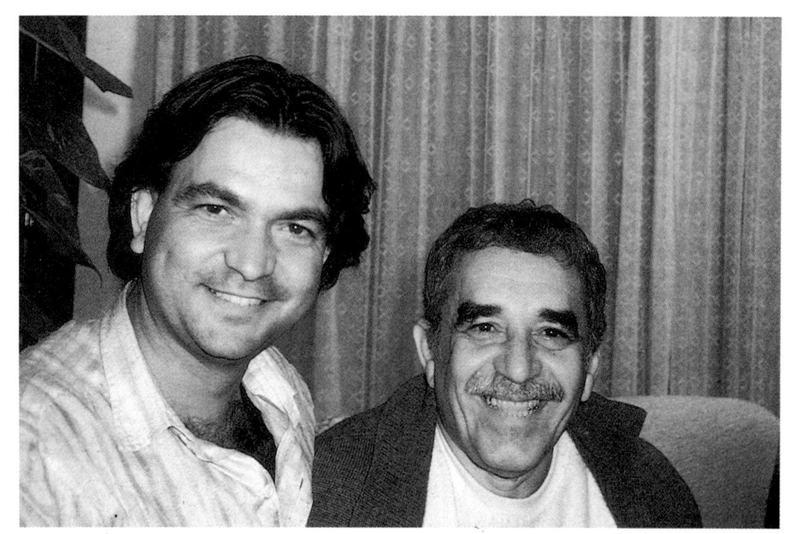
Photo Fidel Castro

Gianfranco Gorgoni *was born in Italy and now lives in New York City. His work as a photojournalist for major American and European magazines frequently takes him on travels around the world. He is the author of several books on artists, and his own work has been exhibited in museums and galleries in major cities throughout Italy, the United States, and Cuba.*

Nacido en Italia, reside ahora en la ciudad de Nueva York. Su empleo como periodista fotográfico para las revistas principales Americanas y Europeas lo lleva a viajar con frecuencia alrededor del mundo. Es autor de varios libros sobre artistas, y sus propias obras se han mostrado en los museos y las galerias de las mayores ciudades de Italia, los Estados Unidos y Cuba.

***Gabriel García Márquez**, Colombian-born, since winning the Nobel prize for his novel* One Hundred Years of Solitude, *he has gone on to write many best-sellers. His latest novel is* The General in His Labyrinth. *He is president of the Latin American Film School in Havana, Cuba, and currently resides in Mexico*

Desde que recibió el premio Nobel por su novela, Cien años de soledad, *el colombiano Gabriel García Márquez ha escrito varios libros de mucho éxito. Su última novela es* El general en su laberinto. *Es presidente de la Escuela de Cinematografía latinoamericana en La Habana, Cuba, y actualmente reside en México*

***Reynaldo González**, novelist, essayist and journalist, is director of the Cuba film library. His books include* Siempre la muerte, su paso breve *(novel),* La fiesta de los tiburones *(biographical novel),* Contradanzas y latigazos *(essays),* Lezama Lima, el ingenuo culpable *(essays),* Llorar es un placer *(essays).*

Narrador, ensayista y periodista, Reynaldo González es el director de la Cinemateca de Cuba. Entre sus libros: Siempre la muerte, su paso breve *(novela),* La fiesta de los tiburones *(relato testimonial),* Contradanzas y latigazos *(ensayos),* Lezama Lima, el ingenuo culpable *(ensayos),* Llorar es un placer *(ensayos).*

Design / Diseño
Gabriele Nason

Editorial Coordination
Coordinación redaccional
Emanuela Belloni

Editing / Redacción
Marzia Branca

Press office / Gabinete de prensa
Silvia Palombi Arte & Mostre, Milano

Translations / Traducciones
Scriptum, Roma
Gregory Rabassa
(text by García Márquez)

Production / Realización técnica
Amilcare Pizzi Arti grafiche, Cinisello Balsamo, Milano

Cover/En portada
Félix Savón, who won the world boxing title three times

Félix Savón, tricampeón mundial olímpico

ISBN 88-8158-133-7

Edizioni Charta
via Castelvetro, 9 20154 Milano
Tel. 39-2-33601343/6
Fax 39-2-33601524

Printed in Italy

This book was realized with the generous support of artists and painters, friends of the photographer. A million thanks

La realización de este libro fue posible con el generoso soporte de los artistas y pintores, amigos del fotógrafo. Un millón de gracias

Gianfranco Gorgoni